瑞蘭國際

瑞蘭國際

美語發音寶典
第二篇：多音節的字

Unlocking the Alphabet
with the Chen Method
Part 2: Polysyllabic Words

陳淑貞 Shu-jen Chen Liu　著

跟著陳老師入門就對了

我的同學陳淑貞老師旅美多年，回臺定居之後，二十餘年來一直受家長敦請教授兒童和青少年英語，成績斐然。她將多年教學的材料編寫成書，公諸於世，我有幸先睹為快。

陳老師的書，如果只是粗略翻閱，或以為只是自然發音法的練習簿（phonetics worksheets），但實際上本書比一般同類的書籍舉例更多，而更重要的是，它與臺灣通行的 K.K. 音標相結合，並有意地加入美語發音的一般規則，使得本書更加實用。其最大的目的之一就是陳老師所強調的，在訓練學生「見字會讀、聽音會拼」的能力。

我總覺得學習任何一種外國語都是費力費時的事，而有心學好英語也必然得下一番功夫。基本上，英文是一種表音文字（phonogram），文字是用來代表聲音的，也就是說字形根據字音得來。而中文是一種表意文字（ideogram），字形並非以二十幾個字母來表示，反倒是，字形相異者數以千計，以六書來追溯其來源，可以說造字之初形與意反而比較接近了。正因為英文是一種表音文字，所以陳老師一再強調的「見字會讀、聽音會拼」對使用漢語的人來說就更加有意義了。

藉此機會，我想依我多年讀書的經驗，特別提出兩個對學習英文應當是很有幫助的方法。

其一是適當地留意字源，尤其是比較長的單字。英文字的主要來源為盎格魯－撒克遜語，希臘語，和拉丁語。一般的英英字典都會標明字源，但坊間或網路的英漢字典卻將其忽略，實有待加強。英語中比較正式的或學術性的用語多源於希臘語或拉丁語，所以專門討論英文字源的書籍主要在列舉那些重要的源於希臘語或拉丁語的字首、字尾、和字根（或稱字幹）。知道字源對了解和記憶這些單字很有幫助，譬如，geography（地理）為源自希臘文

的 geo-（地）與源自希臘文的 -graphy（書寫，描繪）兩部分所組成。這樣就容易記了。

第二，做一點翻譯。翻譯使人容易看出中英文的差異。英文是一種主語突顯的語言（subject-prominent language），在語法（syntax）上，除了一些小句（minor sentences）之外，結構完整的句子基本上都是主語－謂語句（subject-predicate sentences），所以在閱讀長句的時候，找出句子的主詞和動詞就對正確了解整句的意義有很大的幫助。相對於英文句子嚴謹的結構，中文的語法就顯得比較鬆散，文法規則也相對較少。一般而言，使用漢語為母語的人，句子（sentence）的觀念相對薄弱。而中文又是一種話題突顯的語言（topic-prominent language），除了主語－謂語句之外，我們還常使用話題－評釋句（topic-comment sentences），譬如：「功課做完了嗎？」是很自然常說的句子。在這一句中，「功課」是話題，「做完了嗎？」是評釋。在英文中就要轉換成主語－謂語句 "Have you finished your homework yet?"

透過翻譯也可以讓我們意識到在讀英文文法時要特別注意動詞、關係代名詞、介詞、連接詞等部分。有的是，英文比漢語複雜（如，英文動詞中的時態，語態，現在分詞，過去分詞，動名詞等的變化與應用）；有的是英語有而漢語沒有的（如，關係代名詞）；有的是，英文中大量應用又與中文差別甚大的（如，英文中的前置介詞（prepositions）；有的是，在中文中或可省略，而在英語中不可或缺的（如在課堂上經常為老師和學生所忽略的英語連接詞）。

以上謹提出兩種我覺得頗有助益英文學習的方法。其實，每個人在學習一段時間的英文之後都可能發現對自己最有幫助的學習方法。

英文是一種非常重要的溝通與求知的工具。學會英文，大概到世界各國

旅行都不成問題。以英文出版的書籍之多涵蓋各行各業，是知識的最佳來源。當今這個網路時代，以英文書寫的資訊大概比任何其他的語言都來得豐富。

今年恰逢我們自台灣師範大學英語系畢業第五十周年，陳淑貞老師猶不得其閒，受家長之請託，為莘莘學子授課，足證其美語發音學習寶典非常實用。而學好英語發音正是學好英文最重要的起步，所以我覺得要學好英文，跟著陳老師入門就對了。

周昭明 序

台灣師範大學英語系退休教授

2017 年 7 月

學會發音及拼字・享受學習美語的樂趣

1967 年我從師大英語系結業，隨即在台北市私立延平中學教了 3 年英語。之後，我於 1970 年赴美。在美 21 年當中，雖然脫離了課堂上的英語教學，但並沒有脫離語言教學，一直孜孜不倦地教導以美語為母語的孩子們及成年人學習中文，還教導過日裔人士學習英語，甚至教導美國鄰居唸英語字等。（你不要以為美國人都識字。）此外，我在大學做家教時，也曾經教導美國人學習閩南語。上述這些難得的教學經驗讓我有機會觀察到非母語學習者的一些通性，從而使我逐步發展出更有效的英語學習方案。

1992 年一月底回台，發現台灣英語教育蓬勃發展，書店裡有各種國內外英語教材，美語補習班也舉目皆是，令我目不暇給。

1992 年三月下旬，我當年在台北延平中學教過的學生請我為她的小孩及他們的同學們舉辦家教班。那些小孩全都在某些補習班學了數年。但是一考之下，居然連三、四個字母的短字都讀不出來，除非是學過的。也就是說，每個單字都要一個一個記誦。他們記單字時，也是一個一個字母死記，而不是以音節為單位記憶。我也看到注音符號佈滿書本。這樣事倍功半，未免太辛苦了。回想 1957 年，我自己剛進北一女初中時，又何嘗不也曾依賴注音符號呢？可是此一時也，彼一時也。怎麼到了近 20 世紀末，台灣的小孩子學英語單字還要這樣死背呢？歸根究底就是缺乏一套真正合適、有效的教材來為英語學習打下最扎實的基礎。

於是，我編了這套教法。它類似目前所流行的「自然拼音法」，但是我的教法與眾不同。一般的教法是：一個母音或子音的讀法講過一次，舉幾個例子，就不再講了。但是我的教法則是將這些規則或讀音一再使用，成為「反射動作」，讓你想忘都忘不了。英語不是「拼音文字」嗎？大部份的英語單字是照著規則來拼的。即使規則有例外，但並不像大家所普遍相信的那麼多。

本書除了介紹這些規則以外，還會把我想得到的例外字也列出來。

這些發音規則簡單易學，而且是學習英語的堅實基礎。你學過後，首先，看到字就會讀，其次，聽到美語就能正確地拼出三分之二以上的常用字來。有了這個「見字會讀、聽音會拼」的基礎，你會有「入門」的感覺，會發現學習英語變得容易很多，進步也快得多。

本教法已在數百名大人和小孩身上實際應用過。應用對象的年齡自六歲至六十幾歲不等，甚至有家長遠從台中及新竹帶小孩來台北向我學習。對在學的學生，幫助尤其明顯。曾經有學生學到一半時，就因之而得了校際比賽冠軍，而有些本來英語不及格的學生甚至可轉為經常得到九十幾分。由於對字母有了「感覺」，拼字、記字省下很多時間，所以能把時間用來搞清楚文法觀念。至於大人嘛，一致的反應是：「到現在才總算知道英語字是怎麼讀的！」而不管大人或小孩，都是隨時隨地看到英語字就想讀，聽到英語字就想拼出來。對英語字再也沒有恐懼感了，甚至覺得這些字母變化很好玩。

匆匆 25 年過去了，現在的小孩從小學一年級就開始學英語。可是，我看到有很多小孩選擇放棄英語，因為國小的英語教學還是沒花很多時間在基礎發音上，大多數的人總是覺得進不了英語的「門」。

所幸，專業出版語言學習書籍的瑞蘭國際出版社看到了這一點，願意出版此書，擔負起這項神聖的美語啟蒙工作。她們細心、專業、熱情、優秀的編輯團隊，使得本書更臻完美。在此，我要獻上我最誠摯的感激。當然，我也要感謝我中華口琴會的學妹王文娟（《品格音樂劇場》系列書的作者）。因為她的推薦，瑞蘭出版社才會認識我。

十分感謝我師大英語系的同學周昭明教授為大家推薦這本書，他專精英

美詩歌、藝術英語、和比較詩學,並且還在序中和大家分享學習英語的心得。

　　另外,我感謝我的另一半,劉沅,以他豐富的經驗幫助我架構、撰寫本書。而且由於他精通電腦,我寫稿的過程才能如此順利。我還要謝謝我兩個兒子,劉青和劉方,他們生長於美國,而且美語程度、表達能力都很優異。他們總是耐心地回答我一些瑣碎的問題,還幫我了解一些美國人的觀點,並提供他們的觀察,是我的好顧問。

　　最後,我要特別、特別感謝我的學生。是他們給了我開發這套教法的動機、給了我研究和從實際經驗中改進的機會。他們更以他們的進步和成就給我歡欣和鼓勵。我特別感謝他們當中有好幾位願意與本書讀者分享他們自己的親身體驗及心得。

　　多年來我親眼見到許多學習者通過「見字會讀、聽音會拼」快速進入了英語學習之門。你也快來享受學習英語的樂趣吧!

1992 年底初稿、2017 年最後修訂

美語發音寶典分冊序

　　時間過得真快！從 1 月 22 日紅寶典（我對《美語發音寶典》的暱稱）上架至今已 10 個月，而且在書市凋零的情況下，這個 1.5 公斤的龐然大物居然還可以得到 4000 多人的青睞！

　　令我欣慰的是，這本紅寶典已經使得很多很多人由懼怕英文轉變為喜愛英文了，而令我感動的事則有一大堆：

1. 一位公司老闆為了提高員工的英語能力，買了 30 本紅寶典，並請我去他公司指導他們。其中年齡最大的是 53 歲，她呼籲大家要「活到老，學到老」。

2. 幾位公司管理階層或大學教師，因為覺得紅寶典太好了，所以各買了 10 本左右送給屬下或學生。

3. 一位全美語補習班主任，因為覺得紅寶典的學習法能幫到她的學生，所以請我去她的補習班中授課，同時也為成人讀者開班。而學員中竟有遠從新竹來的，而且每次都是第一個到。

4. 一位軍官，眼看著妻子和女兒跟著紅寶典學習後的進步，在機緣巧合下，得以向上級推薦，請我去某軍區教導 30 個學員。他們各個學得興高采烈的。學員中，最高層級為少將。他們好學不倦，令我佩服！

5. 有一位讀者說她公司有個部門是在台中港碼頭從事裝卸作業，因此她很常上船去檢查作業人員安全。之前她都只能比手畫腳地與船上的外國人溝通，但是現在她至少能以完整的英語句子來對外國人表達她上船的目的，外國人也聽得懂她的表達。光這點她就感到非常開心。

6. 到 2018 年 12 月 10 日為止，已有 35 位讀者在博客來網路書店為紅寶典寫了評鑑，而且全部給了它最高的 5 星。

7. 一位 42 歲的讀者本來因為英語不好，所以無法獲得外派出國的機會。可是跟著紅寶典的方法學習後，說「英文，我來了！我不怕你了！你將成為我第二個流利的語言。」。

8. 一位國中英語教師用紅寶典來幫助一些需要補救教學的小學生，使得他們對英語學習充滿信心。

9. 一位高中英語教師，本來一直為如何教導發音所苦，但買到紅寶典，然後在自己的女兒身上實驗後，覺得效果驚人，所以立即在本書讀者園地中誠摯地推薦紅寶典。後來甚至相約幾位好友的小孩一起請我去為他們上課。再後來，她還大力地向孩子讀經班的家長們推薦紅寶典。

然而，很多讀者反映，書太厚重了，攜帶不便，所以在與出版社討論後，我們決定這一版將紅寶典分為兩冊，使得攜帶方便很多。同時，將這一版改為平裝本，再減輕一點重量，也減輕一些負擔。

分成兩冊後，第一冊《美語發音寶典 第一篇：單音節的字》教你最基礎的發音，並仍以 A 到 Z 的字母順序編排。在每一字母的單元裡，除了會導入新的發音規則以外，也會複習原已教過的規則，讓你想忘都忘不了；第二冊《美語發音寶典 第二篇：多音節的字》則是在第一篇的基礎之上，進一步學習如何抓重音與次重音。

這個分冊版雖然把原來的《美語發音寶典》分成了兩冊，但核心的目標沒變，仍然是「見字會讀、拼音會拼」。

至於有些讀者反應，希望有電子版，我們將開始積極規劃，以提供最方便有效的學習工具。

我希望這樣可以帶動整個台灣將學習英語的習慣改變成為：先打好發音及拼字的基礎，從此快樂有效地學英語，從而提升整體英語水準。

2018 年 12 月 10 日

陳老師與我

陳冠宇（學習期間：1992.03.20~1996.02.28）

前幾天聽到媽媽（陳淑貞老師 50 年前在台北市延平中學教英語時的學生）說陳老師要出書了！好親切的名字！記憶開始回到 25 年前──還記得在公司的會議室裡面，幾個工業區的家長和小孩一起，每週一次利用晚上的時間跟陳老師學英語。

我那個時候才小學五年級。只記得好勝心很強的我總想表現得最出色，總是大聲地回應陳老師的每一個問題，每次的互動總是非常地熱絡！那個時候學英語總覺得很開心很快樂！不像本來在某美語班學習時，因為不喜歡背單字，而常常跟媽媽爭吵。

往後的初中、高中，在英語學習上，也因為陳老師教導的基礎所奠定的字正腔圓的發音及超強的拼字能力，所以非常順遂，唸英語就是比其他同學好聽！

陳老師的教法讓我就算是不認識的字也能夠把每個音節唸對。還記得那個時候她還教了我一些字的拉丁語、或法語的原始字義，讓我在背字彙的過程中更容易記得字彙的意思！

這次老師要出書，自己跟家人們真是覺得與有榮焉！因為這套教法是陳老師為了教我們這一群孩子而發明出來的。恭喜未來的學子！你們有福了！

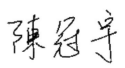

運時通（中國）家具有限公司 後勤部總經理

2017 年 1 月 27 日

陳仁鴻（學習期間：1996.09.17~1999.08.26）

相信在臺灣 10 個人中有 8 個以上學習英語是從音標開始學習，就像嬰兒牙牙學語一樣。但是我相信很多人跟我一樣，學了音標，但是下次見了面卻是它認識我，我不認識它！看著一串字母組成的單字，嘴巴張半天卻是說不出口，就只好放棄英語了。

升上高中後，發現數理的優勢如果沒有加上語言的輔助，對於未來的很多挑戰會更加地嚴峻。父母親為了幫助我克服這個困難，特地跟陳淑貞老師聯繫，幫我的英語重新由地基打起。

陳淑貞老師利用豐富的教學經驗，以及掌握學習英語時常會混淆的發音謬誤，從 A 開始每一個字母不厭其煩地教起，並逐步拓展相關的字彙。每週的教學時間中，她苦口婆心地矯正我的錯誤，然後再教我新的字母字詞發音，接著讓我利用課餘的時間一而再、再而三不斷地自我練習，讓我扎扎實實掌握對基礎 26 字母的發音學習的技巧和能力。經過陳老師辛勤的教導之後，終於讓我從聽雷的鴨子，蛻變成不再懼怕英語的雄鷹，把英語當作我的數理能力之外的利器而得以展翅高飛。

陳淑貞老師這一套發音教法，不僅僅幫助了我在求學階段英語文成績有大幅度的提升，而且對於我後來擔任工程師以及國際業務開發的工作，都有相當大的助益。因為這一套發音教法，使得我的發音與音調，跟以英語為母語的人沒有差異，常常會被誤認是 ABC，其實我是完全的 MIT。

很高興聽聞陳淑貞老師這一套發音教法終於要正式付梓出版。這是經過許多許多人親身使用，並且有著相當高評價的一套發音教法。不論你是剛剛

開始接觸英語，還是像我一樣下定決心要砍掉重練，這一本武功祕笈一定會帶給你不一樣的學習感受，幫助你學習好英語，不再懼怕英語！

陳仁逸

安葦工業有限公司 總經理

2017 年 2 月 1 日

謝春怡

（學習期間：1997.06.25~1999.08.31 及 2000.09.29~2006.04.22）

　　小學高年級時，初識英語的我，想要跟上薇閣國小其他很早就接觸英語的同學，但是覺得很吃力。在親友的轉介下認識了陳淑貞老師，並開始每週一次一對三（我們家三姊妹）的教學。

　　透過陳老師的自然發音法教材，我不只在句詞的閱讀能力突飛猛進，在「說」的能力方面，更能比死背 KK 音標的同儕們自然地拼讀出標準的好英語。後來，英語能力便很快地趕上並超越許多同儕：國二時便通過全民英檢初級（相當於國中畢業英語程度）、國三通過中級（高中畢業英語程度）、及後來北一女高三時即通過中高級（大學非外語科系畢業生的英語程度）檢定。因此，當我的大學牙醫系多數同學在課業繁忙之餘還要準備畢業規定之中高級檢定時，我能專心地顧好課業且輕鬆地辨讀各專科原文書，以第二名成績畢業，並選填上心中第一志願的醫院實習並就業。

　　現今要有好的工作及成就，好的英語能力是不可缺少的，感謝當時遇到良師陳老師及這套厲害的教材，讓我在學習英語這條路上能事半功倍。

謝春怡

台北榮總兒童牙醫科 主治醫師

2017 年 1 月 10 日

謝依芸

（學習期間：1997.06.25~1999.08.31 **及** 2000.09.29~2006.04.22**）**

　　在現今全球化的時代裡，英語口說，無庸置疑地，是一項必須具備的專業能力。正因為如此，從小四開始一路至高中，除了家庭教師陳淑貞老師的英語課程之外，我從來沒有在校外補過任何習。不同於填鴨式的教育模式，陳老師的自然發音法教材有效且大幅度地提升我的英語閱讀能力、口說能力以及背單字的效率，而這正也奠定了我在往後求學階段過程中能如此順利的基礎。

　　因為有著陳老師在英語領域上的帶領及教導，大學指考的英語科目我能拿下優異的成績，順利入學台灣大學第一學府；在大學一年級時便通過全民英檢中高級檢定（大學畢業門檻之一），讓我能專心追尋自己的學術目標，並且毫無障礙地研讀跨領域的專業科目原文書，順利以全系第一名的成績拿到雙學士學位——化學工程及財務金融學系。

　　從小奠定好的英語能力，也讓我在大學畢業後，進入全球第一大的化工公司德商 BASF 工作一年，並且讓我能在求學生涯中不斷地創造自己的優勢，最終當我申請出國攻讀博士班時，讓全球第一工程名校麻省理工學院 MIT 錄取我並且願意給予我全額獎學金。

　　現在站在這個時間點，我很感謝我的父母當年讓我有機會向陳老師學習英語，因為有著良好的英語能力基礎，我在追求人生目標的起跑點上，便領先了他人。

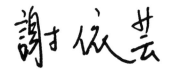

麻省理工化學工程博士候選人

2017 年 1 月 27 日

湯惠珠、劉傳懷、劉傳靖
（學習期間：2001.02.24~2004.06.08）

　　學習語言首重開口朗誦、克服對陌生語言的窘迫感，而這需要厚實的發音基礎。我們有幸在學習英語之初，蒙陳淑貞老師教導發音規則，掌握這套在英語路上披荊斬棘的工具。這套規則讓我們能夠從字母的前後組合去拼出單字的讀音，再透過音標來驗證想法。這樣的學習使成就感倍增，透過實際唸出單字，印象也更加深刻。

　　陳淑貞老師從多年的授課經驗中，深刻了解學生學習發音的困難，因而潛心整理研發這一套發音規則，透過大量的舉例和精心挑選的常用辭彙，來磨練英語初學者的語感。

　　我們如今仍記得，我們母子三人一起隨著老師學習發音規則。傳懷那時小學六年級，傳靖小學四年級，惠珠是兩人的媽媽，英語有基礎，對學習英語有興趣。陳老師用 CAD、CADE、CED、CEDE、CID、CIDE、COD、CODE、CUD、CUDE 這十個簡單的字來測試我們。傳懷、傳靖幾乎都沒唸對，惠珠即使學習英語多年，仍然唸錯一些，因為我們先前只會看著音標發音，沒學過發音規則，所以如果沒有音標時，就會一直出錯。

　　經過陳老師藉此悉心講解字母發音的規則和注意事項，我們才恍然大悟，原來正確發音可以變得這麼容易。經過幾個月的練習，我們母子三人都學會正確讀音，耳朵也變得敏銳許多，聽力在不知不覺中大有提升，而且我們都發現背單字竟然變得很輕鬆。這套規則易學易懂，配合大量的字例幫助理解吸收，學習一段時間之後，開口說英語明顯變得更有自信。而當我們看到不認識的生字竟能準確唸出來時，內心的喜悅瞬間轉化成學習的動力，真是一套很棒的教材呀！

　　陳老師的發音規則猶如一盞明燈，在我們學習英語的路途中，時時指

引我們正確的方向。我們有幸在學習英語初期接觸陳老師的發音規則，在日後的英語演講比賽，英語口試，用英語做簡報時，才得以信心倍增地說出發音正確的英語，輕鬆通過各種考驗。傳懷現在已是國泰醫院的住院醫師，醫院經常有外籍病患求診，傳懷都能自在地用英語與病患溝通；惠珠在民國九十三年通過中高級英檢；傳靖在高二上學期也順利通過中高級英檢，更在大一時獲得多益滿分 990 分的佳績。如今，他也即將退伍擔任亞東醫院的住院醫師了。

　　欣聞陳老師即將出書，回想起這套發音規則對我們的助益，我們一定要大聲地說，它是學習英語的利器，有心學好英語的人千萬不要錯過了！

　　　　　　湯惠珠　劉得懷　劉傳靖　謹誌

2017 年 2 月 16 日

傅千育（學習期間：2001.03.13~2003.07.28）

在遇見陳老師之前，我曾上過一些知名連鎖全美語補習班。每當要唸課文、背單字時，總是硬背死記，背完就忘。就算看得懂音標，唸出來的音也不對，加上音調總是平乏單調，像機器人一樣，自己又不知如何去修正，造成每次上課對話的時候，因怕錯誤而不敢大聲說英語，慢慢地就開始害怕，甚至不喜歡學英語了。

遇見陳老師後就不一樣了。還記得第一次上陳老師的課，她只給了3到4個字母的單字數個，要我唸唸看，當時並沒有音標，我只能靠平常的經驗唸出來，短短簡單的單字，最後竟然全錯，不是音不到位，就是唸錯字。

經過陳老師的教法糾正後，看到什麼單字都會唸，漸漸擺脫對音標的依賴，而且背單字的速度變快，拼字也不容易錯誤。正確的發音，再搭上重音、次重音的音調起伏，單字唸起來就好好聽。我很慶幸碰到陳老師，她總是不厭其煩地教我、糾正我的發音，也給我很多鼓勵與建議，讓我對學英語的自信心提升。

現今自己也是國中英語老師了，在國中的教育現場中發現有太多學生不知如何「唸」英語。傳統的教法，「ｂｂｂ」，「ㄅㄜ ㄅㄜ ㄅㄜ」，造成許多學生發音上的錯誤，看不懂音標的學生也比比皆是。

我很開心陳老師終於要把她的專業教學法出書了。我相信這本書不只學生需要，老師們更需要；這不只造福學生，也讓老師們學習「該如何正確並有效地教導發音規則」。

傅千育

新北市土城區中正國中英語教師

2017 年 2 月 2 日

簡士人（學習期間：2015.09.11~2016.04.01）

　　大約一年前，在一個很巧合的機會裡，我參加了陳淑貞老師的英語班。這一段學習過程，算是真正開啟了我對於美語發音及音標的認識，並激發起我對於英語學習的熱情。

　　印象很深刻的是開始第一堂課，老師拿出由 AEIOU 五個字母組成的 10 個 字 卡，CAD、CADE、CED、CEDE、CID、CIDE、COD、CODE、CUD、CUDE。光是這 10 個字母組合的發音，就考倒我及同學了，要全部過關，還得經過幾個星期的折騰呢！

　　在後來的幾個月中，我總是滿心期待學習時間的到來，提前到達上課地點，預先做了準備與複習，同時也翻出了以前讀過的書籍，開始重新學習英語。

　　陳老師點燃起我們對於英語學習的熱情；也在這學習的過程中，不斷地給予我們正面的鼓勵與指導。在課堂上，我們開口，說讀英語，練習每個經過老師有序規劃安排的字卡，記憶老師整理後令人容易明白的發音規則，還得拼寫出老師讀的字，這真是一個很有成就感的學習歷程。

　　在後來個人的自助旅行中，我能夠簡單地與海關對話，與商家討價等等，由衷地感謝老師。

　　知道老師將把這些規則整理成冊，出書發行，欣喜之餘，也十分願意協助老師推廣。祝福每位有心學好英語的朋友，都能夠擁有這樣一本讓人容易學習美語發音、並且容易運用的工具書。祝福大家擁有流利順暢的英語溝通能力。

簡士人 謹誌

保險從業人員

2017 年 2 月 8 日

張貴淵（學習期間：2016.04.09 至今）

　　2016 年 4 月，在父親的介紹下，有幸能夠到陳老師家中接受英語補習的教學。還記得第一天上課時進行了英語能力的檢定測驗，其結果慘不忍睹。尤其在會話、寫作方面更是怵目驚心。但陳老師以「學如逆水行舟、不進則退」勉勵我學習永遠不會太晚，讓我能有機會再一次地將英語，這一個重要的語言學好、紮穩根基。

　　雖然早在中學時即開始學習英語，然而，英語的閱讀、書寫乃至交談，對我而言，仍是件不容易的事情。即使花了長時間在學習上，英語就是不見起色。且英語的文法、詞彙、表達，在求學階段主要也只用在應付考試，以至於在攻讀碩士學位時，這樣的填鴨式學習結果的弊病無疑地顯露了出來；在論文的撰寫、國際研討會上發表演說時，處處顯露出英語能力的不足。

　　在接受了陳老師層次井然、條理明晰的發音教材，從基礎打起，並矯正了以往錯誤的觀念後，目前在外商就職的我，能更流利地使用英語撰寫聯絡信件，且面對來自國外的客戶時，也能更自然地溝通答辯，大大地提升了工作績效。在這裡，我由衷地感謝陳老師願意將我這塊未能打穩基礎的頑石給予琢磨。

　　最後，很榮幸能夠跟陳老師的其他學生，一同見證陳老師將自己多年來的教學精華傾囊相授、分享出來造福社會大眾及莘莘學子的這樁美事。謹在此以寥寥數語，表達學生深深的祝福與大大的推薦！

（服國防役中）

2017 年 2 月 9 日

如何使用本書

　　我的整套教法，目的是使你見到英語字時，不論懂與不懂，都可以不假思索地讀出來，而且讓以美語為母語的人聽起來覺得很自然。同時，你聽到以標準音唸出的字，立即可以寫出合理的字母組合。這就是我所謂的「見字會讀、聽音會拼」。根據我二十五年實際教學的觀察和經驗，這個能力會使你學習英語時覺得容易又省時，從而逐步把英語「融」進自己的身體裡。

　　為達此目的，我從字母 A 開始，一個字母一個字母地說明每個字母在字裡頭的讀法，一直教到字母 Z。這中間會帶入很多母音的發音規則，而這些規則是漸進的，環環相扣的，並且反覆使用的。學會「見字會讀、聽音會拼」的關鍵就隱含在這一系列的規則裡。

　　每個發音規則都有一個練習表供你熟練這個規則。你要練到能夠不倚賴音標，看到字就能直接、反射式地讀出來。所以雖然有音標放在字旁，但這是最終要擺脫掉的「單車學習輪」。尚未學過字母的，可以一面學字母，一面學它在字中的讀法。已學過字母的，也應同時學習每個字母名稱的正確讀法，糾正你過去的錯誤。

　　練習表中列出了每個字的代表意思。這只是給好奇的人參考而已，與練習發音、辨音沒有直接關係。你可以忽略。

　　每個練習表，我都會一個字一個字地讀。你可以播放本書所附的光碟片（MP3），同時跟著我一個字一個字地讀；也可以在聽我讀之前自己先試試看，然後再聽我讀的，比較看看你剛才發的音對不對。如果你覺得這個練習表裡的發音還沒掌握好，那就重複練習，直到你覺得有把握了，然後才進到下一個練習表。每學好一個表，這個規則就進到你的腦子裡，成為你細胞的一部分。就算你中途輟讀，已經學到的還是學到了，就像學會騎腳踏車一樣。這樣，你的英語能力也就扎扎實實地、一個表一個表地累積起來了。

那怎麼知道自己練習夠了沒呢？每隔若干字母或若干頁，你要自己做個檢測。這個檢測分成「見字會讀」和「聽音會拼」兩種。

　　做「見字會讀」自我檢測時，你要先試讀我列出來的字。然後比對我的讀音，看看你剛才所發的音是否正確。最好重複試讀、比對，試讀、比對，直到你能夠幾乎全對為止。這項檢測，每章大多有 20 題。

　　做「聽音會拼」自我檢測時，請利用本書所附的光碟片（MP3），播放出題目，你則依照學到的規則把聽到的聲音的音標寫出來，並把字拼出來，然後依照指示找到答案，加以比對。這項檢測，每章大多有 10 題，題目的內容例如：

(1)　「這一題我讀做……，它有三種可能的拼法，其中一種有 5 個字母，另外兩種只有 4 個字母。」

(2)　「下面這一題，我要你比較兩個字的拼法。這兩個字都是有 4 個字母。第一個字讀做……，第二個字讀做……。」

　　如果是一種讀法有若干種拼法的，那麼音標只要寫一次。如果是不同讀法的，那麼拼字和音標都要依序寫出來。這些拼法不一定有字義，但沒關係，我們主要的目的是要檢查你是否聽得出發音的區別，或者為什麼這個聲音要這樣拼、而另一個聲音要那樣拼。最好重複聽寫、比對，直到你能夠幾乎全對為止。

　　不要急著往下學，尤其是開始的 A~K 這幾章。對初學者而言，那幾章所包含的規則不少，全部搞清楚後，接下去就會越來越容易，學習速度會越來越快。

　　除了讀字和聽寫外，我還要你學會音標。為什麼？因為美語中有不少外來語，它們的讀法不會全照美語的規則。即使你「見字會讀，聽音會拼」，

有時候你還是必須查字典，然後靠音標讀出正確的音。

在《美語發音寶典 第一篇：單音節的字》中，學完 26 個字母及其可能的讀法後，我會在最後的補充篇裡，教你「入聲音的讀法」。我的學生在我教了他們這種讀法以後，看電影時聽出了這種發音法，十分驚喜。

在《美語發音寶典 第二篇：多音節的字》（本書）中，我會分析 19 種多音節的發音規則，教你如何分音節，如何抓重音，及如何讀。這些字抓對重音，整個字讀起來才自然。這對高中以上的學生尤其重要，幫助極大。同樣的，在這些章裡，我們還是會有讀字和聽寫的自我檢測題目。

在「美語發音寶典」這套書中，我大量使用學生已經熟習的注音符號和國語來說明和引導學習美語發音，因為我的經驗告訴我，這個方法非常有效。例如，我們可以用注音符號的「ㄚ」來模擬美語 /ɑ/ 的發音，也可以用「ㄝ」來模擬 /ɛ/。這樣的發音，以英語為母語的人完全聽得懂，也不會會錯意。可是其他有些近似音，則會讓人覺得你講話有個「腔」。因此，如果你想在發音方面更上一層樓，就要完全脫離注音符號，更精確地學習原來的發音。

以國語發音為基礎來學習美語發音時，你需要把握兩個要點：

一是要特別注意，有些美語的音在國語裡沒有，也不可以用近似音來模擬。這些音你要特別努力去體會、去苦練。例如，美語 /æ/ 的發音介於「ㄝ」和「ㄚ」之間，國語沒有這個音，它的近似音在美語中也有各自的意思，所以不能用任何注音符號來比擬。在教到這類音的時候，我會特別提醒。

二是你所發的各個音，都要有一致性。例如，如果你用國語的「ㄧ」來模擬長音 /i/，那你這個自己的特別 /i/ 音，每次讀出來都要一樣，不能變來變去。否則會使聽的人無法適應你的發音習慣。

現在，就請翻到第一章，讓我們從 A 開始吧！

給老師的建議

如果你是老師，想使用本書教導學生美語發音，你可以到文具店買空白的名片卡，挑選一些字，寫在名片卡上做為練習用的字卡。字卡盒上需要標註對應的章號或練習表號。練習時，你先選一盒或若干盒字卡，把卡拿出來「洗牌」，然後分發給學生。如果學生人數眾多，你可以分組。先給他們幾分鐘研究那些字的讀法，然後每組輪流「亮卡」讀給你聽。你可以請全組同學一起讀，或每次輪流由一人代表讀。當然，你應該隨時糾正學生的發音。

練習得差不多後，可使用書中的「見字會讀」自我檢測和「聽音會拼」自我檢測的題目檢測。當然，你也可以參考我的出題法而自行出題。檢測通過後，才進到下一章。不要趕進度。

有些章的情況比較特殊，請你注意。例如，在「R」那一章時，我都是先讓學生練 R 在母音前的讀法的字卡，然後才練捲舌音。我會寫 13 張字卡，每張字卡上只寫著一個基本的捲舌音組合，例如：第一張字卡上只寫著 AR，第二張字卡上只寫著 ER。這 13 個基本捲舌音就是：AR、ER、IR、OR、AIR、子 ARE（ARE 前面有子音）、~EAR（EAR 在字尾）、(~)EAR~（EAR 在字頭或字中）、EER、ERE、IRE、ORE 和 OAR，然後把「牌」洗一洗，讓學生讀。要連續全對三次才算通過，才有資格接下去讀帶有這 13 個基本捲舌音的規則的字（例如 card, merge, bird, force 等）的字卡。有的學生讀對兩輪，到第三輪時錯了一個，就得從第一輪再讀起，所以他們都覺得又緊張又刺激又好玩。

再例如，OU 有五種讀法，你只要讓學生讀第一種讀法的字卡就好了，其他的等他們將來學到那些字時，再個別記。而 OW 的兩種讀法勢均力敵，也是只需要求他們知道有哪兩種讀法就好了，不必讀字卡，等他們將來學到時，再個別記。

最後，我要提醒一句，上課時千萬要分配最多的時間給學生開口，而且一定要糾正他們的錯誤。因為就是要他們開口說正確的音，才能使他們在最短的時間內真正學會「見字會讀、聽音會拼」。

關於本套書的〈講解與示範 MP3〉光碟片

本套書內容由我自己親自錄製成兩張講解與示範光碟片，其上的音軌依序編號為：MP3-001、MP3-002、……等等，並在書內的相應位置標上音軌號。例如，第 33 頁，第 2 章的標題之右標了 ▶MP3-002 音軌號，請你在播放時對照書的內容練習。下面是各章對應音軌的清單。

章號	名稱	首軌號	軌數	長度小計	章號	名稱	首軌號	軌數	長度小計
1	A a 母音	MP3-001	1	00:00:43	25	Y y 半母音	MP3-072	5	00:20:08
2	B b 子音	MP3-002	1	00:05:19	26	Z z 子音	MP3-077	4	00:10:47
3	C c 子音	MP3-003	1	00:02:43	27	補充篇	MP3-081	2	00:17:20
4	D d 子音	MP3-004	1	00:01:32	II	第二篇	MP3-083	1	00:01:00
5	E e 母音	MP3-005	3	00:04:42	28	LE 結尾的字	MP3-084	5	00:33:00
6	F f 子音	MP3-008	1	00:02:30	29	AGE 結尾的字	MP3-089	4	00:15:55
7	G g 子音	MP3-009	1	00:04:56	30	IC 或 ICS 結尾的字	MP3-093	3	00:08:50
8	H h 子音	MP3-010	1	00:04:28	31	NGER 結尾的字	MP3-096	3	00:08:39
9	I i 母音	MP3-011	1	00:03:21	32	IO 的讀法	MP3-099	3	00:07:44
10	J j 子音	MP3-012	1	00:02:10	33	Y 結尾的字	MP3-102	14	01:22:28
11	K k 子音	MP3-013	3	00:08:11	34	ATE 結尾的字	MP3-116	9	00:31:04
12	L l 子音	MP3-016	4	00:16:26	35	TION 結尾及類似的字	MP3-125	6	00:24:26
13	M m 子音	MP3-020	3	00:10:53	36	SION 結尾及類似的字	MP3-131	6	00:18:20
14	N n 子音	MP3-023	3	00:17:03	37	IENT 和 IENCE 結尾的字	MP3-137	3	00:05:24
15	O o 母音	MP3-026	5	00:19:54	38	OUS 結尾的字	MP3-140	6	00:20:59
16	P p 子音	MP3-031	3	00:16:54	39	URE 結尾的字	MP3-146	3	00:17:32
17	Q q 子音	MP3-034	1	00:01:04	40	CIAL 及 TIAL 結尾的字	MP3-149	4	00:17:48
18	R r 子音	MP3-035	5	00:40:35	41	UAL 結尾的字	MP3-153	3	00:09:15
19	S s 子音	MP3-040	5	00:45:39	42	ITIS 結尾的字	MP3-156	3	00:07:43
20	T t 子音	MP3-045	6	01:05:37	43	OSIS 結尾的字	MP3-159	3	00:06:59
21	U u 母音	MP3-051	5	00:51:27	44	ETTE 結尾的字	MP3-162	3	00:04:48
22	V v 子音	MP3-056	5	00:21:58	45	OMETER 結尾的字	MP3-165	3	00:06:14
23	W w 半母音	MP3-061	7	00:50:14	46	ISM 結尾的字	MP3-168	3	00:06:41
24	X x 子音	MP3-068	4	00:17:00					

註：時間長度格式為「時：分：秒」

注意：第 1~27 章是第一篇，第 28~46 章是第二篇。

基本名詞說明

我不想使用很多語言學的術語，但我會用到下列常見的名詞和符號，所以在這裡解釋一下。列在這裡，也可供你以後遇到這些名詞時回來查找。

你可以跳過此章，直接開始練習。有疑問時再回來查看。

- 美語：本書發音依循通常稱為「美語」的英語，也就是在美國通行的，不帶明顯的地區、種族、或社經族群特徵的英語發音。這種英語有些學者稱之為「標準美國英語」。並且我採用的發音標準是在美國使用最普遍、被一般美國人認為標準的韋氏辭典（例如 Merriam-Webster's Collegiate Dictionary）的發音。

  關於美語發音，我在書中若干地方提到一件奇怪的事：有些被很多美國出版的辭典標註為長音 /i/ 的，卻被臺灣很多辭典標註為短音 /ɪ/。我所查的美國辭典是：(1) American Heritage 1969 年版、1982 年版、2011 年版，(2) Funk & Wagnalls 1976 年版，(3) Macmillan 1984 年版，(4) Merriam-Webster 1987 年版、2003 年版、2005 年版、及其線上版，(5) NTC's Compact English Dictionary 2000 年版，及 (6) Random House 1969 年版、2001 年版。而這些辭典，就我所查的那些單字來說，全都一致。它們所註的音標和 Merriam-Webster 線上版所播放的發音也一致。

  為什麼會有這個差異呢？

  我於 2017 年 6 月中旬到美國探親，意外地發現一本 1924 年版的 Merriam-Webster 辭典，裡面那些音就都是短音。而英國的標準辭典 Oxford 也是短音。由此推測，早期的 Webster 辭典還延續英國人的讀法，可是後來就變了。

  因此，你如果想學標準美國音，我建議你照著我講的讀。因為那是現今美國人的讀法。

另外，有些字可以有幾種讀法，但我往往只擇其一、二給你練習。打好基礎後，什麼讀法都難不倒你了。

- KK 音標：本書採用 KK 音標，因為 KK 音標是為標註美語發音而設計，而且是現今臺灣教育體制內採用的音標系統。本書附有 KK 音標與 DJ 音標（用來標註英式英語的發音者）的對照表，以方便從前學過 DJ 音標者比對。

- 字母：英語有 26 個字母。那就是 A、B、C、D、E、F、G、H、I、J、K、L、M、N、O、P、Q、R、S、T、U、V、W、X、Y、Z。

- 字、單字：從上面這 26 個字母取出若干字母，組成一組有意義的單元就叫做「字」，有時稱「單字」，英語稱為「word」。例如「word」這個字，由 W、O、R、D 四個字母組成。有時聽到人說：「這個英語有幾個字？」其實，他的意思是：「這個英語字有幾個字母？」。還要說明的是，有些人認為英語的「word」相當於中文的「詞」，因此應該稱為「詞」，但我決定採用約定俗成的講法。

- 母音：英語所謂「母音」可以指「字母」也可以指「音標或聲音」。
  (1) 母音字母：能發出像注音符號的ㄟ、ㄧ、ㄞ、ㄡ這類「韻符」的聲音的字母，也就是 A、E、I、O、U 這五個字母；有時候 W 和 Y 也可以發出韻符的聲音，所以 W 和 Y 也叫做「半母音」。
  (2) 母音音標或聲音：用來標註「韻符」的音標，例如：/e/、/i/、/aɪ/、/o/ 等，或其代表的聲音。

- 子音：英語所謂「子音」可以指「字母」也可以指「音標或聲音」。
  (1) 子音字母：能發出像注音符號的ㄅ、ㄆ、ㄇ、ㄈ等這類「聲符」的聲音的字母，也就是 B、C、D、F、G、H、J、K、L、M、N、P、Q、R、S、T、V、W、X、Y、Z，這 21 個字母。
  (2) 子音音標或聲音：用來標註「聲符」的音標，例如：/b/、/p/、

/m/、/f/ 等，或其代表的聲音。

- 雙母音：這個名詞專指音標或其聲音，包括 /aɪ/、/ɔɪ/、/aʊ/。它們雖然各有兩個符號，但並不讀成兩個清楚的音節，算做一個母音音標。

- 清音：發這種聲音時，喉頭（聲帶）不會震動，會從嘴巴裡送出很多氣來。也就是所謂「無聲的音」，我們也可以說它是「送氣音」。例如：/k/、/p/、/t/、/s/ 等。

- 濁音：發這種聲音時，喉頭會震動，不會從嘴巴裡送出很多氣來。也就是所謂「有聲的音」，我們也可以說它是「震動音」。所有母音都是濁音，而有些子音是濁音，後者例如：/g/、/b/、/d/、/z/ 等。

- 音節：基本上，有一個母音字母，就有一個音節。但是如果有幾個母音字母是合起來一起讀時，就等同於一個母音，也只算一個音節。子音也可以數個連寫。音節有幾種形式：

(1) 母音

(2) 子音 + 母音

(3) （子音 +) 母音 + 子音（括號表示可有可無）

(4) （子音 +) 母音 + 子音 +E（括號表示可有可無）

- 音標記號：一般標註音標時，用兩條斜線（/ /），中間夾音標，如 /ɛ/。標註整個字的音標時，則用中括弧 [ ]，如 bed 唸做 [bɛd]。

- 音節記號：在多音節的字中 我們會用「‧」來區分音節。如：bub‧ble、mea‧sure。但是有些狀況例外。就像在韋氏辭典裡，如果多音節字中的一個音節只有一個字母，就不標分音節。例如：awake。很顯然地，「wake」這四個字母是要一起讀的，那麼前面只剩一個字母「a」，於是就不標音節記號。又如：shaky。此字源自 shake，所以「shak」要在一起，那麼後面就只剩下「y」一個字母，所以也不標

音節符號。請注意，各家字典標示音節符號的規範會略有不同。

- 重音：

  (1) 單音節自動是重音，其讀法就像國語的第四聲。例如：way [we]
      這個字，單獨唸起來像「ㄨㄟˋ」。

  (2) 一個單字超過一個音節就會有輕、重音之分，我在這裡只講雙音
      節字的重（ㄓㄨㄥˋ）音讀法和標示法。至於重音該放在哪個音
      節呢？有些有規則的在本書其他地方會提到，這裡就不講了。

  (3) 重音在兩個音節的第二個音節時，其讀法就像國語的第四聲。而
      整個字讀起來會像國語「好看」的語調。其中「好」只低下去而
      已，不再上揚，也就是不讀完整的第三聲（只讀所謂「前半上ㄕ
      ㄤˇ」）。例如，away [əˋwe] 讀起來像「ㄜˇㄨㄟˋ」。

  (4) 重音在兩個音節的第一個音節時，其讀法就像國語的第一聲，聲
      音要高，而第二個音節的音要輕而低。類似國語「真好」的語調，
      但是「好」字只低下去而已，不再上揚，也就是不讀完整的第三
      聲（只讀所謂「前半上ㄕㄤˇ」）。例如，bingo [ˋbɪŋgo] 讀起來
      好像「ㄅㄧㄥˉㄍㄡˇ」。

  (5) 重音符號（ˋ）標在重音節的左上方。例如：[ɪmˋpitʃ]，表示該字
      的重音節是在後面 /pitʃ/ 這個音節，所以你該把它讀成像國語的
      第四聲。而整個字的讀法就會像上面重音第三點所說的「好看」
      的語調。

- 次重音：有些字在重音以外還會有「次重音」，即較低的重音。次
  重音符號（ˌ）標在該音節的左下方。如：peahen [ˋpiˌhɛn] 的 /hɛn/。
  - 次重音一般可以當作輕音來讀，但是會隨上下文和講話的口氣而

變化，這裡就不講了。

- 雙音節字的次重音可以比照上面重音第四點所說的，把整個字的讀法讀成像「真好」的語調。例如：母孔雀 peahen [`pi͵hɛn] 的語調和教師 teacher [`titʃɚ] 的語調幾乎是一樣的。

- 輕音：輕音就像國語的輕聲。沒有標重音符號或次重音符號的音節都讀輕音。

- 字母的名稱：每個英語字母都有名稱，例如 A 的名稱是 a，該名稱的音標是 [e]、B 的名稱是 bee，名稱的音標是 [bi]、C 的名稱是 cee，名稱的音標是 [si]……等等。至於它們在字裡頭的讀法，那就要依照後面我所教的發音規則了。

- 長音：美國人提到的母音的長音就是指它的名稱的讀音，在本書中我也會稱它為「本音」。A 的長音是 /e/，E 的長音是 /i/，I 的長音是 /aɪ/，O 的長音是 /o/，而 U 的長音是 /ju/。

- 短音：美國人提到的母音的短音讀法，在本書中我也會稱它為「變音」。A 的短音是 /æ/，E 的短音是 /ɛ/，I 的短音是 /ɪ/，O 的短音是 /ɑ/，而 U 的短音是 /ʌ/。

什麼時候讀長音，什麼時候讀短音，什麼時候既不讀它的長音，也不讀它的短音呢？請看後面我要教的發音規則。

目次

第一篇：單音節的字

※ 本篇豐富的學習內容，請見《美語發音寶典 第一篇：單音節的字》

第二篇：多音節的字

注意：本套書「美語發音寶典」分為《美語發音寶典 第一篇：單音節的字》
及《美語發音寶典 第二篇：多音節的字》兩冊

第二篇

多音節的字

MP3-083

　　接下去我們要練習「多音節的字」，就是兩個音節或以上的字。這裡我們要學的重點，是抓到重音在哪個音節，然後怎麼讀這個重音和輕音。

　　一個字只要有兩個音節，就要區分重音和非重音（輕音）。三個或以上音節的字，還可能要多區分一個「次重音」。而且在唸這些字的時候，要注意節奏，聽起來才好聽。

　　我分析了一些多音節的字，掌握到一些重音的規則，特在此和你分享。

　　注意：在所有多音節字的練習中，和前面各章一樣，我們用「·」（一個位居中間的小圓點）來區分音節，重音節的前面用「ˋ」來標示（一個位於重音節的左上角，向右下方的小挑），次重音節則用「ˌ」（一個位於次重音節的左下角，向右上的小挑）來標示。

　　又，本篇中提到的「子音」基本上是指「非 R 的子音」。如果該子音可以包含 R 時，我會特別指出來。

MP3-084

　　LE 結尾時，它一定要抓前面一個子音來和它形成一個輕音節。如此一來，你再看看前面剩下的字母中的最後一個字母是不是個母音；如果是，那麼這個母音就讀它字母名稱的本音讀法，因為沒有子音來影響它的讀法，所以 A 就讀 /e/，I 就讀 /aɪ/，O 就讀 /o/，U 就讀 /ju/，但是 E 例外，不讀它的本音 /i/，而讀它的短音 /ɛ/。例如：cable 讀做 [`kebəl]，bible 讀做 [`baɪbəl]，noble 讀做 [`nobəl]，bugle 讀做 [`bjugəl]，但是 treble 讀做 [`trɛbəl]。

　　如果字尾的子音 +LE 之前是個子音，那麼該子音前的那個母音就讀其變音，A 讀 /æ/、E 讀 /ɛ/、I 讀 /ɪ/、O 讀 /ɑ/、以及 U 讀 /ʌ/。當前一個音節的結尾和後面的音節的開頭有同樣的發音時，此同音只要讀一次。例如：babble 的音標是 [`bæbəl]，heckle 的音標是 [`hɛkəl]，giggle 的音標是 [`gɪgəl]，cockle 的音標是 [`kɑkəl]，而 knuckle 的音標是 [`nʌkəl]。

　　STLE 結尾時，T 不發音。例如：castle 的音標是 [`kæsəl]，裡面沒有 T 的聲音。

　　結尾的輕音 /tl/ 前面如果沒有其他子音時，T 的聲音會像在 S 後面一樣變成不送氣音，讀成像注音符號的ㄉ音。例如：little 就是。

　　關於 LE 的讀法，我查了韋氏辭典，發現有兩種。一種讀法是跟在 /d/、/n/ 和 /t/ 的後面，其音標換成 KK 音標是一個類似驚嘆號的符號 /l̩/。/d/、/n/ 和 /t/ 的發音部位和 /l/ 是一樣的，都是要把舌尖抵到上面牙齒的後面。正因為如此，所以負責連結的 /ə/ 音幾乎聽不到。另一種韋氏辭典 LE 的音標，相對應的 KK 音標是 /əl/，它是跟在 /d/、/n/、和 /t/ 以外的子音的後面，/ə/ 的聲音稍微清楚一點。

不過，在實際的對話中，以上這個細微的區別並不會造成語意的混淆，而且我們一般人的耳朵也沒有厲害到聽得出差別的地步。所以，除非是要求非常精準的發音，我們可以不必太在意這兩種發音的區別。

另外，CKLE 結尾的字在分音節時，韋氏辭典中都不把 CK 分開，讓 C 成為前一個音節的尾巴，而讓 K 成為下一個音節的開頭。所以後面 LE 就好像沒子音陪，不過對 CK 前的母音而言，反正有 CK 陪，這個母音還是會讀它的短音。例如 cackle 這個字的音節是 cack·le 這樣分的，而不是 cac·kle 這樣分的。

(1) (子音 +) A+ 子音 + 子音 +LE 的 A 讀 /æ/

A 和結尾的 LE 中間有兩個子音時，要把那兩個子音拆開來，第二個子音陪後面的 LE 成一個音節，第一個子音則陪前面的 A 成為 A+ 子音，因此 A 讀蝴蝶音 /æ/。

練習表 §28.1

1	**bab·ble**	[`bæbəl]	嬰孩咿啞學語，喋喋不休
2	**dab·ble**	[`dæbəl]	弄濕，玩水
3	**gab·ble**	[`gæbəl]	急促不清地講話
4	**rab·ble**	[`ræbəl]	暴民
5	**scrab·ble**	[`skræbəl]	拼湊
6	**ad·dle**	[`ædl̩]	變質腐壞
7	**pad·dle**	[`pædl̩]	槳，攪拌器
8	**sad·dle**	[`sædl̩]	馬鞍
9	**strad·dle**	[`strædl̩]	叉開腿，騎牆，觀望

10	baf·fle	[`bæfəl]	使挫折，阻礙
11	raf·fle	[`ræfəl]	摸彩，雜物
12	snaf·fle	[`snæfəl]	馬的圈嚼子
13	gag·gle	[`gægəl]	（鵝）群
14	hag·gle	[`hægəl]	爭論不休
15	strag·gle	[`strægəl]	掉隊，四散
16	ap·ple	[`æpəl]	蘋果
17	dap·ple	[`dæpəl]	有斑點的
18	grap·ple	[`græpəl]	握緊
19	has·sle	[`hæsəl]	激戰，爭論
20	bat·tle	[`bætl̩]	戰役
21	cat·tle	[`kætl̩]	牛（總稱）
22	rat·tle	[`rætl̩]	發出格格聲，喋喋不休
23	tat·tle	[`tætl̩]	閑談，饒舌
24	prat·tle	[`prætl̩]	胡說，輕率地說
25	fraz·zle	[`fræzəl]	筋疲力盡的狀態，把……穿破，磨損
26	cack·le	[`kækəl]	咯咯地笑
27	hack·le	[`hækəl]	禽鳥頸毛，梳理
28	tack·le	[`tækəl]	滑車，揪住
29	crack·le	[`krækəl]	劈劈啪啪地響，龜裂
30	grack·le	[`grækəl]	鶇哥
31	shack·le	[`ʃækəl]	鐐銬，束縛
32	am·ble	[`æmbəl]	緩行
33	gam·ble	[`gæmbəl]	賭博

34	ram·ble	[`ræmbəl]	漫步，漫談
35	bram·ble	[`bræmbəl]	荊棘
36	sham·ble	[`ʃæmbəl]	蹣跚
37	scram·ble	[`skræmbəl]	炒，攪亂，爬行
38	am·ple	[`æmpəl]	充足的
39	sam·ple	[`sæmpəl]	樣品
40	tram·ple	[`træmpəl]	踐踏，輕蔑地對待
41	can·dle	[`kændl̩]	臘燭
42	dan·dle	[`dændl̩]	播弄
43	han·dle	[`hændl̩]	柄，處理
44	an·gle	[`æŋgəl]	角度
45	ban·gle	[`bæŋgəl]	手鐲
46	dan·gle	[`dæŋgəl]	搖晃地懸掛著，尾隨
47	jan·gle	[`dʒæŋgəl]	發出刺耳聲，吵架
48	man·gle	[`mæŋgəl]	亂砍，損壞
49	tan·gle	[`tæŋgəl]	糾纏
50	span·gle	[`spæŋgəl]	使閃爍
51	stran·gle	[`stræŋgəl]	扼死，束縛
52	an·kle	[`æŋkəl]	腳踝
53	ran·kle	[`ræŋkəl]	怨恨
54	can·tle	[`kæntl̩]	馬鞍後面的弓形部份
55	man·tle	[`mæntl̩]	衣缽
56	cas·tle	[`kæsəl]	城堡 STLE 結尾，T 不發音

例外：下面這些 WA 讀 /wɑ/

> 如果 A 前面是 W，而 A 後面都沒有 G 或 K 的字母或聲音，那麼
> 這個 A 就要讀成 /ɑ/。詳見第一篇「單音節的字」的第 23 章「W」。

			練習表 §28.1a
1	**wab·ble**	[`wɑbəl]	鴨子或矮胖的人搖擺而行
2	**wad·dle**	[`wɑdl̩]	嬰兒搖擺而行
3	**waf·fle**	[`wɑfəl]	蛋奶烘餅
4	**wat·tle**	[`wɑtl̩]	枝條，籬笆
5	**swad·dle**	[`swɑdl̩]	裹
6	**twad·dle**	[`twɑdl̩]	廢話，講無聊的閒話

(2) (子音 +) E+ 子音 + 子音 +LE 的 E 讀 /ɛ/

> E 和 LE 中間有兩個子音時，要把那兩個子音拆開來，第二個子音
> 陪後面的 LE 成一個音節，第一個子音則陪前面的 E 成為 E+ 子音，因
> 此 E 會讀作 /ɛ/。

			練習表 §28.2
1	**peb·ble**	[`pɛbəl]	細礫，卵石
2	**med·dle**	[`mɛdl̩]	干涉，瞎弄
3	**ped·dle**	[`pɛdl̩]	挨戶兜售，散播
4	**fet·tle**	[`fɛtl̩]	整頓

5	ket·tle	[ˋkɛtl̩]	水壺
6	met·tle	[ˋmɛtl̩]	氣概
7	net·tle	[ˋnɛtl̩]	蕁麻，惹怒
8	set·tle	[ˋsɛtl̩]	解決，安定下來
9	heck·le	[ˋhɛkəl]	詰問，（紡）針排
10	freck·le	[ˋfrɛkəl]	雀斑
11	speck·le	[ˋspɛkəl]	小斑點
12	trem·ble	[ˋtrɛmbəl]	發抖，搖晃
13	re·sem·ble	[rɪˋzɛmbəl]	像……，與……相似
14	as·sem·ble	[əˋsɛmbəl]	集合，裝配
15	tem·ple	[ˋtɛmpəl]	寺廟，太陽穴
16	gen·tle	[ˋdʒɛntl̩]	溫和的
17	gen·tle·man	[ˋdʒɛntl̩mən]	紳士
18	gen·tle·men	[ˋdʒɛntl̩mən]	紳士（多數）
19	nes·tle	[ˋnɛsəl]	安臥，偎依 STLE 結尾，T 不發音
20	pes·tle	[ˋpɛsəl]	碾槌，研碎 STLE 結尾，T 不發音
21	tres·tle	[ˋtrɛsəl]	支架，擱凳 STLE 結尾，T 不發音
22	em·bez·zle	[ɛmˋbɛzəl]	挪用公款

例外：以下這個字的第一個 E 讀 /ɛ/

以下這個字的第一個 E 後面雖然沒有子音，仍讀 /ɛ/ 音。

| 1 | tre·ble | [`trɛbəl] | 三重的，高音的，尖銳刺耳聲 |

(3) (子音 +) I+ 子音 + 子音 +LE 的 I 讀 /ɪ/

I 和結尾的 LE 中間有兩個子音時，要把那兩個子音拆開來，第二個子音陪後面的 LE 成一個音節，第一個子音則陪前面的 I 成為 I+ 子音，因此 I 會讀做 /ɪ/。

1	dib·ble	[`dɪbəl]	農人的點播器，把釣餌輕輕放進水裡
2	nib·ble	[`nɪbəl]	一點一點地咬，很少量
3	drib·ble	[`drɪbəl]	運球，短傳，流滴，流涎
4	scrib·ble	[`skrɪbəl]	潦草地寫，粗梳
5	quib·ble	[`kwɪbəl]	吹毛求疵
6	did·dle	[`dɪdl̩]	快速搖擺，哄騙，浪費時間
7	fid·dle	[`fɪdl̩]	小提琴（非正式名），瞎搞
8	mid·dle	[`mɪdl̩]	中間，中間的
9	rid·dle	[`rɪdl̩]	謎，篩
10	grid·dle	[`grɪdl̩]	鐵盤，大孔篩
11	pif·fle	[`pɪfəl]	廢話，無聊事
12	snif·fle	[`snɪfəl]	抽鼻子
13	gig·gle	[`gɪgəl]	咯咯地笑
14	jig·gle	[`dʒɪgəl]	輕輕搖晃

15	**wig·gle**	[`wɪgəl]	搖動
16	**squig·gle**	[`skwɪgəl]	短而不規則的扭曲或轉彎
17	**nip·ple**	[`nɪpəl]	乳頭，火門
18	**rip·ple**	[`rɪpəl]	麻梳，波紋
19	**crip·ple**	[`krɪpəl]	跛子
20	**tip·ple**	[`tɪpəl]	飲烈酒，自動傾卸裝置
21	**stip·ple**	[`stɪpəl]	點刻，點畫
22	**kit·tle**	[`kɪtl̩]	使為難，難對付的
23	**lit·tle**	[`lɪtl̩]	小的
24	**tit·tle**	[`tɪtl̩]	一點點，微量
25	**brit·tle**	[`brɪtl̩]	易碎的
26	**spit·tle**	[`spɪtl̩]	唾沫
27	**whit·tle**	[`(h)wɪtl̩]	削減
28	**fiz·zle**	[`fɪzəl]	輕微地發嘶嘶聲
29	**siz·zle**	[`sɪzəl]	火辣辣，悶得要命，發出咝咝聲
30	**driz·zle**	[`drɪzəl]	下毛毛雨
31	**fick·le**	[`fɪkəl]	易變的
32	**pick·le**	[`pɪkəl]	泡菜，困境
33	**sick·le**	[`sɪkəl]	鐮刀
34	**tick·le**	[`tɪkəl]	使癢
35	**prick·le**	[`prɪkəl]	針刺般的感覺
36	**trick·le**	[`trɪkəl]	細流，使滴
37	**nim·ble**	[`nɪmbəl]	輕捷靈敏
38	**thim·ble**	[`θɪmbəl]	頂針 此 TH 讀做送氣的 /θ/

39	wim·ble	[ˋwɪmbəl]	鑽，錐
40	dim·ple	[ˋdɪmpəl]	酒窩，漣漪
41	pim·ple	[ˋpɪmpəl]	面皰
42	sim·ple	[ˋsɪmpəl]	簡單的，樸素的
43	crim·ple	[ˋkrɪmpəl]	卷曲，皺縮
44	wim·ple	[ˋwɪmpəl]	頭巾，使起漣漪
45	kin·dle	[ˋkɪnd!]	點燃
46	brin·dle	[ˋbrɪndl]	斑，斑紋
47	spin·dle	[ˋspɪndl]	紡錘
48	dwin·dle	[ˋdwɪndl]	縮減，減少
49	swin·dle	[ˋswɪndl]	騙取
50	din·gle	[ˋdɪŋgəl]	有樹木的幽谷
51	jin·gle	[ˋdʒɪŋgəl]	使叮噹響
52	min·gle	[ˋmɪŋgəl]	混合起來
53	sin·gle	[ˋsɪŋgəl]	單一的，單身的
54	tin·gle	[ˋtɪŋgəl]	感到刺痛，（耳）鳴
55	crin·gle	[ˋkrɪŋgəl]	索圈
56	shin·gle	[ˋʃɪŋgəl]	瓦，圓卵石
57	tin·kle	[ˋtɪŋkəl]	叮叮聲，叮叮作響
58	crin·kle	[ˋkrɪŋkəl]	使成波狀，沙拉沙拉響，卷曲
59	sprin·kle	[ˋsprɪŋkəl]	噴淋
60	bris·tle	[ˋbrɪsəl]	鬃毛 STLE 結尾，T 不發音
61	gris·tle	[ˋgrɪsəl]	軟骨 STLE 結尾，T 不發音
62	this·tle	[ˋθɪsəl]	薊屬植物 此 TH 讀做送氣的 /θ/。STLE 結尾，T 不發音

(4) (子音 +) O+ 子音 + 子音 +LE 的 O 讀 /ɑ/

O 和結尾的 LE 中間有兩個子音時，要把那兩個子音拆開來，第二個子音陪後面的 LE 成一個音節，第一個子音則陪前面的 O 成為 O+ 子音，因此 O 會讀成 /ɑ/。

練習表 §28.4

1	**bob·ble**	[ˋbabəl]	失誤，失球
2	**cob·ble**	[ˋkabəl]	火鵝卵石，粗製濫造
3	**gob·ble**	[ˋgabəl]	火雞叫聲，狼吞虎嚥
4	**hob·ble**	[ˋhabəl]	跛行，障礙
5	**wob·ble**	[ˋwabəl]	晃動
6	**cod·dle**	[ˋkadl̩]	煮蛋，嬌養，嬌生慣養的人
7	**tod·dle**	[ˋtadl̩]	蹣跚而行
8	**bog·gle**	[ˋbagəl]	吃驚，搪塞
9	**gog·gle**	[ˋgagəl]	瞪眼看，護目鏡
10	**jog·gle**	[ˋdʒagəl]	輕輕顛搖
11	**tog·gle**	[ˋtagəl]	拴牢
12	**top·ple**	[ˋtapəl]	使倒塌
13	**bot·tle**	[ˋbatl̩]	罐
14	**mot·tle**	[ˋmatl̩]	雜色，使成雜色
15	**throt·tle**	[ˋθratl̩]	掐死，壓制 TH 在子音前面讀做送氣的 /θ/
16	**noz·zle**	[ˋnazəl]	噴嘴
17	**cock·le**	[ˋkakəl]	輕舟，皺，火爐

18	fon·dle	[`fɑndl]	愛撫
19	jos·tle	[`dʒɑsəl]	推撞，競奪 STLE 結尾，T 不發音
20	thros·tle	[`θrɑsəl]	畫眉鳥 TH 在子音前讀做送氣的 /θ/；STLE 結尾，T 不發音

(5) (子音 +) U+ 子音 + 子音 +LE 的 U 讀 /ʌ/

U 和結尾的 LE 中間有兩個子音時，要把那兩個子音拆開來，第二個子音陪後面的 LE 成一個音節，第一個子音則陪前面的 U 成為 U+ 子音，因此 U 會讀做 /ʌ/。

練習表 §28.5

1	bub·ble	[`bʌbəl]	泡，水泡，氣泡，沸騰
2	rub·ble	[`rʌbəl]	碎石
3	stub·ble	[`stʌbəl]	短髮，庄稼收割後餘留的部份
4	cud·dle	[`kʌdl]	擁抱，偎依
5	fud·dle	[`fʌdl]	使醉，狂飲
6	hud·dle	[`hʌdl]	擠作一團，草率地做
7	mud·dle	[`mʌdl]	鬼混
8	pud·dle	[`pʌdl]	水坑
9	muf·fle	[`mʌfəl]	使降低聲音
10	ruf·fle	[`rʌfəl]	弄亂，縐邊
11	scuf·fle	[`skʌfəl]	混戰，拖腳行走
12	snuf·fle	[`snʌfəl]	抽鼻子

13	truf·fle	[ˋtrʌfəl]	松露
14	jug·gle	[ˋdʒʌgəl]	玩雜耍
15	smug·gle	[ˋsmʌgəl]	走私
16	snug·gle	[ˋsnʌgəl]	偎依，使舒適溫暖
17	strug·gle	[ˋstrʌgəl]	掙扎
18	sup·ple	[ˋsʌpəl]	柔軟的，流暢的
19	tus·sle	[ˋtʌsəl]	扭打，爭論
20	shut·tle	[ˋʃʌtl]	梭，短程穿梭運輸工具
21	scut·tle	[ˋskʌtl]	天窗，小艙口，使沉沒
22	guz·zle	[ˋgʌzəl]	猛喝，狼吞虎嚥地吃
23	muz·zle	[ˋmʌzəl]	嘴臉，槍口，封鎖言論
24	nuz·zle	[ˋnʌzəl]	用鼻子觸
25	puz·zle	[ˋpʌzəl]	謎題，使困惑
26	bus·tle	[ˋbʌsəl]	奔忙 STLE 結尾，T 不發音
27	hus·tle	[ˋhʌsəl]	猛推，催促 STLE 結尾，T 不發音
28	rus·tle	[ˋrʌsəl]	沙沙作響 STLE 結尾，T 不發音
29	sub·tle	[ˋsʌtl]	精妙的，稀薄的 此 B 不發音
30	buck·le	[ˋbʌkəl]	扣子，扣緊
31	suck·le	[ˋsʌkəl]	哺乳，養育
32	chuck·le	[ˋtʃʌkəl]	抿嘴輕笑
33	knuck·le	[ˋnʌkəl]	指關節 KN 開頭，K 不發音
34	truck·le	[ˋtrʌkəl]	滑輪，屈從
35	bum·ble	[ˋbʌmbəl]	結結巴巴地講話
36	fum·ble	[ˋfʌmbəl]	摸索，笨拙地做，失球

37	hum·ble	[`hʌmbəl]	謙虛的，使謙卑
38	jum·ble	[`dʒʌmbəl]	搞亂
39	mum·ble	[`mʌmbəl]	咕噥，含糊地説
40	rum·ble	[`rʌmbəl]	隆隆響，洞察
41	tum·ble	[`tʌmbəl]	摔倒，翻筋斗
42	stum·ble	[`stʌmbəl]	絆跌，偶然發現
43	crum·ble	[`krʌmbəl]	弄碎
44	grum·ble	[`grʌmbəl]	發牢騷，隆隆響
45	rum·ple	[`rʌmpəl]	弄皺，弄得亂七八糟
46	bun·dle	[`bʌndl̩]	包袱，束
47	trun·dle	[`trʌndl̩]	小腳輪，滾動
48	bun·gle	[`bʌŋgəl]	粗製濫造
49	jun·gle	[`dʒʌŋgəl]	叢林
50	un·cle	[`ʌŋkəl]	伯，叔，舅，姑丈，姨丈

(6) (子音+) A+ 子音 +LE 的 A 讀 /e/

▶MP3-085

> A 和結尾的 LE 中間只有一個子音時，這個子音要陪 LE 成一個音節，所以 A 後面就沒有子音陪了，因此會讀做長音（它字母的本音）/e/。

練習表 §28.6

1	a·ble	[`ebəl]	有才幹的，幹練的
2	ca·ble	[`kebəl]	電纜

3	fa·ble	[ˋfebəl]	寓言
4	ga·ble	[ˋgebəl]	三角形的建築部份或器具
5	sa·ble	[ˋsebəl]	黑貂
6	ta·ble	[ˋtebəl]	桌子
7	sta·ble	[ˋstebəl]	穩定的，馬，牛棚
8	la·dle	[ˋledl̩]	長柄勺子
9	cra·dle	[ˋkredl̩]	搖籃，發源地
10	ma·ple	[ˋmepəl]	楓樹
11	sta·ple	[ˋstepəl]	釘書釘，大宗出產

(7)（子音+)I+ 子音+LE 的 I 讀 /aɪ/

I 和結尾的 LE 中間只有一個子音時，這個子音要陪 LE 成一個音節，所以 I 後面就沒子音陪了，因此會讀做長音（它字母的本音）/aɪ/。

練習表 §28.7

1	i·sle	[aɪl]	小島 此 S 不發音
2	li·sle	[laɪl]	萊爾線 此 S 不發音
3	bi·ble	[ˋbaɪbəl]	聖經，權威著作
4	si·dle	[ˋsaɪdl̩]	側身而行
5	bri·dle	[ˋbraɪdl̩]	馬勒，約束
6	ri·fle	[ˋraɪfəl]	來福槍
7	tri·fle	[ˋtraɪfəl]	玩弄，瑣事
8	sti·fle	[ˋstaɪfəl]	使窒息，鎮壓

| 9 | ti·tle | [`taɪtl] | 標題，所有權 |

例外：

| 1 | chi·cle | [`tʃɪkəl] | 糖膠樹膠 |
| 2 | tri·ple | [`trɪpəl] | 三倍 |

(8) (子音+) O+ 子音 +LE 的 O 讀 /o/

O 和結尾的 LE 中間只有一個子音時，這個子音要陪 LE 成一個音節，所以 O 後面就沒子音陪了，因此會讀做長音（它字母的本音）/o/。

| 1 | no·ble | [`nobəl] | 高貴的 |
| 2 | co·ble | [`kobəl] | 平底船 |

(9) (子音+) U+ 子音 +LE 的 U 讀 /ju/

U 和結尾的 LE 中間只有一個子音時，這個子音要陪 LE 成一個音節，所以 U 後面就沒子音陪了，因此會讀做長音（它字母的本音）/ju/。

| 1 | **bu·gle** | [`bjugəl] | 牛角，號角 |

(10) (子音+) EA+ 子音 +LE 的 EA 讀 /i/

> EA 和結尾的 LE 中間只有一個子音時，EA 仍然讀成 /i/。

1	**ea·gle**	[`igəl]	鷹
2	**bea·gle**	[`bigəl]	小獵兔犬
3	**bea·dle**	[`bidl̩]	牧師助理，差役

(11) (子音+) EE+ 子音 +LE 的 EE 讀 /i/

> EE 和結尾的 LE 中間只有一個子音時，EE 仍然讀成 /i/。

1	**fee·ble**	[`fibəl]	虛弱的
2	**nee·dle**	[`nidl̩]	針
3	**bee·tle**	[`bitl̩]	甲蟲，槌
4	**stee·ple**	[`stipəl]	尖頂

(12) (子音 +) OO+ 子音 +LE 的 OO 讀 /u/

OO 和結尾的 LE 中間只有一個子音時，OO 讀成 /u/。

1	**doo·dle**	[`dudl̩]	哄騙
2	**noo·dle**	[`nudl̩]	麵
3	**poo·dle**	[`pudl̩]	長捲毛狗
4	**foo·tle**	[`futl̩]	白費時間
5	**too·tle**	[`tutl̩]	輕吹，講廢話
6	**foo·zle**	[`fuzəl]	笨拙的人

(13) (子音 +) OU+ 一個子音 +LE 的 OU 有時讀成 /ʌ/

OU 和結尾的 LE 中間只有一個子音時，有些 OU 讀成 /ʌ/。

1	**dou·ble**	[`dʌbəl]	加倍
2	**trou·ble**	[`trʌbəl]	麻煩，使……苦惱
3	**cou·ple**	[`kʌpəl]	一雙，一對

(14) (子音 +) AR+ 子音 +LE 的 AR 讀 /ɑr/

> AR 和結尾的 LE 中間只有一個子音時，AR 仍然讀 /ɑr/。

1	**gar·ble**	[ˋgɑrbəl]	斷章取義
2	**gar·gle**	[ˋgɑrgəl]	漱口
3	**mar·ble**	[ˋmɑrbəl]	大理石，玻璃彈珠
4	**spar·kle**	[ˋspɑrkəl]	閃耀
5	**star·tle**	[ˋstɑrtl]	使大吃一驚

接下來，我要把上述規則延伸使用到 AL、EL、IL、OL 或 UL 結尾的字。

(15) (子音 +) 母音 + 子音 + 子音 + 母音 +L，**前面的母音讀短音**

▶ MP3-086

> 任何一個母音和結尾的 AL / EL / IL / OL / UL 中間有兩個子音時，要把那兩個子音拆開來，第二個子音陪後面的 AL / EL / IL / OL / UL 成一個音節，第一個子音則陪前面的母音，因此這個母音會讀短音。後面這個母音讀輕音。

以下單字的 A 讀 /æ/

1	**scan·dal**	[ˋskændl]	醜聞
2	**ras·cal**	[ˋræskəl]	流氓
3	**can·cel**	[ˋkæn(t)səl]	取消

4	flan·nel	[`flænl̩]	法蘭絨
5	an·vil	[`ænvəl]	鐵砧，骨，砧骨

以下單字的 E 讀 /ɛ/

6	den·tal	[`dɛntl̩]	牙科的
7	ves·sel	[`vɛsəl]	船隻，容器
8	pen·cil	[`pɛn(t)səl]	鉛筆

以下單字的 I 和 Y 讀 /ɪ/

9	nick·el	[`nɪkəl]	（美國和加拿大的）五分鎳幣，鍍鎳於
10	cym·bal	[`sɪmbəl]	鈸
11	sym·bol	[`sɪmbəl]	象徵，標誌，符號

以下單字的 O 讀 /ɑ/

12	fos·sil	[`fɑsəl]	化石
13	ron·del	[`rɑndl̩]	十四行的短詩

以下單字的 U 讀 /ʌ/

14	fun·nel	[`fʌnl̩]	漏斗
15	tun·nel	[`tʌnl̩]	隧道

(16)（子音 +) 母音 + 子音 + 母音 +L，**前面的母音讀長音**

任何一個母音和結尾的 AL / EL / IL/ OL / UL 中間只有一個子音時，中間的這個子音要陪後面的 AL / EL / IL / OL / UL 成為一個音節，所以前面這個母音的後面就沒有子音陪了，因此會讀做長音（它字母的本音）。後面這個母音讀輕音。

以下單字的 A 讀 /e/

1	ba·gel	[`begəl]	焙果
2	ba·sil	[`bezəl]	九層塔，羅勒
3	fa·tal	[`fetl]	致命的
4	ha·dal	[`hedl]	超深淵的，超深淵，海溝的
5	la·bel	[`lebəl]	標籤
6	na·sal	[`nezəl]	鼻音
7	na·tal	[`netl]	出生的，誕生的
8	na·val	[`nevəl]	海軍的，軍艦的
9	na·vel	[`nevəl]	肚臍

以下單字的 E 讀 /i/

10	be·tel	[`bitl]	蔞葉，蒟醬葉 這個字的第一個 E 讀做長音 /i/

以下單字的 I 讀 /aɪ/

11	idol	[`aɪdl]	偶像
12	vi·tal	[`vaɪtl]	非常重要的

以下單字的 O 讀 /o/

13	oval	[`ovəl]	橢圓形的
14	fo·cal	[`fokəl]	焦點的
15	lo·cal	[`lokəl]	本地人，當地的，局部的，每站必停的
16	vo·cal	[`vokəl]	聲音的，口頭的，自由發表意見的，聲樂的
17	nod·al	[`nodl]	節的，結的，波節的 源自 node，所以 O 讀 /o/
18	ton·al	[`tonl]	音調的，音色的，色調的 源自 tone，所以 O 讀 /o/

19	**zon·al**	[`zonl̩]	帶的，帶狀的，分區的，地區性的 源自 zone，所以 O 讀 /o/
20	**to·tal**	[`totl̩]	全體的，總計的，全然的，總計
			以下單字的 U 讀 /ju/
21	**pu·pil**	[`pjupəl]	瞳孔，學生

例外一：這幾個字重音節的母音讀短音

以下這幾個字的音節區分法不同，但是重音節的母音仍讀短音。

練習表 §28.16a

			以下單字的 A 讀 /æ/
1	**cam·el**	[`kæməl]	駱駝
2	**pan·el**	[`pænl̩]	面板，嵌板，儀表板，座談小組
			以下單字的 E 讀 /ɛ/
3	**dev·il**	[`dɛvəl]	惡魔
4	**gem·el**	[`dʒɛməl]	鉸鏈，成對
5	**lev·el**	[`lɛvəl]	程度
6	**med·al**	[`mɛdl̩]	勳章
7	**pet·al**	[`pɛtl̩]	花瓣
8	**reb·el**	[`rɛbəl]	反叛者 這個字是名詞，重音在前。如為動詞，請見下面例外三第 3 個字
9	**civ·il**	[`sɪvəl]	市民的

例外二：這幾個字重音節的 A 讀 /æ/

以下這幾個字重音節在後面的母音上，結果這個重音的 A 讀短音 /æ/。

1	**ba·nal**	[bə`næl]	平庸的，陳腐的
2	**ca·nal**	[kə`næl]	運河，導管
3	**fa·nal**	[fə`næl]	提燈，燈塔，信號燈

例外三：這幾個字重音節的 E 讀 /ɛ/

以下這幾個字重音節在後面的母音上，結果這個重音的 E 讀短音 /ɛ/。

1	**No·bel**	[no`bɛl]	諾貝爾
2	**ex·cel**	[ɪk`sɛl]	突出，勝過他人
3	**re·bel**	[rɪ`bɛl]	反叛 這個字是動詞，重音在後面。如為名詞，請見上面例外一第 8 個字

自我檢測　第28章「~LE」

(1) 見字會讀

　　現在，請讀下面這些字，然後比對我的讀法，看看你是不是都讀對，而能夠「見字會讀」了。

1	scrabble	2	shackle	3	twaddle	4	speckle
5	trestle	6	treble	7	scribble	8	dwindle
9	nozzle	10	scuffle	11	struggle	12	knuckle
13	stifle	14	noble	15	steeple	16	noodle
17	startle	18	total	19	cancel	20	dental

(1) 見字會讀解答：　MP3-087

MP3-088

　　接下來，我們來看看你是否「聽音會拼」。請聽我出題，然後把你的答案寫在下面空格裡，最後再比對我的解答。

序號	單字	音標
1		
2		
3		
4		
5		
6		
7		
8		
9		
10		

(2) 聽音會拼解答：

1	cobble, coble	[ˋkɑbəl] [ˋkobəl]
2	kettle, cattle	[ˋkɛtl̩][ˋkætl̩]
3	sparkle	[ˋspɑrkəl]
4	strangle	[ˋstræŋgəl]
5	tittle, title	[ˋtɪtl̩] [ˋtaɪtl̩]
6	throstle	[ˋθrɑsəl]
7	rustle	[ˋrʌsəl]
8	sprinkle	[ˋsprɪŋkəl]
9	bugle	[ˋbjugəl]
10	squiggle	[ˋskwɪgəl]

AGE 結尾的字

● MP3-089

> AGE 在多音節字的結尾時，絕大多數讀為輕音 /ɪdʒ/，除非是源自法語的字。

(1) 這幾個 ~AGE 字，重音節的 A 讀 /æ/

> 以下這幾個 AGE 結尾的字，重音節的 A 讀蝴蝶音 /æ/。

練習表 §29.1

1	dam·age	[ˋdæmɪdʒ]	損害，毀壞
2	man·age	[ˋmænɪdʒ]	經營，管理，操縱
3	rav·age	[ˋrævɪdʒ]	蹂躪，劫掠
4	sav·age	[ˋsævɪdʒ]	野性的，殘酷的，未開化的（人）
5	cab·bage	[ˋkæbɪdʒ]	高麗菜，偷
6	bag·gage	[ˋbægɪdʒ]	行李，過時的東西
7	ban·dage	[ˋbændɪdʒ]	繃帶
8	pack·age	[ˋpækɪdʒ]	包裹
9	wrap·page	[ˋræpɪdʒ]	包裹物 WR 開頭，W 不發音
10	sal·vage	[ˋsælvɪdʒ]	救助，打撈
11	van·tage	[ˋvæntɪdʒ]	優勢
12	ad·van·tage	[ədˋvæntɪdʒ]	有利條件，優勢，好處，有利於
13	lan·guage	[ˋlæŋgwɪdʒ]	語言 此 GU 讀 /gw/

14	car·riage	[`kærɪdʒ]	四輪馬車，儀態，車架
15	mar·riage	[`mærɪdʒ]	婚姻
16	av·er·age	[`æv(ə)rɪdʒ]	平均，平均數，平均的
17	an·chor·age	[`æŋk(ə)rɪdʒ]	拋錨，停泊稅，委託 此 CH 讀 /k/

例外：

			練習表 § 29.1a
1	wat·tage	[`watɪdʒ]	瓦特數 因為 W 的影響，此 A 讀 /a/
2	wast·age	[`westɪdʒ]	浪費量，廢物，消蝕 源自 waste
3	pa·tron·age	[`petrənɪdʒ]	庇護人，資助，恩賜的態度 源自 patron，也可讀做 [`pætrənɪdʒ]

(2) 這幾個 ~AGE 字，重音節的 E 讀 /ɛ/

以下這幾個 AGE 結尾的字，重音節的 E 讀做 /ɛ/。

			練習表 § 29.2
1	pres·age	[`prɛsɪdʒ]	預兆，預感
2	mes·sage	[`mɛsɪdʒ]	信息
3	wreck·age	[`rɛkɪdʒ]	殘骸 WR 開頭，W 不發音
4	sel·vage	[`sɛlvɪdʒ]	布邊，邊緣，斷層泥
5	her·itage	[`hɛrətɪdʒ]	世襲財產，繼承權
6	eq·ui·page	[`ɛkwəpɪdʒ]	裝備，成套用具

7	bev·er·age	[`bɛv(ə)rɪdʒ]	飲料
8	lev·er·age	[`lɛv(ə)rɪdʒ]	槓桿作用，影響力
9	hem·or·rhage	[`hɛm(ə)rɪdʒ]	出血 RH 在一起時，H 不發音
10	ap·pend·age	[ə`pɛndɪdʒ]	附加物，附器，附肢
11	per·cent·age	[pə`sɛntɪdʒ]	百分比，比例，利潤 C 後面有 E，C 讀 /s/

(3) 這幾個 ~AGE 字，重音節的 I 讀 /aɪ/

以下這幾個 AGE 結尾的字，重音節的 I 讀做 /aɪ/。

練習表 §29.3

1	lin·age	[`laɪnɪdʒ]	行數 源自 line；注意下表中第 2 個字 lineage 的讀法
2	si·lage	[`saɪlɪdʒ]	青貯飼料
3	mile·age	[`maɪlɪdʒ]	里程，好處，利潤
4	pi·lot·age	[`paɪlətɪdʒ]	領航，駕駛術

(4) 這幾個 ~AGE 字，重音節的 I 讀 /ɪ/

以下這幾個 AGE 結尾的字，重音節的 I 讀做 /ɪ/。

練習表 §29.4

1	im·age	[`ɪmɪdʒ]	影像，形象

2	lin·eage	[`lɪnɪdʒ]	血統，世系，門第 注意上表中第 1 個字 linage 的讀法
3	vis·age	[`vɪzɪdʒ]	面容，外表 此 S 讀 /z/
4	vic·i·nage	[`vɪsn̩ɪdʒ]	附近的地區，鄰居，近鄰 C 後面有 I，C 讀 /s/
5	pil·grim·age	[`pɪlgrəmɪdʒ]	朝聖，遠遊，人生歷程
6	pil·lage	[`pɪlɪdʒ]	掠奪
7	til·lage	[`tɪlɪdʒ]	耕種，耕地
8	vil·lage	[`vɪlɪdʒ]	鄉村，群落
9	crib·bage	[`krɪbɪdʒ]	一種紙牌遊戲
10	slip·page	[`slɪpɪdʒ]	滑動，動力傳遞，損耗
11	scrim·mage	[`skrɪmɪdʒ]	散兵戰，並列爭球
12	wind·age	[`wɪndɪdʒ]	風力修正量，砲孔直徑與砲彈直徑的差率
13	link·age	[`lɪŋkɪdʒ]	聯繫，連鎖
14	mint·age	[`mɪntɪdʒ]	硬幣，鑄幣權，硬幣上的印記
15	vin·tage	[`vɪntɪdʒ]	葡萄收穫期，佳釀酒
16	pil·fer·age	[`pɪlf(ə)rɪdʒ]	偷竊，贓物

(5) 這幾個 ~AGE 字，重音節的 O 讀 /ɑ/

以下這幾個 AGE 結尾的字，重音節的 O 讀 /ɑ/。

練習表 §29.5

1	hom·age	[`(h)ɑmɪdʒ]	效忠，效忠的儀式，尊敬

2	non·age	[ˋnɑnɪdʒ]	青年時期，未成熟，未成年
3	cot·tage	[ˋkɑtɪdʒ]	村舍，小屋，小型別墅
4	pot·tage	[ˋpɑtɪdʒ]	濃湯
5	dock·age	[ˋdɑkɪdʒ]	入塢費，碼頭費，削減，扣除
6	block·age	[ˋblɑkɪdʒ]	封鎖，閉塞
7	stop·page	[ˋstɑpɪdʒ]	停止，中止，阻塞，故障
8	bond·age	[ˋbɑndɪdʒ]	奴役，束縛
9	frond·age	[ˋfrɑndɪdʒ]	茂盛的葉
10	host·age	[ˋhɑstɪdʒ]	人質，抵押品
11	fos·ter·age	[ˋfɑstərɪdʒ]	領養，助長

(6) 這幾個 ~AGE 字，重音節的 O 讀 /o/

以下這幾個 AGE 結尾的字，重音節的 O 讀 /o/。

練習表 §29.6

1	dot·age	[ˋdotɪdʒ]	老年糊塗，溺愛 源自 dote，故 O 讀 /o/
2	tow·age	[ˋtoɪdʒ]	牽引，拖船費 此 OW 讀 /o/
3	volt·age	[ˋvoltɪdʒ]	電壓，瓦特數
4	post·age	[ˋpostɪdʒ]	郵資
5	fo·liage	[ˋfol(i)ɪdʒ]	葉子，葉飾
6	over·age	[ˋov(ə)rɪdʒ]	過度，超額

(7) 這個 ~AGE 字，重音節的 OY 讀 /ɔɪ/

以下這個 AGE 結尾的字，重音節的 OY 仍照規則讀 /ɔɪ/。

練習表 §29.7

1	voy·age	[`vɔɪɪdʒ]	航程，航行

(8) 這幾個 ~AGE 字，重音節的 O 讀 /ʌ/

以下這幾個 AGE 結尾的字，重音節的 O 讀 /ʌ/。

練習表 §29.8

1	ton·nage	[`tʌnɪdʒ]	登記噸位，軍艦的排水量
2	front·age	[`frʌntɪdʒ]	正面，前方，臨街地，紮營地
3	cov·er·age	[`kʌv(ə)rɪdʒ]	所包括的範圍，承保險別

(9) 這幾個 ~AGE 字，重音節的 U 讀 /ju/

以下這幾個 AGE 結尾的字，重音節的 U 讀 /ju/。

練習表 §29.9

1	us·age	[`jusɪdʒ]	用法，使用，慣用法
2	mu·cil·age	[`mjus(ə)lɪdʒ]	植物的黏液 C 後面有 I，C 讀 /s/

(10) 這個 ~AGE 字的 U 讀 /u/

以下這個 AGE 結尾的字，其中的 U 讀做 /u/，因為在 L 後面。

			練習表 §29.10
1	**plum·age**	[ˋplumɪdʒ]	羽衣，全身羽毛，漂亮精緻的衣服 源自 plume

(11) 這幾個 ~AGE 字，重音節的 U 讀 /ʌ/

以下這幾個 AGE 結尾的字，重音節的 U 讀 /ʌ/。

			練習表 §29.11
1	**lug·gage**	[ˋlʌgɪdʒ]	行李
2	**rum·mage**	[ˋrʌmɪdʒ]	翻找
3	**truck·age**	[ˋtrʌkɪdʒ]	貨車運費，貨車運輸
4	**um·brage**	[ˋʌmbrɪdʒ]	樹蔭，暗影
5	**suf·frage**	[ˋsʌfrɪdʒ]	投票，參政權，代禱

(12) 這幾個 ~AGE 字，重音節的 AR 讀 /ɑr/　　　　●MP3-090

以下這幾個 AGE 結尾的字，重音節的 AR 讀 /ɑr/。

1	bar·rage	[ˋbɑrɪdʒ]	堰，攔河壩 另一種讀法，請見練習表 20 第 3 個字
2	gar·bage	[ˋgɑrbɪdʒ]	垃圾，下流的讀物
3	car·nage	[ˋkɑrnɪdʒ]	殘殺，大屠殺
4	yard·age	[ˋjɑrdɪdʒ]	碼數，方碼數
5	par·son·age	[ˋpɑrsn̩ɪdʒ]	牧師住所

例外：

| 1 | wharf·age | [ˋ(h)wɔrfɪdʒ] | 碼頭費，碼頭設備 因為 W 的影響，此 AR 讀 /ɔr/ |

(13) 這幾個 ~AGE 字，重音節的 ER 讀 /ɝ/

以下這幾個 AGE 結尾的字，重音節的 ER 讀 /ɝ/。

1	herb·age	[ˋɝbɪdʒ]	草本植物，放牧權 此 H 不發音
2	ver·biage	[ˋvɝb(i)ɪdʒ]	冗詞，措辭
3	her·mit·age	[ˋhɝmɪtɪdʒ]	隱士住處，隱士生活
4	per·son·age	[ˋpɝsn̩ɪdʒ]	名流，顯貴，角色

(14) 這幾個 ~AGE 字，重音節的 OR 讀 /ɔr/

以下這幾個 AGE 結尾的字，重音節的 OR 讀 /ɔr/。

			練習表 §29.14	
1	for·age	[`fɔrɪdʒ]	草料，搜索，掠奪	
2	stor·age	[`stɔrɪdʒ]	貯藏，庫存量	
3	cord·age	[`kɔrdɪdʒ]	繩索，某一指定地區的木材總數	
4	port·age	[`pɔrtɪdʒ]	運輸，水路聯運	
5	shortage	[`ʃɔrtɪdʒ]	短缺	
6	mort·gage	[`mɔrgɪdʒ]	抵押 此 T 不發音	
7	or·phan·age	[`ɔrf(ə)nɪdʒ]	孤兒，孤兒院	

例外：

			練習表 §29.14a	
1	word·age	[`wɝdɪdʒ]	文字用詞，措辭 因為 W 的影響，此 OR 讀 /ɝ/	

(15) 這幾個 ~AGE 字，重音節的 OUR 讀 /ɝ/ 或 /ʌr/

以下這幾個 AGE 結尾的字，重音節的 OUR 讀 /ɝ/ 或 /ʌr/。

			練習表 §29.15	
1	cour·age	[`kɝɪdʒ]	勇氣 音標也可註成 [`kʌrɪdʒ]	
2	en·cour·age	[ɪn`kɝɪdʒ]	鼓勵 音標也可註成 [ɪn`kʌrɪdʒ]	

(16) 這個 ~AGE 字，重音節的 AI 讀 /e/

以下這個 AGE 結尾的字，重音節的 AI 仍照規則讀 /e/。

1	**drain·age**	[ˋdrenɪdʒ]	排水，排水系統，導液法

(17) 這幾個 ~AGE 字，重音節的 AU 讀 /ɔ/

以下這幾個 AGE 結尾的字的重音節的 AU 仍照規則讀 /ɔ/。

1	**haul·age**	[ˋhɔlɪdʒ]	拖，拖力，運費
2	**sau·sage**	[ˋsɔsɪdʒ]	香腸

(18) 這幾個 ~AGE 字，重音節的 EA 或 EE 讀 /i/

以下這幾個 AGE 結尾的字，重音節的 EA 或 EE 仍照規則讀 /i/。

1	**leaf·age**	[ˋlifɪdʒ]	葉子
2	**leak·age**	[ˋlikɪdʒ]	漏
3	**seep·age**	[ˋsipɪdʒ]	滲透

例外：EER 的 EE 讀 /ɪ/

> 但在 R 前的 EE 則要讀為短而模糊的 /ɪ/。

1	**peer·age**	[`pɪ(ə)rɪdʒ]	貴族，貴族爵位
2	**steer·age**	[`stɪ(ə)rɪdʒ]	駕駛，統艙，舵效速率

(19) 這個 ~AGE 字，重音節的 OO 讀 /ʊ/

> 以下這個 AGE 結尾的字，重音節的 OO 讀短而模糊的 /ʊ/。

1	**foot·age**	[`fʊtɪdʒ]	以呎表示的長度

> AGE 在多音節字的結尾時，少數讀為 /ɑʒ/，且大多為全字的重音節所在。這些字都是源自法語。/ʒ/ 這個音，我們之前都還沒學過，可是它不會太難發。你只要先發 /ʃ/ 的音，然後讓喉嚨震動，就會發出這個 /ʒ/ 的聲音了。

(20) 這些源自法語的 ~AGE 讀 /ɑʒ/，大多是重音節

> 以下這些源自法語的字的重音節大多在結尾的 AGE，而這些 AGE 都讀做 /ɑʒ/。

1	ga·rage	[gə`raʒ]	車庫
2	mi·rage	[mə`raʒ]	海市蜃樓，幻想
3	bar·rage	[bə`raʒ]	掩護炮火，傾瀉 另一種讀法，請見練習表 12 第 1 個字
4	mas·sage	[mə`saʒ]	按摩
5	col·lage	[kə`laʒ]	抽象派的拼貼畫，大雜燴
6	mon·tage	[man`taʒ]	綜合畫
7	pho·to·mon·tage	[ˌfotəman`taʒ]	集合照片，集合照片創作法
8	cor·sage	[kɔr`saʒ]	飾於女裝上的小花束，女用緊身上衣
9	en·tou·rage	[ˌantʊ`raʒ]	周圍，隨行人員 此 E 讀 /a/

例外：下面這個字的重音在第一個音節

1	es·pio·nage	[`ɛspiəˌnaʒ]	諜報，間諜活動 此 I 讀長音 /i/，不同於台灣的許多辭典所標註的

(1) 見字會讀

　　現在，請讀下面這些字，然後比對我的讀法，看看你是不是都讀對，而能夠「見字會讀」了。

1	wrappage	2	marriage	3	message	4	image
5	village	6	pilgrimage	7	pilferage	8	bandage
9	blockage	10	voyage	11	usage	12	rummage
13	truckage	14	yardage	15	wharfage	16	personage
17	storage	18	wordage	19	drainage	20	sausage

(1) 見字會讀解答：　▶ MP3-091

(2) 聽音會拼

● MP3-092

接下來，我們來看看你是否「聽音會拼」。請聽我出題，然後把你的答案寫在下面空格裡，最後再比對我的解答。

序號	單字	音標
1		
2		
3		
4		
5		
6		
7		
8		
9		
10		

(2) 聽音會拼解答：

1	damage	[ˋdæmɪdʒ]
2	baggage	[ˋbægɪdʒ]
3	wreckage	[ˋrɛkɪdʒ]
4	percentage	[pɚˋsɛntɪdʒ]
5	linkage	[ˋlɪŋkɪdʒ]
6	shortage	[ˋʃɔrtɪdʒ]
7	hostage	[ˋhɑstɪdʒ]
8	voltage	[ˋvoltɪdʒ]
9	garbage	[ˋgɑrbɪdʒ]
10	luggage	[ˋlʌgɪdʒ]

30 IC 或 ICS 結尾的字 ▶MP3-093

(1) ~IC 的字尾讀 /ɪk/，而 ~ICS 的字尾讀做 /ɪks/

字尾是 IC 時，讀做 /ɪk/。字尾是 ICS 時，讀做 /ɪks/。重音節絕大多數在倒數第二個音節，也就是 IC 或 ICS 的前一個音節。

練習表 §30.1

1	mag·ic	[ˋmædʒɪk]	魔術
2	plas·tic	[ˋplæstɪk]	塑料的
3	stat·ic	[ˋstætɪk]	靜電的，靜態的
4	chro·mat·ic	[kroˋmætɪk]	彩色的，半音階的
5	chro·mat·ics	[kroˋmætɪks]	色彩學
6	ro·man·tic	[roˋmæntɪk]	浪漫的 也可讀做 [rəˋmæntɪk]
7	dy·nam·ic	[daɪˋnæmɪk]	有幹勁的
8	dy·nam·ics	[daɪˋnæmɪks]	動力學
9	fan·tas·tic	[fænˋtæstɪk]	奇異的，幻想的，極棒的
10	bu·reau·crat·ic	[ˌbjʊrəˋkrætɪk]	官僚的，官僚作風的，官樣文章的
11	math·e·mat·ics	[ˌmæθ(ə)ˋmætɪks]	數學 此 TH 讀做送氣的 /θ/
12	en·thu·si·as·tic	[ɛnˌθjuziˋæstɪk]	熱心的 此 TH 讀做送氣的 /θ/
13	pe·di·at·rics	[ˌpidiˋætrɪks]	小兒科
14	ath·let·ic	[æθˋlɛtɪk]	運動的，善於運動的

15	po·et·ic	[po`ɛtɪk]	詩的，富有詩意的
16	ki·net·ics	[kə`nɛtɪks]	動力學
17	syn·thet·ic	[sɪn`θɛtɪk]	合成的
18	ac·a·dem·ic	[͵ækə`dɛmɪk]	學術的，學究式人物
19	en·er·get·ic	[͵ɛnə`dʒɛtɪk]	精力充沛的
20	ob·stet·rics	[ɑb`stɛtrɪks]	產科學，助產術
21	civ·ic	[`sɪvɪk]	城市的，公民的 C 後面有 I，C 讀 /s/
22	civ·ics	[`sɪvɪks]	公民學 C 後面有 I，C 讀 /s/
23	mim·ic	[`mɪmɪk]	模仿，模擬的
24	clin·ic	[`klɪnɪk]	診所
25	crit·ic	[`krɪtɪk]	評論家，愛挑剔的人
26	lyr·ic	[`lɪrɪk]	抒情的，抒情詩
27	lyr·ics	[`lɪrɪks]	歌詞
28	phys·ics	[`fɪzɪks]	物理學
29	acid·ic	[ə`sɪdɪk]	酸的，酸性的
30	acryl·ic	[ə`krɪlɪk]	丙烯酸的
31	spe·cif·ic	[spɪ`sɪfɪk]	特定的，明確的，獨特的 C 後面有 I，C 讀 /s/
32	ter·rif·ic	[tə`rɪfɪk]	極妙的，駭人的
33	ar·tis·tic	[ɑr`tɪstɪk]	藝術的，藝術性強的
34	sta·tis·tics	[stə`tɪstɪks]	統計學
35	lin·guis·tic	[lɪŋ`gwɪstɪk]	語言學的
36	lin·guis·tics	[lɪŋ`gwɪstɪks]	語言學
37	op·ti·mis·tic	[͵ɑptə`mɪstɪk]	樂觀的

38	pes·si·mis·tic	[ˌpɛsə`mɪstɪk]	悲觀的
39	char·ac·ter·is·tic	[ˌkɛrɪktə`rɪstɪk]	特有的，特性 也可讀做 [ˌkærɪktə`rɪstɪk]
40	frol·ic	[`fralɪk]	作樂
41	log·ic	[`ladʒɪk]	邏輯學，推理法
42	tox·ic	[`taksɪk]	有毒的
43	pho·nics	[`fanɪks]	發音教法 也可讀做 [`fonɪks]
44	iron·ic	[aɪ`ranɪk]	諷刺的，具有諷刺意味的
45	ro·bot·ic	[ro`batɪk]	機器人般抽動的
46	ro·bot·ics	[ro`batɪks]	機器人學
47	eco·nom·ics	[ˌɛkə`namɪks]	經濟學 也可讀做 [ˌikə`namɪks]
48	ul·tra·son·ic	[ˌʌltrə`sanɪk]	超音波，超音速的
49	al·co·hol·ic	[ˌælkə`halɪk]	酒精，酗酒者 也可讀做 [ˌælkə`hɔlɪk]
50	an·ti·bi·ot·ic	[ˌæntɪbaɪ`atɪk]	抗生素，抗菌素
51	phil·har·mon·ic	[ˌfɪlˌhar`manɪk]	愛樂的，交響樂團的
52	er·go·nom·ics	[ˌɝgə`namɪks]	人體工學
53	cat·as·troph·ic	[ˌkætə`strafɪk]	悲劇結局的，災禍的
54	ane·mic	[ə`nimɪk]	貧血的
55	mu·sic	[`mjuzɪk]	音樂
56	a·cous·tic	[ə`kustɪk]	音響的，聲學的
57	a·cous·tics	[ə`kustɪks]	聲學
58	arc·tic	[`arktɪk]	北極的，北極圈，嚴寒的
59	al·ler·gic	[ə`lɝdʒɪk]	對……過敏的

例外：重音不在倒數第二個音節

			練習表 §30.1a
1	**pol·i·tics**	[ˋpɑlətɪks]	政治學 這個字常聽人唸錯重音，要注意
2	**Ar·a·bic**	[ˋærəbɪk]	阿拉伯語，阿拉伯的

(1) 見字會讀

現在,請讀下面這些字,然後比對我的讀法,看看你是不是都讀對,而能夠「見字會讀」了。

1	romantic	2	enthusiastic	3	pediatrics	4	clinic
5	terrific	6	pessimistic	7	toxic	8	philharmonic
9	ergonomics	10	anemic	11	allergic	12	arctic
13	alcoholic	14	catastrophic	15	music	16	logic
17	acidic	18	synthetic	19	athletic	20	static

(1) 見字會讀解答: ▶ MP3-094

(2) 聽音會拼

接下來，我們來看看你是否「聽音會拼」。請聽我出題，然後把你的答案寫在下面空格裡，最後再比對我的解答。

序號	單字	音標
1		
2		
3		
4		
5		
6		
7		
8		
9		
10		

(2) 聽音會拼解答：

1	plastic	[`plæstɪk]
2	energetic	[ˌɛnɚˋdʒɛtɪk]
3	fantastic	[fænˋtæstɪk]
4	obstetrics	[abˋstɛtrɪks]
5	optimistic	[ˌaptəˋmɪstɪk]
6	robotics	[roˋbatɪks]
7	antibiotic	[ˌæntɪbaɪˋatɪk]
8	ultrasonic	[ˌʌltrəˋsanɪk]
9	artistic	[arˋtɪstɪk]
10	kinetics	[kəˋnɛtɪks]

NGER 結尾的字，有三種讀法：/ŋɚ/、/ndʒɚ/、和 /ŋgɚ/。以下分別講給你聽。

(1) NG 結尾的動詞 +ER 形成的 NGER 讀 /ŋɚ/

字尾的 NGER，第一種讀法是把以 NG（讀做 /ŋ/）結尾的動詞，在字尾加上 ER，變成與該動詞相關的名詞，讀法變成 /ŋɚ/，例如：

sing（唱歌）　　　→　　　singer（歌手）

[sɪŋ]　　　　　　　→　　　[`sɪŋɚ]

這類字，音標只加了個 /ɚ/，可是這裡的 /ŋ/ 音會像閩南話和客家話裡的「娥」所帶的鼻音一樣，不要讀出 /g/ 的聲音來。

練習表 §31.1

	原動詞	練習字	音標	中文意思和發音註解
1	**bang**	bang·er	[`bæŋɚ]	砰砰作響的東西
2	**hang**	hang·er	[`hæŋɚ]	掛衣架
3	**clang**	clang·er	[`klæŋɚ]	發鏗鏘聲之物
4	**ding**	ding·er	[`dɪŋɚ]	響噹噹的人物
5	**sing**	sing·er	[`sɪŋɚ]	歌手
6	**cling**	cling·er	[`klɪŋɚ]	堅持者，緊貼物
7	**sling**	sling·er	[`slɪŋɚ]	投擲者
8	**ring**	ring·er	[`rɪŋɚ]	按鈴者，套環

| 9 | **wring** | **wring·er** | [ˋrɪŋɚ] | 絞扭者，勒索者 WR 開頭，W 不發音 |
| 10 | **string** | **string·er** | [ˋstrɪŋɚ] | 上弦工人，製造弓弦的人 |

(2) NGE 結尾的字 +R 形成的 NGER 讀做 /ndʒɚ/

字尾的 NGER，第二種讀法來自以 NGE（讀做 /ndʒ/）結尾的動詞或形容詞，在字尾加上 R，變成與該動詞或形容詞相關的名詞，讀法變成 /ndʒɚ/，例如：

singe（燒除毛） → singer（燒毛工，燒毛機）

[sɪndʒ] → [ˋsɪndʒɚ]

有趣的是，這個字與上一個規則的例子，singer（歌手）的拼法是一模一樣的。順便一提，這個字 singe 如果要加 ING 時，E 不可以去掉。

練習表 §31.2

	原詞	練習字	音標	中文意思和發音註解
1	**range**	**rang·er**	[ˋrendʒɚ]	漫遊者
2	**change**	**chang·er**	[ˋtʃendʒɚ]	交換者
3	**exchange**	**ex·chang·er**	[ɪksˋtʃendʒɚ]	交換器
4	**strange**	**strang·er**	[ˋstrendʒɚ]	陌生人
5	**chal·lenge**	**chal·leng·er**	[ˋtʃæləndʒɚ]	挑戰者
6	**binge**	**bing·er**	[ˋbɪndʒɚ]	狂歡作樂者
7	**singe**	**sing·er**	[ˋsɪndʒɚ]	燒毛工，燒毛機
8	**cringe**	**cring·er**	[ˋkrɪndʒɚ]	畏懼者，奉承者
9	**blunge**	**blung·er**	[ˋblʌndʒɚ]	拌絞泥工，拌泥杵
10	**plunge**	**plung·er**	[ˋplʌndʒɚ]	潛水人，柱塞

(3) 無相關詞源的 ~NGER，有些讀做 /ndʒɚ/

> NGER 在無相關詞源的字尾時，有時讀做 /ndʒɚ/。

練習表 §31.3

1	**dan·ger**	[ˋdendʒɚ]	危險
2	**en·danger**	[ɛnˋdendʒɚ]	使遭受危害
3	**man·ger**	[ˋmendʒɚ]	馬槽，牛槽
4	**gin·ger**	[ˋdʒɪndʒɚ]	薑

(4) 無相關詞源的 ~NGER，有些讀做 /ŋgɚ/

> NGER 在無相關詞源的字尾時，有時讀做 /ŋgɚ/。這是 NGER 在字尾的第三種讀法。這個 G 才有讀出 /g/ 的聲音來。

練習表 §31.4

1	**an·ger**	[ˋæŋgɚ]	憤怒
2	**fin·ger**	[ˋfɪŋgɚ]	手指頭
3	**lin·ger**	[ˋlɪŋgɚ]	留戀徘徊，繼續逗留
4	**con·ger**	[ˋkɑŋgɚ]	大海鰻 此 O 讀 /ɑ/
5	**long·er**	[ˋlɔŋgɚ]	較長的（long 的比較級） 此 O 讀 /ɔ/
6	**mon·ger**	[ˋmʌŋgɚ]	商人 此 O 讀 /ʌ/
7	**hun·ger**	[ˋhʌŋgɚ]	飢餓，渴望得到

(1) 見字會讀

現在,請讀下面這些字,然後比對我的讀法,看看你是不是都讀對,而能夠「見字會讀」了。

1	clanger (←clang)	2	ranger (←range)
3	slinger (←sling)	4	singer (←singe)
5	singer (←sing)	6	binger (←binge)
7	changer (←change)	8	banger (←bang)

(1) 見字會讀解答: ▶MP3-097

(2) 聽音會拼

⬤ MP3-098

　　接下來，我們來看看你是否「聽音會拼」。請聽我出題，然後把你的答案寫在下面空格裡，最後再比對我的解答。

序號	單字	音標
1		
2		
3		
4		
5		
6		
7		
8		
9		
10		

(2) 聽音會拼解答：

1	hanger	[ˋhæŋɚ]
2	ringer, wringer	[ˋrɪŋɚ]
3	stringer	[ˋstrɪŋɚ]
4	stranger	[ˋstrendʒɚ]
5	challenger	[ˋtʃæləndʒɚ]
6	plunger	[ˋplʌndʒɚ]
7	ginger	[ˋdʒɪndʒɚ]
8	danger	[ˋdendʒɚ]
9	linger	[ˋlɪŋɚ]
10	hunger	[ˋhʌŋɚ]

32 IO 的讀法

🔘 MP3-099

在一個字裡面，IO 總是讀成兩個音節，不是 /aɪə/，就是 /iə/，或者字尾的 /io/。我將在下面分別說明。

(1) IO 是字的前兩個音節時，I 讀 /aɪ/、O 讀 /ə/

IO 在一起，而且 I 是第一個音節時，I 讀 /aɪ/，O 讀輕音 /ə/。

練習表 § 32.1

1	li·on	[ˋlaɪən]	獅子
2	sci·on	[ˋsaɪən]	接穗，子孫，後裔 C 後面有 I，C 讀 /s/
3	ri·ot	[ˋraɪət]	暴動
4	pri·or	[ˋpraɪ(ə)r]	先前的，修道院院長
5	di·o·cese	[ˋdaɪəˏsis]	主教轄區 C 後面有 E，C 讀 /s/，其後的 S 也可讀 /z/
6	vi·ol	[ˋvaɪ(ə)l]	中世紀的六絃琴
7	vi·o·let	[ˋvaɪəlɪt]	紫羅蘭
8	vi·o·late	[ˋvaɪəˏlet]	違反
9	vi·o·lent	[ˋvaɪələnt]	狂暴的
10	pi·o·neer	[ˏpaɪəˋnɪr]	拓荒者，開闢，當先鋒
11	vi·o·lin	[ˏvaɪəˋlɪn]	小提琴

例外一：此字的 IO 重音在 O

			練習表 §32.1a
1	**vi·o·la**	[vi`olə]	中提琴 此 I 讀為 /i/，此 O 為重音，要讀為 /o/

例外二：以下三個字的 IO 也讀 /aɪə/

以下三個有 IO 的字，其中的 I 雖非在第一個音節，但仍讀 /aɪ/，O 仍讀輕音 /ə/。

			練習表 §32.1b
1	**Ori·on**	[ɔ`raɪən]	獵戶星座
2	**an·i·on**	[`æ͵naɪən]	陰離子 此字是從 ion（離子）來的
3	**cat·i·on**	[`kæ͵taɪən]	陽離子 此字是從 ion（離子）來的；注意此 TION 的讀法

(2) IO+ 子音，而 IO 不是前兩個音節時，I 讀 /i/、O 讀 /ə/

IO 在一起，但 I 不是第一個音節，而且 IO 後面還有子音時，根據很多美國辭典，此 IO 要讀長音的 /iə/；雖然是長音，但是是輕音節。可是台灣所出版的很多辭典都註成短音的 /ɪə/。我建議你照美國辭典的讀法。

以下這幾些字都只有三個音節，重音都在倒數第三個音節，也就是倒數第三個母音。

1	cham·pi·on	[`tʃæmpiən]	冠軍
2	clar·i·on	[`klæriən]	號角，響亮清晰的 此 A 也可讀 /ɛ/
3	car·ri·on	[`kæriən]	動物屍體的腐肉 此 A 也可讀 /ɛ/
4	char·i·ot	[`tʃæriət]	雙輪戰車 此 A 也可讀 /ɛ/
5	pa·tri·ot	[`petriət]	愛國者 此 A 讀其本音 /e/
6	id·i·om	[`ɪdiəm]	習語，成語
7	id·i·ot	[`ɪdiət]	白癡
8	pe·ri·od	[`pɪriəd]	時期，期間

(3) ~IO 結尾的字，I 讀 /i/、O 讀 /o/

> IO 在一起結尾時，根據很多美國辭典，I 要讀長音的 /i/，但台灣所出版的很多辭典都寫成短音的 /ɪ/，結尾的 O 讀 /o/。我還是建議你照美國辭典的讀法。
>
> 這類字，如果 IO 的前面沒有音節了，重音就在 I，也就是倒數第二個音節；如果前面還有音節，重音就在 IO 之前的那個音節。

			以下這兩個字只有 IO 兩個母音，而且是結尾，所以重音就在第一個母音 I 處。
1	brio	[`brio]	活潑，愉快，興奮
2	trio	[`trio]	三重唱，三重奏
			以下這些字至少有三個音節，重音都在倒數第三個音節，也就是倒數第三個母音。

3	pa·tio	[`pætiˌo]	石砌空地
4	sce·nar·io	[səˋnæriˌo]	方案，劇情說明，電影劇本 C 後面有 I，C 讀 /s/，但是前面的 S 也讀 /s/，兩個 /s/ 只讀一次
5	bar·rio	[`bæriˌo]	西班牙語居民的集居區
6	pis·ta·chio	[pəˋstæʃiˌo]	開心果 此 CH 讀 /ʃ/；也可讀做 [pɪˋstæʃiˌo]
7	ra·tio	[`reʃ(i)ˌo]	比率 此 TI 讀 /ʃ/
8	ra·dio	[`rediˌo]	收音機
9	punc·til·io	[pʌŋkˋtɪliˌo]	儀式等的細節
10	olio	[`oliˌo]	葷素什錦，雜拌
11	fo·lio	[`foliˌo]	文件夾，對開紙
12	port·fo·lio	[pɔrtˋfoliˌo]	檔案夾，代表作品
13	po·lio	[`poliˌo]	小兒麻痺症
14	Scor·pio	[`skɔrpiˌo]	天蠍座
15	stu·dio	[`st(j)udiˌo]	播音室，工作室
16	cu·rio	[`kjʊriˌo]	古董，古玩，珍品
17	nun·cio	[`nʌn(t)siˌo]	羅馬教皇的使節 C 後面有 I，C 讀 /s/
18	au·dio	[`ɔdiˌo]	音頻的

自我檢測　第32章「~IO~」

(1) 見字會讀

　　現在，請讀下面這些字，然後比對我的讀法，看看你是不是都讀對，而能夠「見字會讀」了。

1	chariot	2	pioneer	3	scion	4	clarion
5	period	6	idiot	7	trio	8	radio
9	olio	10	audio				

(1) 見字會讀解答：▶ MP3-100

(2) 聽音會拼

●MP3-101

　　接下來，我們來看看你是否「聽音會拼」。請聽我出題，然後把你的答案寫在下面空格裡，最後再比對我的解答。

序號	單字	音標
1		
2		
3		
4		
5		
6		
7		
8		
9		
10		

(2) 聽音會拼解答：

1	violin	[ˌvaɪəˈlɪn]
2	champion	[ˈtʃæmpɪən]
3	portfolio	[pɔrtˈfoliˌo]
4	studio	[ˈst(j)udiˌo]
5	idiom	[ˈɪdiəm]
6	patriot	[ˈpetrɪət]
7	violate	[ˈvaɪəˌlet]
8	Scorpio	[ˈskɔrpiˌo]
9	patio	[ˈpætiˌo]
10	punctilio	[pʌŋkˈtɪliˌo]

33 Y結尾的字

　　以 Y 結尾的字，不論字尾是 子音 +Y 或 母音 +Y，都會形成一個音節，因此 Y 結尾的字常常會有兩個或以上的音節。這些字的發音規則，我先講一些兩個音節的字，之後再講至少三個音節的字。至於 Y 在字的開頭或中間的一些字，以及單音節以 Y 結尾的字，我已經在第 25 章「Y」講過了，你也應該練習過了。

　　首先，我要講一個通則：**所有多音節的名詞或形容詞的結尾 Y 都是輕音節，但都要讀做長音 /i/。**（這是根據很多美國辭典所標明的讀法，然而台灣很多辭典上似乎都標註成短音 /ɪ/。例如 easy 這個字，美國辭典都標註為 [`izi]，而台灣的辭典似乎都標註成 [`izɪ]。這個現象我已經在〈基本名詞說明〉中解釋過了。我建議你照美國辭典的讀法。其實，讀做長音，對我們來說反而比較容易。）而**所有多音節的動詞的結尾 Y 則是次重音，讀做 /aɪ/。**

　　另外，還有一個美語的特別讀法必須在此一提，就是：/t/ 音如果是夾在兩個母音之間時，/t/ 也可以不送氣，而變成像注音符號的ㄉ音。例如：city 音標是 [`sɪti]，/t/ 就夾在兩個母音中間。除此以外，party 的 AR、dirty 的 IR、以及 forty 的 OR 也可能被當作母音。因此，等下你聽我唸的時候，如果聽到我把一些結尾的 TY 讀成像「底」時，不要以為我讀錯了。

我把以 Y 結尾的多音節字的發音規則分為以下幾類來說明：

（一）兩個音節的名詞或形容詞，以 EY 結尾時：發音規則 1

（二）兩個音節的名詞或形容詞，以母子 Y 結尾時：發音規則 2~9

（三）兩個音節的名詞或形容詞，以母子子 Y 結尾時：發音規則 10~14

（四）兩個音節的名詞或形容詞，以母母子 Y 結尾時：發音規則 15~21

（五）兩個音節的名詞或形容詞，以 (母) 母 R(子)Y 結尾時：發音規則 22~29

（六）兩個音節的動詞，以 Y 結尾時：發音規則 30

（七）至少三個音節的名詞，以 QUY 結尾時：發音規則 31

（八）至少三個音節的名詞或形容詞，以 ARY 或 ERY 結尾時：發音規則 32~34

（九）至少三個音節的名詞或形容詞，以母子 ~~~Y 結尾時：發音規則 35~39

（十）至少三個音節的名詞或形容詞，以母 ~~~Y 結尾時：發音規則 40~42

（十一）至少三個音節的名詞或形容詞，以母 R~~~Y 結尾時：發音規則 43~46

（十二）至少三個音節動詞，以 Y 結尾時：發音規則 47~52

在開始練習之前，我要先解釋一下分音節時會看到的現象。英語中，有些名詞只要在尾巴加個 Y 就變成形容詞。例如 lace（花邊）這個字是個名詞。我們先把它字尾的 E 去掉，然後加個 Y，就變成形容詞 lacy（花邊的）。而在分音節時，lacy 的字源 LAC 就不可以分開，所以後面就只剩下 Y 一個字母。那麼，照我們在〈基本名詞說明〉中所說過的，這種情形，就不分為兩個音節了。

關於「拼字樣式」：「拼字樣式」就是一些字母組合的常見模式，在本章用得比較多，因此我在這裡用下面幾個例子來說明其用法。

1. ~EY：以 EY 結尾的字

2. (母) 母 R(子)Y：表示「一或二個母音字母，接 R，再接一個或零

個子音，並以 Y 結尾」的字，圓括弧表示其內的字母可有可無

3. (母) 母 R(子)Y：就是「(母音)+ 母音 +R+(子音)+Y」的「簡稱」

4. ~U 子 ~~~Y：表示「倒數第三個音節的結尾是 U 接一個子音」的字，其中 Y 是倒數第一個音節，「~~~」表示「這裡有一個音節」，也就是倒數第二個音節

請特別注意，本章的拼字樣式中，「子音」或「母音」代表一個字母，並且「子音」代表「非 R 的子音」。正如本篇開始時所說的一樣。

現在讓我們先來看看兩個音節以 Y 結尾的名詞或形容詞會有幾種可能的狀況，也就是發音規則 1~30 要練習的字。當然，所有這些字的重音都在第一個音節。

發音規則 31 和其後的規則講的都是至少三個音節以上的字。

（一）兩個音節以 EY 結尾的名詞或形容詞

通常結尾 Y 的前面是個子音，如：~TY、~DY、~CY、~SY、……等等，但是我首先要講的是較少見到的情況：這裡的 Y 前面是個母音 E，也就是說，這些字的結尾是 EY。

兩個音節的字除了以 EY 結尾外，另外也有些是以 AY 或 OY 結尾的。但它們多半就是照 AY 或 OY 的讀法去讀，第 25 章「Y」已經講過，所以在這裡我就不講了。

(1) 名詞或形容詞，~EY 的 EY 讀 /i/

> 兩個音節的名詞或形容詞，以 EY 結尾時，EY 讀 /i/。

練習表 §33.1

1	**dick·ey**	[`dɪki]	軟弱的，靠不住的
2	**hoo·ey**	[`hui]	廢話，騙人 此 OO 讀長音的 /u/
3	**hors·ey**	[`hɔrsi]	愛馬的，愛騎馬的 源自 horse

4	ca·gey	[`kedʒi]	不置可否的 此 G 讀 /dʒ/
5	tur·key	[`tɝki]	火雞
6	don·key	[`dɑŋki]	驢 此 O 讀 /ɑ/
			以下諸字的 O 讀 /ʌ/
7	hon·ey	[`hʌni]	蜂蜜
8	mon·ey	[`mʌni]	錢
9	cov·ey	[`kʌvi]	一窩，一夥
10	mon·key	[`mʌŋki]	猴子
			以下諸字的 O 讀 /o/
11	bo·gey	[`bogi]	鬼怪 此 G 讀 /g/
12	co·ney	[`koni]	兔，兔毛皮
13	fo·gey	[`fogi]	守舊者，老保守
14	mo·sey	[`mozi]	閒逛，跑開 此 S 讀 /z/
15	po·key	[`poki]	監獄
16	dop·ey	[`dopi]	處於麻醉狀態的 源自 dope
17	hom·ey	[`homi]	感覺像家的 源自 home

接下去，我們要講兩個音節，以子音 +Y 結尾的情形。

（二）兩個音節以母子 Y 結尾的名詞或形容詞

兩個音節的名詞或形容詞，以母子 Y 結尾時，該子音會跟結尾的 Y 一起讀，於是前面的母音後面沒有子音來影響它的讀法，所以就讀它字母名稱的本音，A 就讀 /e/，I 就讀 /aɪ/，O 就讀 /o/，U 就讀 /ju/，只有 E 例外，讀它的變音 /ɛ/。

母子 Y 可以分為 A 子 Y、E 子 Y、I 子 Y、O 子 Y、和 U 子 Y 等幾種情形，而其中子音為 R 的情形要分開來講，因為 R 多半會改變它前面的母音的讀法。以下分別在發音規則 2 到 9 中告訴你讀法。

(2) 名詞或形容詞，A 子 Y 的 A 讀 /e/，Y 讀 /i/　　⬤ MP3-103

> 　　兩個音節的名詞或形容詞，以 A 子 Y 結尾時，A 讀 /e/，Y 讀 /i/。但是這個子音是 R 時會照下一個規則讀。

練習表 §33.2

1	**lacy**	[`lesi]	花邊的，似花邊的 源自 lace；C 後面有 Y，C 讀 /s/
2	**racy**	[`resi]	生動的，挑逗性的，適於賽跑的 源自 race；C 後面有 Y，C 讀 /s/
3	**shady**	[`ʃedi]	陰涼的，可疑的 源自 shade
4	**stagy**	[`stedʒi]	舞臺的，戲劇的，誇張的 源自 stage
5	**flaky**	[`fleki]	薄片狀的，易剝落的 源自 flake
6	**shaky**	[`ʃeki]	不穩的，不可靠的，衰弱的 源自 shake
7	**snaky**	[`sneki]	似蛇的，彎曲的，狡詐的 源自 snake
8	**scaly**	[`skeli]	有鱗的，剝落的 源自 scale
9	**wavy**	[`wevi]	波浪似的，起伏的 源自 wave
10	**ba·by**	[`bebi]	嬰孩
11	**la·dy**	[`ledi]	淑女
12	**na·vy**	[`nevi]	海軍
13	**gra·vy**	[`grevi]	肉汁
14	**hazy**	[`hezi]	模糊的，微醉的 源自 haze

15	lazy	['lezi]	懶惰的 源自 laze
16	mazy	['mezi]	迷宮般的，複雜的 源自 maze
17	crazy	['krezi]	瘋狂的，醉心於 源自 craze
18	zany	['zeni]	丑角，笨人，滑稽的

例外：以下這兩個字的 A 讀 /ɛ/

			練習表 §33.2a
1	any	['ɛni]	任何的
2	many	['mɛni]	許多

(3) 名詞或形容詞，子 ARY 的 A 讀 /ɛ/，Y 讀 /i/

> 　　兩個音節的名詞或形容詞，以 ARY 結尾時，A 讀 /ɛ/，Y 讀 /i/。
> 這和第 18 章「R」的發音規則 22 所說的「ARE 在字尾讀做 /ɛr/」類似，
> A 讀做 /ɛ/，是 R 在作怪。

			練習表 §33.3
1	Mary	['mɛri]	女子名
2	wary	['wɛri]	機警小心的
3	chary	['tʃɛri]	對⋯⋯害羞的，吝惜⋯⋯的
4	scary	['skɛri]	駭人的，害怕的，膽小的

(4) 名詞或形容詞，E 子 Y 的 E 讀 /ɛ/，Y 讀 /i/

兩個音節的名詞或形容詞，以 E 子 Y 結尾時，E 讀 /ɛ/，Y 讀 /i/。

練習表 §33.4

1	bevy	[`bɛvi]	婦女群，鵪鶉群
2	levy	[`lɛvi]	徵收，抽款，扣押財產
3	very	[`vɛri]	很，非常地 這是副詞，是例外的詞性

(5) 名詞或形容詞，I 子 Y 的 I 大多讀 /aɪ/、少數讀 /ɪ/，Y 讀 /i/

兩個音節的名詞或形容詞，以 I 子 Y 結尾時，I 大多讀 /aɪ/，少數讀短音 /ɪ/，Y 讀 /i/。這裡的子音可以是 R。

練習表 §33.5

1	ivy	[`aɪvi]	常春藤
2	spicy	[`spaɪsi]	味道濃烈的，辛辣的 源自 spice
3	wily	[`waɪli]	狡猾的，詭計多端的 源自 wile
4	limy	[`laɪmi]	石灰質的 源自 lime
5	rimy	[`raɪmi]	一片白霜的 源自 rime
6	slimy	[`slaɪmi]	黏滑的 源自 slime
7	grimy	[`graɪmi]	骯髒的 源自 grime
8	piny	[`paɪni]	松樹的 源自 pine
9	briny	[`braɪni]	鹽水的，鹹的 源自 brine

10	shiny	[`ʃaɪnɪ]	發亮的，晴朗的 源自 shine
11	spiny	[`spaɪnɪ]	多刺的，棘手的 源自 spine
12	miry	[`maɪrɪ]	泥濘的 源自 mire
13	wiry	[`waɪrɪ]	金屬線的，堅硬的 源自 wire
14	spiry	[`spaɪrɪ]	螺旋狀的 源自 spire
15	ti·dy	[`taɪdɪ]	收拾，整潔的
16	ti·ny	[`taɪnɪ]	極小的
			底下這幾個 l 讀短而模糊的 /ɪ/
17	city	[`sɪtɪ]	城市 C 後面有 I，C 讀 /s/
18	lily	[`lɪlɪ]	百合花
19	pity	[`pɪtɪ]	憐憫，可惜的事

(6) 名詞或形容詞，O 子 Y 的 O 大多讀 /o/，少數讀 /ɑ/，Y 讀 /i/

> 兩個音節的名詞或形容詞，以 O 子 Y 結尾時，O 大多讀 /o/，少數讀 /ɑ/，Y 讀 /i/。

練習表 §33.6

1	poky	[`pokɪ]	慢吞吞的，不時髦的，卑微的 源自 poke
2	bony	[`bonɪ]	骨的，似骨的，多骨的，骨瘦如柴的 源自 bone
3	nosy	[`nozɪ]	大鼻子的，愛管閒事的 此 S 讀 /z/，源自 nose
4	rosy	[`rozɪ]	玫瑰色的，紅潤的，美好的 此 S 讀 /z/，源自 rose
5	cozy	[`kozɪ]	暖和舒服的，親如手足的，默契的 源自 coze

6	**dozy**	[`dozi]	困倦的，腐爛的 源自 doze
7	**fo·gy**	[`fogi]	守舊者，老保守
8	**lo·gy**	[`logi]	遲緩的，呆的，彈性不足的
9	**ho·ly**	[`holi]	神聖的，至善的
10	**co·ny**	[`koni]	兔，兔毛皮，蹄兔
11	**po·ny**	[`poni]	小馬，小個子舞女，考試作弊用的夾帶
12	**To·ny**	[`toni]	男子名
13	**cro·ny**	[`kroni]	親密的朋友，老朋友
14	**pho·ny**	[`foni]	假冒的，騙子，假貨
15	**po·sy**	[`pozi]	刻在戒指上的詩句，花束 此 S 讀 /z/
16	**tro·phy**	[`trofi]	銀杯 因 PH 一起讀 /f/，算是一個子音
			少數 O 讀 /ɑ/
17	**body**	[`badi]	身體，主要部份
18	**copy**	[`kapi]	副本，複製

(7) 名詞或形容詞，ㄩ子ㄚ 的 U 讀 /ju/，Y 讀 /i/

> 兩個音節的名詞或形容詞，以 ㄩ子ㄚ 結尾時，U 讀 /ju/，Y 讀 /i/。

練習表 §33.7

1	**du·ly**	[`djuli]	按時的
2	**du·ty**	[`djuti]	義務
3	**pu·ny**	[`pjuni]	弱小的，不足道的

例外：下面這兩個字的 U 各有各的讀法

1	**busy**	[`bɪzi]	忙碌的 此 U 讀 /ɪ/
2	**study**	[`stʌdi]	學習，研究 此 U 讀 /ʌ/

練習表 §33.7a

(8) 名詞或形容詞，子 URY 的 U 讀 /ʊ/，Y 讀 /i/

> 　　兩個音節的名詞或形容詞，以 子 URY 結尾時，U 讀做短而模糊的 /ʊ/，Y 讀 /i/。這個 U 本來讀做 /ju/，但因為在 R 的前面，所以就變成短音 /jʊ/。這個情形類似 R 的第 23 和 25 個規則。

練習表 §33.8

1	**fu·ry**	[`fjʊri]	暴怒
2	**ju·ry**	[`dʒʊri]	陪審團 這個字的音標中你看不到 /j/，因為 /dʒ/ 的發音已經隱含 /j/ 的聲音了

例外：下面這個字的 U 讀 /ɛ/，非常特別

練習表 §33.8a

1	**bury**	[`bɛri]	埋葬

(9) 名詞或形容詞，LU 子 Y 或 RU 子 Y 的 U 讀 /u/，Y 讀 /i/

> 　　兩個音節的名詞或形容詞，以 LU 子 Y 或 RU 子 Y 結尾時，U 讀做
> /u/，Y 讀 /i/。在這裡，L 或 R 後面的 U 要讀做 /u/，和第 21 章「U」
> 發音規則 5 是一樣的。

練習表 §33.9

1	**fluky**	[`fluki]	憑運氣的 源自 fluke
2	**plumy**	[`plumi]	絨毛的，有羽毛的 源自 plume
3	**ru·by**	[`rubi]	紅寶石

（三）兩個音節以母子子 Y 結尾的名詞或形容詞

> 　　如果兩個音節的名詞或形容詞，以 母子子 Y 結尾時，第二個子音
> 會陪結尾的 Y 來形成一個音節，但第一個子音還可以陪它前面的那個
> 母音，所以這個母音就會讀做它的短音，A 就讀 /æ/，E 就讀 /ɛ/，I 就
> 讀 /ɪ/，O 就讀 /ɑ/，U 就讀 /ʌ/。

　　母子子 Y 結尾可以分成 A 子子 Y、E 子子 Y、I 子子 Y、O 子子 Y、和
U 子子 Y 等情形，分別在發音規則 10 到 14 中告訴你讀法。　▶MP3-104

(10) 名詞或形容詞，A 子子 Y 的 A 讀 /æ/，Y 讀 /i/

> 　　兩個音節的名詞或形容詞，以 A 子子 Y 結尾時，A 讀蝴蝶音
> /æ/，Y 讀 /i/。這兩個子音也可以是 R。

1	gab·by	[ˋgæbi]	饒舌的，多嘴的
2	tab·by	[ˋtæbi]	虎斑貓，起波紋的，使起波紋
3	pad·dy	[ˋpædi]	稻田
4	daf·fy	[ˋdæfi]	瘋狂的，愚笨的
5	taf·fy	[ˋtæfi]	太妃糖
6	dag·gy	[ˋdægi]	乏味的，沒品味的
7	nag·gy	[ˋnægi]	愛嘮叨的，愛找碴的，愛指責的
8	sag·gy	[ˋsægi]	下垂的，鬆懈的
9	sal·ly	[ˋsæli]	突圍，迸發，俏皮話，女子名
10	fan·ny	[ˋfæni]	舼，（美俚）屁股，女子名
11	nan·ny	[ˋnæni]	保姆
12	lanky	[ˋlæŋki]	瘦長的
13	pat·ty	[ˋpæti]	小派餅，小餡餅，女子名
14	zap·py	[ˋzæpi]	活潑的，精力旺盛的，好笑的
15	car·ry	[ˋkæri]	帶，運送
16	har·ry	[ˋhæri]	蹂躪，驅走，男子名
17	Lar·ry	[ˋlæri]	男子名
18	mar·ry	[ˋmæri]	結婚
19	par·ry	[ˋpæri]	避開
20	tar·ry	[ˋtæri]	逗留
21	waxy	[ˋwæksi]	臘製的，暴躁的 源自 wax，此 A 讀蝴蝶音 /æ/，因 X 發 /ks/ 兩個音，所以要當它是兩個子音

例外：

1	**scar·ry**	[`skɑri]	傷痕累累的 源自 scar，故保留其 /ɑr/ 的讀法
2	**star·ry**	[`stɑri]	佈滿星星的 源自 star，故保留其 /ɑr/ 的讀法

(11) 名詞或形容詞，E 子子 Y 的 E 讀 /ɛ/，Y 讀 /i/

> 　　兩個音節的名詞或形容詞，以 E 子子 Y 結尾時，E 讀 /ɛ/，Y 讀 /i/。這兩個子音也可以是 R。

1	**sexy**	[`sɛksi]	性感的 源自 sex，而 X 發 /ks/ 兩個音，所以要當它是兩個子音
2	**hefty**	[`hɛfti]	重的，強的 源自 heft
3	**lefty**	[`lɛfti]	左撇子，左派的人 源自 left
4	**messy**	[`mɛsi]	凌亂的 源自 mess
5	**dressy**	[`drɛsi]	講究穿著的 源自 dress
6	**leg·gy**	[`lɛgi]	美腿，腿細長的
7	**jel·ly**	[`dʒɛli]	果醬
8	**fen·ny**	[`fɛni]	沼澤
9	**pen·ny**	[`pɛni]	便士，一分錢
10	**hen·ry**	[`hɛnri]	男子名，電感單位
11	**pep·py**	[`pɛpi]	勁頭十足的
12	**pes·ky**	[`pɛski]	麻煩的，囉唆的

13	**tes·ty**	[`tɛsti]	惱火的，易怒的
14	**jet·ty**	[`dʒɛti]	防波堤，碼頭
15	**pet·ty**	[`pɛti]	微小的
16	**ber·ry**	[`bɛri]	莓
17	**fer·ry**	[`fɛri]	輪渡
18	**jer·ry**	[`dʒɛri]	男子名，偷工減料的
19	**mer·ry**	[`mɛri]	快樂的
20	**per·ry**	[`pɛri]	梨酒
21	**ter·ry**	[`tɛri]	毛圈織物
22	**cher·ry**	[`tʃɛri]	櫻桃
23	**sher·ry**	[`ʃɛri]	雪利酒，葡萄酒

例外：下面這個字的 E 讀做短而模糊的 /ɪ/

			練習表 §33.11a
1	**pret·ty**	[`prɪti]	秀麗的 此 E 讀做 /ɪ/，一個短而模糊的一

(12) 名詞或形容詞，I 子子 Y 的 I 讀 /ɪ/，Y 讀 /i/

> 兩個音節的名詞或形容詞，以 I 子子 Y 結尾時，I 讀做短而模糊的 /ɪ/，Y 讀 /i/。

			練習表 §33.12
1	**hilly**	[`hɪli]	多山丘的，險峻的 源自 hill

2	**picky**	[`pɪki]	挑剔的	源自 pick
3	**ridgy**	[`rɪdʒi]	隆起的	源自 ridge
4	**milky**	[`mɪlki]	乳狀的，乳白色的	源自 milk
5	**silky**	[`sɪlki]	絲般的，奉承討好的	源自 silk
6	**filmy**	[`fɪlmi]	薄膜狀的，朦朧的	源自 film
7	**windy**	[`wɪndi]	風大的，夸夸其談的	源自 wind
8	**kinky**	[`kɪŋki]	糾結的，變態的	源自 kink
9	**zingy**	[`zɪŋi]	極吸引人的	源自 zing
10	**fishy**	[`fɪʃi]	魚腥味的，似魚的，可疑的	源自 fish
11	**risky**	[`rɪski]	危險的，冒險的	源自 risk
12	**ritzy**	[`rɪtsi]	非常豪華的，勢利的	源自 ritz
13	**misty**	[`mɪsti]	朦朧的，有霧的	源自 mist
14	**pithy**	[`pɪθi]	簡潔的	源自 pith
15	**bid·dy**	[`bɪdi]	長舌婦，女傭	
16	**gid·dy**	[`gɪdi]	暈眩的，輕佻的	
17	**mid·dy**	[`mɪdi]	水手式寬外衣	
18	**jif·fy**	[`dʒɪfi]	瞬間	
19	**bil·ly**	[`bɪli]	警棍，進行內河貿易的平底船，男子名	
20	**dil·ly**	[`dɪli]	突出的人或事	
21	**fil·ly**	[`fɪli]	小雌馬	
22	**sil·ly**	[`sɪli]	傻的	
23	**jim·my**	[`dʒɪmi]	撬，撬棍，男子名	
24	**fin·ny**	[`fɪni]	鰭狀的，魚的	
25	**nin·ny**	[`nɪni]	傻子	

26	tin·ny	[`tɪni]	似錫的，細微的
27	hip·py	[`hɪpi]	嬉皮
28	nip·py	[`nɪpi]	刺鼻的，寒冷刺骨的
29	sis·sy	[`sɪsi]	娘娘腔的男人
30	dit·ty	[`dɪti]	小調，小曲
31	kit·ty	[`kɪti]	小貓
32	wit·ty	[`wɪti]	機智的，詼諧的
33	diz·zy	[`dɪzi]	暈眩的
34	tiz·zy	[`tɪzi]	極度激動狂亂的心境
35	zip·py	[`zɪpi]	充滿活力的，速度快的
36	fif·ty	[`fɪfti]	五十
37	nif·ty	[`nɪfti]	時髦的，漂亮的，妙語
38	pig·my	[`pɪgmi]	侏儒，特別小的
39	din·gy	[`dɪndʒi]	昏暗的，骯髒的
40	stin·gy	[`stɪndʒi]	吝嗇的，小氣的
41	din·ky	[`dɪŋki]	無足輕重的
42	pin·ky	[`pɪŋki]	小指
43	tip·sy	[`tɪpsi]	微醉的，搖晃的
44	six·ty	[`sɪksti]	六十

(13) 名詞或形容詞，O 子子 Y 的 O 讀 /ɑ/，Y 讀 /i/

> 兩個音節的名詞或形容詞，以 O 子子 Y 結尾時，O 讀 /ɑ/，Y 讀 /i/。

1	**cocky**	[`kaki]	趾高氣揚的 源自 cock
2	**rocky**	[`raki]	多岩石的，冷酷的，不穩的 源自 rock
3	**stocky**	[`staki]	矮胖的，粗壯的 源自 stock
4	**stodgy**	[`stadʒi]	不易消化的，墨守成規的 源自 stodge
5	**bosky**	[`baski]	有樹叢的 源自 bosk
6	**foxy**	[`faksi]	似狐的，狡猾的，釀製不良的 源自 fox，X 讀 /ks/ 兩個音，所以要當它是兩個子音
7	**proxy**	[`praksi]	代理，代理人，委託書
8	**bob·by**	[`babi]	警察
9	**hob·by**	[`habi]	業餘嗜好
10	**lob·by**	[`labi]	門廊，遊說
11	**tod·dy**	[`tadi]	加熱水的烈酒，棕櫚汁
12	**shod·dy**	[`ʃadi]	軟再生毛的，以次質充好的
13	**bog·gy**	[`bagi]	沼澤狀態的
14	**fog·gy**	[`fagi]	有霧的，模糊的
15	**sog·gy**	[`sagi]	濕透的，沒勁的
16	**smog·gy**	[`smagi]	煙霧的
17	**grog·gy**	[`gragi]	頭昏眼花的，喝醉酒的，腳步踉蹌的
18	**dol·ly**	[`dali]	娃娃，窄軌小機車
19	**fol·ly**	[`fali]	愚笨，傻話
20	**hol·ly**	[`hali]	冬青屬植物
21	**jol·ly**	[`dʒali]	快活的，興高采烈的
22	**trol·ly**	[`trali]	有軌電車

23	bon·ny	[`bɑnɪ]	美麗健康的
24	pop·py	[`pɑpɪ]	罌粟花
25	slop·py	[`slɑpɪ]	泥濘的，草率的
26	dot·ty	[`dɑtɪ]	有點的，瘋瘋癲癲的
27	pot·ty	[`pɑtɪ]	便罐，迷戀的，勢利的
28	spot·ty	[`spɑtɪ]	多斑點的，不規則的

例外：

練習表 §33.13a

1	bossy	[`bɔsɪ]	霸道的 源自 boss
2	mossy	[`mɔsɪ]	生了苔的，苔狀的 源自 moss
3	lofty	[`lɔftɪ]	高聳的，崇高的 源自 loft
4	softy	[`sɔftɪ]	多愁善感的人，柔弱的人 源自 soft
5	dog·gy	[`dɔgɪ]	小狗兒，像狗的
6	spongy	[`spʌndʒɪ]	海綿狀的，有吸水性的 源自 sponge
7	com·fy	[`kʌmfɪ]	安慰的，輕鬆自在的

(14) 名詞或形容詞，ㄩ子子ㄚ的ㄩ讀 /ʌ/，ㄚ讀 /i/

> 兩個音節的名詞或形容詞，以ㄩ子子ㄚ結尾時，ㄩ讀 /ʌ/，ㄚ讀 /i/。

練習表 §33.14

1	duchy	[`dʌtʃɪ]	公爵領地 源自公爵夫人 duchess

2	**lucky**	[ˋlʌki]	幸運的 源自 luck
3	**mucky**	[ˋmʌki]	有腐殖土的，污穢的，可恥的 源自 muck
4	**pudgy**	[ˋpʌdʒi]	圓胖的 源自 pudge
5	**sudsy**	[ˋsʌdzi]	多泡沫的 源自 suds
6	**bulky**	[ˋbʌlki]	龐大的，笨大的 源自 bulk
7	**sulky**	[ˋsʌlki]	繃著臉的，陰沈的 源自 sulk
8	**pulpy**	[ˋpʌlpi]	果肉質的，多汁的 源自 pulp
9	**bumpy**	[ˋbʌmpi]	崎嶇不平的 源自 bump
10	**dumpy**	[ˋdʌmpi]	矮胖的 源自 dump
11	**jumpy**	[ˋdʒʌmpi]	神經過敏的，心驚肉跳的 源自 jump
12	**lumpy**	[ˋlʌmpi]	多塊的，凹凸不平的 源自 lump
13	**funky**	[ˋfʌŋki]	膽顫心驚的，有惡臭的 源自 funk
14	**fussy**	[ˋfʌsi]	挑剔的，大驚小怪的 源自 fuss
15	**mussy**	[ˋmʌsi]	一團糟的 源自 muss
16	**gushy**	[ˋgʌʃi]	過分多情的 源自 gush
17	**dusky**	[ˋdʌski]	微暗的 源自 dusk
18	**husky**	[ˋhʌski]	強健的 源自 husk
19	**musky**	[ˋmʌski]	麝香氣味的 源自 musk
20	**dusty**	[ˋdʌsti]	滿是灰塵的，含糊的 源自 dust
21	**gusty**	[ˋgʌsti]	起大風的 源自 gust
22	**lusty**	[ˋlʌsti]	精力充沛的，朝氣蓬勃的 源自 lust
23	**rusty**	[ˋrʌsti]	生鏽的，變遲鈍的，惱火的 源自 rust
24	**tub·by**	[ˋtʌbi]	桶狀的，矮胖的
25	**bud·dy**	[ˋbʌdi]	伙伴，好朋友

26	mud·dy	[ˋmʌdi]	泥濘的，攪渾
27	rud·dy	[ˋrʌdi]	紅潤的，討厭的
28	huf·fy	[ˋhʌfi]	易怒的，傲慢的
29	puf·fy	[ˋpʌfi]	蓬鬆的，肥胖的，一陣陣地吹的
30	bug·gy	[ˋbʌgi]	多臭蟲的，輕便馬車
31	mug·gy	[ˋmʌgi]	悶熱的，濕熱的
32	gul·ly	[ˋgʌli]	溪谷
33	sul·ly	[ˋsʌli]	弄髒，污點
34	dum·my	[ˋdʌmi]	啞吧，橋牌夢家
35	gum·my	[ˋgʌmi]	膠黏的，討厭的
36	mum·my	[ˋmʌmi]	木乃伊
37	rum·my	[ˋrʌmi]	一種紙牌戲，離奇的
38	tum·my	[ˋtʌmi]	肚子
39	yum·my	[ˋjʌmi]	美味的
40	clum·sy	[ˋklʌmzi]	笨手笨腳的
41	bun·ny	[ˋbʌni]	小兔子
42	fun·ny	[ˋfʌni]	有趣的
43	gun·ny	[ˋgʌni]	粗黃麻布
44	run·ny	[ˋrʌni]	軟而黏的，流黏液的
45	sun·ny	[ˋsʌni]	陽光充足的，令人愉快的
46	tun·ny	[ˋtʌni]	金槍魚
47	pup·py	[ˋpʌpi]	小狗
48	gus·sy	[ˋgʌsi]	把……打扮得花枝招展的
49	hus·sy	[ˋhʌsi]	輕佻的女子，魯莽的少女

50	pus·sy	[ˋpʌsi]	多膿的 源自 pus [pʌs]；另一種讀法，請見下表第 4 個字
51	bus·by	[ˋbʌzbi]	高頂皮軍帽 此 S 讀 /z/
52	fus·ty	[ˋfʌsti]	霉臭的，古板的
53	gut·ty	[ˋgʌti]	生氣勃勃的
54	nut·ty	[ˋnʌti]	有許多堅果的，瘋狂的，古怪的
55	put·ty	[ˋpʌti]	油灰狀黏性材料
56	rut·ty	[ˋrʌti]	有車轍的
57	fuzzy	[ˋfʌzi]	毛茸茸的，失真的 源自 fuzz
58	muz·zy	[ˋmʌzi]	遲鈍的

例外：這幾個 U 讀 /ʊ/

底下這幾個字的 U 讀短而模糊的 /ʊ/。

練習表 §33.14a

1	bushy	[ˋbʊʃi]	灌木茂盛的 源自 bush
2	mushy	[ˋmʊʃi]	軟糊糊的，稀爛的，柔情蜜意的 源自 mush
3	pushy	[ˋpʊʃi]	熱心過頭的 源自 push
4	pussy	[ˋpʊsi]	貓咪 源自 puss [pʊs]；另一種讀法，請見上表第 50 個字
5	bul·ly	[ˋbʊli]	惡霸，拉皮條客，霸凌

（四）兩個音節以 母母子 Y 結尾的名詞或形容詞

> 　　兩個音節的名詞或形容詞，以 母母子 Y 結尾時，這個子音和後面的 Y 要一起讀，那麼第一個音節的母音就照那兩個母音合在一起的讀法唸，Y 讀 /i/。

　　母母子 Y 中的兩個母音可以分為 AI、EA、EE、OO、AU、OU、和 OW 等情形，其中半母音 W 在母音之後，以母音對待。我將分別在發音規則 15 到 21 中教你。

(15) 名詞或形容詞，AI 子 Y 的 AI 讀 /e/，Y 讀 /i/

> 　　兩個音節的名詞或形容詞，以 AI 子 Y 結尾時，AI 讀 /e/，Y 讀 /i/。
> 　　這個子音是 R 的話，AI 所讀的長音就得變為短音了，就像第 18 章「R」發音規則 21 所說的那樣，AIR 讀做 /ɛr/。至於以 AIRY 結尾的字，請看本章第 27 個規則。

練習表 §33.15

1	**rainy**	['reni]	下雨的，帶雨的 源自 rain
2	**brainy**	['breni]	精明的，聰明的 源自 brain
3	**dai·ly**	['deli]	每日的，日報
4	**gai·ly**	['geli]	愉快地
5	**dai·sy**	['dezi]	雛菊，上等貨 此 S 讀 /z/

　　繞口令：電影 My Fair Lady （窈窕淑女）裡的名句
The rain in Spain stays mainly in the plain.
（西班牙的雨主要是下在平原裡。）

(16) 名詞或形容詞，EA 子 Y 的 EA 大多讀 /i/，Y 讀 /i/

兩個音節的名詞或形容詞，以 EA 子 Y 結尾時，EA 大多讀 /i/，Y 讀 /i/。

還有一些 EA 讀做它的第二多讀法 /ɛ/ 的字，請見第 27 章「補充篇」練習表 §27.1。

這個子音不可以是 R，否則 EA 所讀的長音就得變為短音了，就像第 18 章「R」發音規則 23 所說的那樣，EAR 大多讀 /ɪr/。至於以 EARY 結尾的字，請看本章第 28 個規則。

練習表 §33.16

1	leafy	[`lifi]	葉茂的 源自 leaf
2	leaky	[`liki]	漏的 源自 leak
3	creaky	[`kriki]	吱吱嘎嘎響的 源自 creak
4	freaky	[`friki]	怪誕的 源自 freak
5	sneaky	[`sniki]	鬼鬼祟祟的 源自 sneak
6	streaky	[`striki]	有條紋的 源自 streak
7	squeaky	[`skwiki]	發吱吱聲的 源自 squeak
8	mealy	[`mili]	粉狀的，蒼白的 源自 meal
9	seamy	[`simi]	有裂縫的，有線縫的 源自 seam
10	creamy	[`krimi]	含奶油的，奶油色的 源自 cream
11	dreamy	[`drimi]	愛空想的，恍惚的 源自 dream
12	steamy	[`stimi]	蒸汽的，多霧的 源自 steam
13	streamy	[`strimi]	多溪流的，流水般的 源自 stream
14	easy	[`izi]	容易的，適意的 源自 ease，S 讀 /z/

15	greasy	[`grisi]	油膩的 源自 grease
16	meaty	[`miti]	多肉的，內容豐富的 源自 meat
17	peaty	[`piti]	泥炭似的 源自 peat
18	trea·ty	[`triti]	條約
19	quea·zy	[`kwizi]	令人作嘔的，不安的

(17) 名詞或形容詞，EE+ 子音 +Y 的 EE 讀 /i/，Y 讀 /i/

> 　　兩個音節的名詞或形容詞，以 EE 子 Y 結尾時，EE 讀 /i/，Y 讀 /i/。
>
> 　　這個子音不可以是 R，否則 EE 所讀的長音就得變為短音了，就像第 18 章「R」發音規則 25 所說的那樣，EER 讀 /ɪr/。至於以 EERY 結尾的字，請看本章第 28 個規則。

練習表 §33.17

1	fleecy	[`flisi]	羊毛似的 源自 fleece；C 後面有 Y，C 讀 /s/
2	needy	[`nidi]	貧困的 源自 need
3	reedy	[`ridi]	蘆葦似的，脆弱的，似笛聲的 源自 reed
4	seedy	[`sidi]	多籽的，破爛的 源自 seed
5	weedy	[`widi]	雜草叢生的，疲弱的 源自 weed
6	tweedy	[`twidi]	穿著漂亮的，男子氣概的 源自 tweed
7	speedy	[`spidi]	快速的 源自 speed
8	greedy	[`gridi]	貪婪的 源自 greed
9	beefy	[`bifi]	肌肉發達的，愚鈍的 源自 beef

10	reeky	[`riki]	散發臭氣的，煙霧瀰漫的 源自 reek
11	cheeky	[`tʃiki]	厚顏無恥的 源自 cheek
12	steely	[`stili]	鋼製的 源自 steel
13	teeny	[`tini]	極小的 源自 teen
14	spleeny	[`splini]	脾氣壞的 源自 spleen
15	weepy	[`wipi]	眼淚汪汪的，使人哭泣的小說 源自 weep
16	creepy	[`kripi]	令人毛骨悚然的 源自 creep
17	sleepy	[`slipi]	瞌睡的，不活躍的 源自 sleep
18	cheesy	[`tʃizi]	似乳酪的，時髦的 源自 cheese
19	sleety	[`sliti]	凍雨的 源自 sleet
20	breezy	[`brizi]	有微風的 源自 breeze
21	sneezy	[`snizi]	老打噴嚏的 源自 sneeze
22	wheezy	[`(h)wizi]	哮喘的，發咻咻聲的 源自 wheeze

(18) 名詞或形容詞，OO 子 Y 的 OO 大多讀 /u/，少數讀 /ʊ/，Y 讀 /i/

> 兩個音節的名詞或形容詞，以 OO 子 Y 結尾時，OO 大多讀 /u/，少數讀短而模糊的 /ʊ/，Y 讀 /i/。

練習表 §33.18

1	moody	[`mudi]	喜怒無常的 源自 mood
2	goofy	[`gufi]	發瘋的，愚蠢的 源自 goof
3	spooky	[`spuki]	神經質的，怪異的 源自 spook
4	roomy	[`rumi]	寬敞的 源自 room

5	gloomy	[`glumi]	陰暗的，悲觀的 源自 gloom
6	droopy	[`drupi]	下垂的 源自 droop
7	snoopy	[`snupi]	愛探聽的 源自 snoop
8	choosy	[`tʃuzi]	喜歡挑剔的 源自 choose
9	snooty	[`snuti]	目中無人的 源自 snoot
10	groovy	[`gruvi]	槽的，最佳狀態的，絕妙的 源自 groove
11	boo·by	[`bubi]	笨蛋，精神病院
12	loo·ny	[`luni]	極愚蠢的，病人
13	boo·ty	[`buti]	戰利品
14	oozy	[`uzi]	軟泥的，滲出的 源自 ooze
15	boozy	[`buzi]	好喝酒的，喝醉的 源自 booze
16	woo·zy	[`wuzi]	醉醺醺的，糊里糊塗的
17	floo·zy	[`fluzi]	蕩婦，妓女
			以下這些 OO 讀做短而模糊的 /ʊ/
18	goody	[`gʊdi]	好哦，好吃的東西 源自 good
19	goody-goody	[ˌgʊdi-`gʊdi]	偽善的，偽善者 源自 good
20	woody	[`wʊdi]	樹木茂密的，木本的 源自 wood
21	wooly	[`wʊli]	羊毛的，模糊的 源自 wool
22	sooty	[`sʊti]	煙灰的，烏黑色的 源自 soot

例外：以下這個字的 OO 讀做 /ʌ/

			練習表 §33.18a
1	bloody	[`blʌdi]	有血的，血腥的 源自 blood

(19) 名詞或形容詞，AU 子 Y 的 AU 讀 /ɔ/，Y 讀 /i/

> 兩個音節的名詞或形容詞，以 AU 子 Y 結尾時，AU 讀 /ɔ/，Y 讀 /i/。

練習表 §33.19

1	**saucy**	[`sɔsi]	沒規矩的，嘻皮笑臉的 源自 sauce；C 後面有 Y，C 讀 /s/
2	**gau·dy**	[`gɔdi]	華麗而俗氣的
3	**gauzy**	[`gɔzi]	薄輕透明的 源自 gauze

(20) 名詞或形容詞，OU 子 Y 的 OU 大多讀 /aʊ/，Y 讀 /i/

> 兩個音節的名詞或形容詞，以 OU 子 Y 結尾時，OU 大多讀 /aʊ/，少數讀 OU 的其他讀法，Y 讀 /i/。

練習表 §33.20

1	**cloudy**	[`klaʊdi]	多雲的 源自 cloud
2	**floury**	[`flaʊri]	粉狀的，撒滿粉的 源自 flour
3	**lousy**	[`laʊzi]	長了蝨子的，差勁的 源自 louse
4	**mousy**	[`maʊsi]	多鼠的，膽小的，乏味的 源自 mouse
5	**gouty**	[`gaʊti]	患痛風症的 源自 gout
6	**boun·ty**	[`baʊnti]	慷慨的給予
7	**coun·ty**	[`kaʊnti]	郡，縣
			以下這些字的 OU 各有各的讀法

8	soupy	[`supi]	湯般的，多愁善感的，矯揉造作的 源自 soup，此 OU 讀做 /u/
9	coun·try	[`kʌntri]	國家 此 OU 讀做 /ʌ/
10	poul·try	[`poltri]	家禽 此 OU 讀做 /o/，但尾音 ㄨ 要稍微清楚一點

(21) 名詞或形容詞，OW(子)Y 的 OW 大多讀 /aʊ/，少數讀 /o/，Y 讀 /i/

> 兩個音節的名詞或形容詞，以 OW(子)Y 結尾時，OW 大多讀 /aʊ/，少數讀 /o/，Y 讀 /i/。

練習表 §33.21

1	downy	[`daʊni]	絨毛製的，丘陵起伏的，狡猾的 源自 down
2	drowsy	[`draʊzi]	瞌睡的，沈寂的 源自 drowse；此 S 讀 /z/
3	row·dy	[`raʊdi]	無賴，粗暴的
4	dow·ry	[`daʊri]	嫁妝
5	blow·sy	[`blaʊzi]	亂糟糟的，臉色紅的 此 S 讀 /z/
6	frow·sy	[`fraʊzi]	骯髒的，霉臭的 此 S 讀 /z/
			以下的 OW 讀 /o/，尾音的 ㄨ 音要稍微清楚一點
7	showy	[`ʃoi]	豔麗的，賣弄的，炫耀的 源自 show [ʃo]

（五）兩個音節以 (母) 母 R (子) Y 結尾的名詞或形容詞

> 兩個音節的名詞或形容詞，以 (母) 母 R 子 Y 結尾時，第一個音節的帶 R 的捲舌音就照規則唸，Y 讀 /i/。

這類字可以分為 AR 子 Y、ER 子 Y、IR 子 Y、OR 子 Y、UR 子 Y、AIRY、EARY/ EERY、和 EAR 子 Y 等情形，分別在發音規則 22 到 29 中告訴你讀法。

(22) 名詞或形容詞，AR 子 Y 的 AR 讀 /ɑr/，Y 讀 /i/　　▶MP3-106

> 兩個音節的名詞或形容詞，以 AR 子 Y 結尾時，AR 讀 /ɑr/，Y 讀 /i/。

練習表 §33.22

1	ar·my	[`ɑrmi]	陸軍
2	arty	[`ɑrti]	裝藝術的，附庸風雅的
3	art·sy	[`ɑrtsi]	裝藝術的，附庸風雅的
4	har·dy	[`hɑrdi]	艱苦的，勇敢的，膽大的
5	har·py	[`hɑrpi]	鳥身女妖，潑婦
6	marshy	[`mɑrʃi]	多沼地的，濕地的
7	par·ty	[`pɑrti]	宴會，黨
8	tar·dy	[`tɑrdi]	遲鈍的，遲到的
9	sparky	[`spɑrki]	活潑的，充滿活力的
10	starchy	[`stɑrtʃi]	澱粉（質）的，像漿過的，古板的

例外：底下這兩個字的 AR 因為跟在 W 後，所以變成讀做 /ɔr/

1 warty	[`wɔrti]	有疣的	
2 quar·ry	[`kwɔri]	採石場，石坑，石礦 此字也可讀 [`kwɑri]	

(23) 名詞或形容詞，ER 子 Y 的 ER 讀 /ɝ/，Y 讀 /i/

> 兩個音節的名詞或形容詞，以 ER 子 Y 結尾時，ER 讀 /ɝ/，Y 讀 /i/。

練習表 §33.23

1 ferny	[`fɝni]	蕨的，似蕨的，多蕨的 源自 fern	
2 jerky	[`dʒɝki]	肉乾，痙攣的，愚蠢的 源自 jerk	
3 perky	[`pɝki]	傲慢的，意氣洋洋的 源自 perk	
4 nervy	[`nɝvi]	易激動的，有膽量的 源自 nerve	
5 der·by	[`dɝbi]	賽馬大會	
6 mer·cy	[`mɝsi]	仁慈，幸運	

(24) 名詞或形容詞，IR 子 Y 的 IR 讀 /ɝ/，Y 讀 /i/

> 兩個音節的名詞或形容詞，以 IR 子 Y 結尾時，IR 讀 /ɝ/，Y 讀 /i/。這個子音可以是 R。

1	dirty	[`dɝti]	骯髒的 源自 dirt
2	thirs·ty	[`θɝsti]	渴的，渴望的 源自 thirst
3	thir·ty	[`θɝti]	三十
4	fir·ry	[`fɝi]	多冷杉的
5	whir·ry	[`(h)wɝi]	急去，急轉

(25) 名詞或形容詞，OR 子 Y 的 OR 讀 /ɔr/，Y 讀 /i/

> 兩個音節的名詞或形容詞，以 OR 子 Y 結尾時，OR 讀 /ɔr/，Y 讀 /i/。這個子音可以是 R。

1	story	[`stɔri]	故事
2	glory	[`glɔri]	光榮，榮耀的事，贊頌，神像後的光輪
3	corky	[`kɔrki]	軟木的，活潑的 源自 cork
4	stormy	[`stɔrmi]	有暴風雨的，烈性子的 源自 storm
5	corny	[`kɔrni]	有雞眼的，陳腔濫調的，鄉巴佬的 源自 corn
6	horny	[`hɔrni]	角狀的，好色的 源自 horn
7	sporty	[`spɔrti]	像運動員的，華而不實的 源自 sport
8	lor·ry	[`lɔri]	平台四輪車
9	sor·ry	[`sɔri]	難過的，遺憾的
10	for·ty	[`fɔrti]	四十

例外：底下這三個字的 OR 因為跟在 W 後，所以變成讀做 /ɝ/

1	**wordy**	[`wɝdi]	嘮叨的，口頭的	源自 word
2	**wor·ry**	[`wɝi]	擔心，發愁	
3	**wor·thy**	[`wɝði]	值得的	此 TH 讀做濁音 /ð/

(26) 名詞或形容詞，UR 子 Y 的 UR 讀 /ɝ/，Y 讀 /i/

> 兩個音節的名詞或形容詞，以 UR 子 Y 結尾時，UR 讀 /ɝ/，Y 讀 /i/。這個子音可以是 R。

1	**curdy**	[`kɝdi]	凝乳狀的	源自 curd
2	**turfy**	[`tɝfi]	草皮的，泥炭似的	源自 turf
3	**curly**	[`kɝli]	卷曲的	源自 curl
4	**bur·ry**	[`bɝi]	芒刺多的	
5	**cur·ry**	[`kɝi]	咖哩，梳刷馬匹等	
6	**fur·ry**	[`fɝi]	似毛皮的，有舌苔的	
7	**hur·ry**	[`hɝi]	趕緊，匆忙	
8	**scur·ry**	[`skɝi]	快步急跑	
9	**blur·ry**	[`blɝi]	模糊的	
10	**flur·ry**	[`flɝi]	陣風，小雪，使恐慌	
11	**slur·ry**	[`slɝi]	泥漿	

12	spur·ry	[`spɝi]	大爪草，石竹科的各種小草
13	stur·dy	[`stɝdi]	強健的，茁壯的，堅實的
14	mur·ky	[`mɝki]	陰沈的，朦朧的 源自 murk
15	bur·ly	[`bɝli]	粗壯的，直截了當的
16	sur·ly	[`sɝli]	乖戾的，陰沈的

(27) 名詞或形容詞，子 AIRY 的 AI 讀 /ɛ/，Y 讀 /i/

> 　　兩個音節的名詞或形容詞，以 AIRY 結尾時，AI 讀 /ɛ/，Y 讀 /i/。
> 類似第 18 章「R」發音規則 21 所說的那樣：AIR 讀做 /ɛr/

練習表 §33.27

1	dairy	[`dɛri]	牛奶場，奶製品
2	fairy	[`fɛri]	仙女，虛構的
3	hairy	[`hɛri]	多毛的，使人不快的，陳腐得發了霉的

(28) 名詞或形容詞，子 EARY 或子 EERY 的 EA/EE 讀 /ɪ/，Y 讀 /i/

> 　　兩個音節的名詞或形容詞，以 EARY 或 EERY 結尾時，EA 或 EE
> 都會因為後面的 R 而變成短而模糊的 /ɪ/，Y 讀 /i/。

練習表 §33.28

1	teary	[`tɪri]	似淚水的 源自 tear
2	bleary	[`blɪri]	模糊不清的 源自 blear

3	smeary	[`smɪri]	油膩的，塗污的 源自 smear
4	drea·ry	[`drɪri]	淒涼的，陰沈的
5	wea·ry	[`wɪri]	疲倦的
6	eery	[`ɪri]	令人不安的 這個字較常拼做 eerie
7	leery	[`lɪri]	機警的，狡猾的，送秋波的 源自 leer
8	cheery	[`tʃɪri]	爽朗的，快活的，喜氣洋洋的 源自 cheer

(29) 名詞或形容詞，EAR 子 Y 的 EAR 讀 /ɝ/，字尾的 Y 讀 /i/

> 　　兩個音節的名詞或形容詞，以 EAR 開頭時，EAR 讀 /ɝ/，字尾的 Y 讀 /i/。

練習表 §33.29

1	earthy	[`ɝθi]	泥土似的，樸實的 源自 earth
2	ear·ly	[`ɝli]	早的，早地
3	earth·ly	[`ɝθli]	世俗的

（六）兩個音節以 Y 結尾的動詞

> 　　Y 結尾的動詞，如果只有兩個音節，那麼這個 Y 會讀成 /aɪ/，而且是整個字的重音所在，唸起來會像國語的第四聲，而第一個音節的母音就讀做輕音 /ɪ/ 或 /ə/。

　　下面發音規則 30 的練習表中的字就是這類字。

(30) 動詞，母 (子)(子) 子 Y，母音讀 /ɪ/ 或 /ə/，Y 讀 /aɪ/　 ●MP3-107

> 　　兩個音節的動詞，以母 (子)(子) 子 Y 結尾時，第一個音節的母
> 音讀輕音 /ɪ/ 或 /ə/，Y 則讀重音 /aɪ/。

			練習表 §33.30
1	**de·fy**	[dɪˋfaɪ]	公然反抗
2	**de·ny**	[dɪˋnaɪ]	否認
3	**re·ly**	[rɪˋlaɪ]	依賴
4	**re·ply**	[rɪˋplaɪ]	答覆
5	**ap·ply**	[əˋplaɪ]	申請
6	**sup·ply**	[səˋplaɪ]	供應

例外：

> 　　底下這個動詞是照名詞或形容詞的讀法，還有，這個 A 本來應該
> 讀 /e/，可是因為在 R 的前面，所以變成讀做 /ɛ/。

			練習表 §33.30a
1	**vary**	[ˋvɛri]	變化

　　接下來，我們要看看至少三個音節以 Y 結尾的名詞或形容詞的讀法，發
音規則 31 到 47 要練習的就是這些字。我們還是從最少見的組合開始講起。

（七）至少三個音節以 QUY 結尾的名詞

下面發音規則 31 的練習表中的字就是這類字。 ▶ MP3-108

(31) 名詞，~QUY 的 QUY 讀 /kwi/

> QUY 在至少三個音節的名詞的結尾時，讀做 /kwi/。整個字的重音在倒數第三個音節。

練習表 §33.31

1	col·lo·quy	[ˋkaləkwi]	談話，自由討論
2	ob·lo·quy	[ˋabləkwi]	謾罵，毀謗
3	ob·se·quy	[ˋabsəkwi]	葬禮
4	so·lil·o·quy	[səˋlɪləkwi]	自言自語，獨白
5	ven·tril·o·quy	[ˌvɛnˋtrɪləkwi]	腹語術

（八）至少三個音節以 ARY 或 ERY 結尾的名詞或形容詞

至少三個音節而以 Y 結尾的名詞或形容詞中，我發現以 ARY 或 ERY 結尾的字較特別，它們有三種情況。我將分別在發音規則 32 到 34 中，教你如何抓重音。把這些搞定了，剩下的就都是較規則的了。

(32) 三個音節的名詞或形容詞，~ARY 或 ~ERY ▶ MP3-109

> 只有三個音節而以 ARY 或 ERY 結尾的名詞或形容詞，重音節絕大多數在倒數第三個音節，而此 ARY 或 ERY 大多讀做 /əri/，只有少數讀做 /ɛri/。

1	**sal·a·ry**	[ˋsæl(ə)ri]	薪水
2	**bat·tery**	[ˋbæt(ə)ri]	電池，蓄電池
3	**flat·tery**	[ˋflætəri]	阿諛，諂媚
4	**beg·gary**	[ˋbɛgəri]	赤貧
5	**con·trary**	[ˋkanˌtrɛri]	相反的
6	**glos·sa·ry**	[ˋglasəri]	字彙，術語字典 也可讀做 [ˋglɔsəri]
7	**bak·ery**	[ˋbek(ə)ri]	麵包店
8	**brav·ery**	[ˋbrev(ə)ri]	勇敢
9	**drap·ery**	[ˋdrep(ə)ri]	幃帳，布料
10	**li·brary**	[ˋlaɪbrɛri]	圖書館 也可讀做 [ˋlaɪˌbrɛri]
11	**pri·ma·ry**	[ˋpraɪmɛri]	首要的，初級的 也可讀做 [ˋpraɪˌmɛri]
12	**ro·ta·ry**	[ˋrotəri]	旋轉的，輪轉的
13	**sum·ma·ry**	[ˋsʌməri]	總結，概括的

例外：下面這個字，重音在 ARY 的 A 處，A 讀做 /ɛ/

1	**ca·nary**	[kəˋnɛri]	金絲雀 此字重音在 ARY 的 A 處

(33) 四個音節的名詞或形容詞，~ARY 或 ~ERY

> 只有四個音節而以 ARY 或 ERY 結尾的名詞或形容詞，重音節都在倒數第四個音節，也就是第一個音節，ARY 或 ERY 都讀做 /ɛri/，而此 A 或 E 是次重音所在。

在練這個表之前，我要先解釋一件事。

以下面第一個字 actuary 為例：它的音標是 [ˌæktʃəˈwɛri]。明明字裡頭並沒有 W 的字母，怎麼音標裡頭跑出個 W 呢？這是因為快速連讀時，/ju/ 這個音（即使讀為輕聲的 /ə/）收尾時自然會帶出 /w/ 這個聲音出來。請不要以為是錯誤的。下表 §33.33 第 5~8 個字以及練習表 §33.34 的第 3 個字，練習表 §33.35 的第 23~27 個字也都是如此。這是韋氏辭典特有的。

			練習表 §33.33
			以下重音節的 A 讀 /æ/
1	ac·tu·ary	[ˈæktʃəˌwɛri]	精算師
2	ad·ver·sary	[ˈædvə(r)ˌsɛri]	對手，敵手
3	cav·i·tary	[ˈkævəˌtɛri]	腔腸蟲，空洞的
4	san·i·tary	[ˈsænəˌtɛri]	（有關）衛生的，（保持）清潔的
5	sanc·tu·ary	[ˈsæŋ(k)tʃəˌwɛri]	朝聖地，避難所
6	stat·u·ary	[ˈstætʃəˌwɛri]	雕像，雕像的
7	Jan·u·ary	[ˈdʒænjəˌwɛri]	一月
			以下重音節的 E 讀 /ɛ/
8	Feb·ru·ary	[ˈfɛbrəˌwɛri]	二月 也可讀做 [ˈfɛb(j)əˌwɛri]
9	leg·end·ary	[ˈlɛdʒənˌdɛri]	傳奇性的，傳奇似的

10	nec·es·sary	[`nɛsə‚sɛri]	必要的，不可或缺的 C 後面有 E，C 讀 /s/
11	sec·re·tary	[`sɛkrə‚tɛri]	祕書
12	cem·e·tery	[`sɛmə‚tɛri]	墓地，公墓 C 後面有 E，C 讀 /s/
13	tem·po·rary	[`tɛmpə‚rɛri]	暫時的，臨時的
			以下重音節的 I 讀 /ɪ/
14	bil·i·ary	[`bɪli‚ɛri]	膽汁的，輸送膽汁的
15	dic·tio·nary	[`dɪkʃə‚nɛri]	辭典，詞典，字典
16	lit·er·ary	[`lɪtə‚rɛri]	文學的
17	mil·i·tary	[`mɪlə‚tɛri]	軍事的
18	mis·sion·ary	[`mɪʃə‚nɛri]	傳教士，傳教的
			以下重音節的 O 讀 /ɑ/
19	com·men·tary	[`kɑmən‚tɛri]	評論，批評
20	hon·or·ary	[`ɑnə‚rɛri]	榮譽的，名譽的 此 H 不發音
21	vol·un·tary	[`vɑlən‚tɛri]	自願的，非官方的
22	mon·as·tery	[`mɑnəs‚tɛri]	修道院，隱修院
			以下重音節的 U 讀 /ʌ/
23	cus·tom·ary	[`kʌstə‚mɛri]	習慣的
24	pul·mo·nary	[`pʌlmə‚nɛri]	肺的
			以下重音節的母音都讀其本音
25	api·ary	[`epi‚ɛri]	蜂房，養蜂場
26	sta·tion·ary	[`steʃə‚nɛri]	靜止的，駐軍
27	sta·tion·ery	[`steʃə‚nɛri]	文具 記憶法：文具中有紙 paper，所以拼做 ER
28	mo·men·tary	[`momən‚tɛri]	瞬間的

29	to·pi·ary	[`topi͵ɛri]	修剪灌木的，灌木修剪法
30	lu·mi·nary	[`lumə͵nɛri]	發光體
		以下重音節的 OR 仍讀 /ɔr/	
31	or·di·nary	[`ɔrdə͵nɛri]	平常的，平凡的

這類形容詞加 LY 變成副詞後的規律

上表 §33.33 中的這類形容詞，如果加 LY 變成副詞時，要先把尾巴的 Y 變成 I，然後加 LY。此時，重音會跑到原來 ARY 的 A 處，也就是倒數第三個音節，而原來的第一個音節的重音就變成次重音。這裡的 A，因為後面跟著 R，照以前講過的，要讀做 /ɛ/。例如：

				練習表 §33.33a
	上表項目	形容詞	練習字（副詞）	練習字的音標
1	4	**san·i·tary**	san·i·tar·i·ly	[͵sænə`tɛrəli]
2	9	**leg·end·ary**	leg·end·ar·i·ly	[͵lɛdʒən`dɛrəli]
3	10	**nec·es·sary**	nec·es·sar·i·ly	[͵nɛsə`sɛrəli]
4	13	**tem·po·rary**	tem·po·rar·i·ly	[͵tɛmpə`rɛrəli]
5	21	**vol·un·tary**	vol·un·tar·i·ly	[͵vɑlən`tɛrəli]
6	28	**mo·men·tary**	mo·men·tar·i·ly	[͵momən`tɛrəli]

(34) 五個音節的名詞或形容詞，~ARY 或 ~ERY

五個音節的名詞或形容詞，以 ARY 或 ERY 結尾時，重音節有的在倒數第四個音節，ARY 的 A 是次重音所在，而 ARY 或 ERY 都讀做 /ɛri/；有的在倒數第三個音節，ARY 則讀輕音 /əri/。

請注意上面練習表 §33.33 中的第 19 個字 commentary 及第 28 個字 momentary 和下面練習表 §33.34 中的第 5~8 個字，它們都是以 MENTARY 結尾，但是音節數不同，重音節和讀法就不同。

			練習表 §33.34
			下面這些字重音在倒數第四個音節
1	imag·i·nary	[ɪˈmædʒəˌnɛri]	想像的，假想的
2	sub·sid·i·ary	[səbˈsɪdiˌɛri]	子公司，附加物
3	obit·u·ary	[oˈbɪtʃəˌwɛri]	（尤指報紙上的）訃告，訃聞
			下面這些字重音在倒數第三個音節
4	an·ni·ver·sa·ry	[ˌænəˈvɝsəri]	周年紀念
5	ele·men·ta·ry	[ˌɛləˈmɛnt(ə)ri]	基本的
6	doc·u·men·tary	[ˌdɑkjəˈmɛnt(ə)ri]	文件的，紀錄片，記實小説
7	com·ple·men·ta·ry	[ˌkɑmpləˈmɛnt(ə)ri]	補充的
8	com·pli·men·ta·ry	[ˌkɑmpləˈmɛnt(ə)ri]	讚美的，表敬意的，免費贈送的

🔊 MP3-110

除了 ARY 和 ERY 結尾的字以外，其他的至少三個音節的名詞或形容詞，重音節絕大多數是在倒數第三個音節，也就是倒數第三個母音處，它的音高就像「高」字一樣。

倒數第二個音節的母音大多讀為輕音的 /ə/。而 Y 是倒數第一個音節的母音，雖是輕音節，但要讀做長音 /i/。

如果 Y 前面的子音是 G 時，這個 G 也大多會讀成 /dʒ/。

（九）至少三個音節以母子 ~~~Y 結尾的名詞或形容詞

至少三個音節而以 Y 結尾的名詞或形容詞中，倒數第三個音節的結尾是母子，那麼這個母音會讀成短音，結尾的 Y 讀長音 /i/。

這類字可以分為 A 子 ~~~Y、E 子 ~~~Y、I 子 ~~~Y、O 子 ~~~Y、和 U 子 ~~~Y 等情形。發音規則 35 到 39 就是教你這類字的讀法。

注意：「~~~」表示「這中間還有一個音節」。

我們現在就來練練看吧！

(35) 名詞或形容詞，~A 子 ~~~Y 的 A 讀 /æ/，Y 讀 /i/

至少三個音節而以 Y 結尾的名詞或形容詞，如果倒數第三個音節的結尾是 A 子，那麼這個 A 會讀成蝴蝶音 /æ/，Y 讀 /i/。

下表中第 23~26 個字的發音中有 /w/，不是錯誤。在前面發音規則 33 已經講過了。

1	am·nes·ty	[ˋæmnəsti]	大赦，特赦
2	an·ar·chy	[ˋænɚki]	無政府狀態 此 CH 讀成 /k/
3	ap·a·thy	[ˋæpəθi]	冷淡，漠不關心
4	at·ro·phy	[ˋætrəfi]	萎縮症
5	blas·phe·my	[ˋblæsfəmi]	褻瀆神明的言辭或行為
6	fan·ta·sy	[ˋfæntəsi]	幻想
7	gal·a·xy	[ˋgæləksi]	銀河系
8	cav·i·ty	[ˋkævətɪ]	蛀牙
9	grav·i·ty	[ˋgrævəti]	地心引力
10	trag·e·dy	[ˋtrædʒədi]	悲劇
11	strat·e·gy	[ˋstrætədʒi]	策略
12	tap·es·try	[ˋtæpəstri]	織錦，壁毯，織錦或織畫
13	acad·e·my	[əˋkædəmi]	學術
14	ve·rac·i·ty	[vəˋræsəti]	誠實 C 後面有 I，C 讀 /s/
15	re·al·i·ty	[riˋæləti]	現實，逼真
16	cau·sal·i·ty	[kɔˋzæləti]	因果關係
17	pro·fan·i·ty	[proˋfænəti]	不敬的言語
18	sim·i·lar·i·ty	[ˌsɪməˋlærəti]	相似
19	fru·gal·i·ty	[fruˋgæləti]	節儉
20	hos·pi·tal·i·ty	[ˌhɑspəˋtæləti]	熱情的招待，好客
21	per·son·al·i·ty	[ˌpɝsn̩ˋæləti]	個性
22	prod·i·gal·i·ty	[ˌprɑdəˋgæləti]	揮霍
23	ac·tu·al·i·ty	[ˌæktʃəˋwæləti]	現實性

24	sen·su·al·i·ty	[ˌsɛn(t)ʃəˈwælətiˌ]	感性
25	sex·u·al·i·ty	[ˌsɛkʃəˈwælətiˌ]	性的特徵
26	punc·tu·al·i·ty	[ˌpʌŋktʃəˈwælətiˌ]	準時
27	in·di·vid·u·al·i·ty	[ˌɪndəˌvɪdʒəˈwælətiˌ]	個體，個人的特徵

例外：

以下這個字的重音不同，因此 A 的讀法不同。

| 1 | mel·an·choly | [ˈmɛlənˌkɑli] | 憂鬱，愁思，憂傷的 |

(36) 名詞或形容詞，~E 子 ~~~Y 的 E 讀 /ɛ/，Y 讀 /i/

至少三個音節而以 Y 結尾的名詞或形容詞，如果倒數第三個音節的結尾是 E 子，那麼這個 E 會讀成 /ɛ/，而且是重音，字尾的 Y 讀 /i/。

1	eb·o·ny	[ˈɛbəni]	黑檀木
2	em·bas·sy	[ˈɛmbəsi]	大使館，大使的職位
3	em·pa·thy	[ˈɛmpəθi]	（美學）移情作用，同理心
4	en·er·gy	[ˈɛnɚdʒi]	能源，精力
5	cen·tu·ry	[ˈsɛntʃ(ə)ri]	世紀 C 後面有 E，C 讀 /s/
6	lev·i·ty	[ˈlɛvəti]	輕率

7	chem·is·try	[`kɛməstri]	化學 此 CH 讀 /k/
8	pen·al·ty	[`pɛnlti]	刑法，處罰，懲罰
9	amen·i·ty	[ə`mɛnəti]	使生活愉快的事物
10	aus·ter·i·ty	[ɔs`tɛrɪti]	艱苦，嚴肅，樸素，簡樸的生活方式
11	sin·cer·i·ty	[sɪn`sɛrəti]	真誠，誠意，真摯 C 後面有 E，C 讀 /s/
12	te·lep·a·thy	[tə`lɛpəθi]	心電感應 C 後面有 E，C 讀 /s/
13	com·plex·i·ty	[kəm`plɛksəti]	複雜性，錯綜複雜的事物
14	ac·ces·sory	[ək`sɛsəri]	附屬品，從犯 C 後面有 E，C 讀 /s/；也可拼做 accessary
15	tra·jec·to·ry	[trə`dʒɛkt(ə)ri]	彈道，軌道

(37) 名詞或形容詞，~I 子 ~~~Y 或 ~Y 子 ~~~Y 的 I 或 Y 讀 /ɪ/，Y 讀 /i/

> 至少三個音節而以 Y 結尾的名詞或形容詞，如果倒數第三個音節的結尾是 I 子 或 Y 子，那麼這個 I 或 Y 會讀成 /ɪ/，Y 讀 /i/。

練習表 §33.37

1	his·to·ry	[`hɪst(ə)ri]	歷史
2	sym·pa·thy	[`sɪmpəθi]	同情心
3	sym·pho·ny	[`sɪmfəni]	交響樂
4	eth·nic·i·ty	[ɛθ`nɪsəti]	民族，民族性 C 後面有 I，C 讀 /s/
5	po·lyg·a·my	[pə`lɪgəmi]	一夫多妻制，一妻多夫制
6	sim·plic·i·ty	[sɪm`plɪsəti]	簡單，坦率，天真，單純 C 後面有 I，C 讀 /s/

7	cal·lig·ra·phy	[kə`lɪgrəfi]	書法
8	con·spir·a·cy	[kən`spɪrəsi]	陰謀，謀叛 C 後面有 Y，C 讀 /s/
9	de·lin·quen·cy	[dɪ`lɪŋkwənsi]	犯罪，行為不良 C 後面有 Y，C 讀 /s/
10	ser·en·dip·i·ty	[ˌsɛrən`dɪpəti]	偶然發現珍寶的運氣

(38) 名詞或形容詞，~O 子 ~~~Y 的 O 讀 /ɑ/，Y 讀 /i/

> 至少三個音節而以 Y 結尾的名詞或形容詞，如果倒數第三個音節的結尾是 O 子，那麼這個 O 會讀成 /ɑ/，結尾的 Y 讀做長音 /i/。

下表中第 42~45 個字，根據韋氏辭典和其他美國很多辭典，其重音 O 前面的 I 都應該讀做長音 /i/，但是台灣很多辭典把它標註成短音 /ɪ/。我建議你照美國的辭典讀。

練習表 §33.38

1	bot·a·ny	[`batəni]	植物學
2	col·o·ny	[`kaləni]	殖民地，殖民兵團
3	com·e·dy	[`kamədi]	喜劇
4	pros·o·dy	[`prasədi]	詩體學，韻律學，作詩法
5	apol·o·gy	[ə`palədʒi]	道歉，謝罪，辯解
6	as·trol·o·gy	[əs`tralədʒi]	占星術
7	as·tron·o·my	[əs`tranəmi]	天文學
8	to·pol·o·gy	[tə`palədʒi]	局部解剖學
9	bi·ol·o·gy	[baɪ`alədʒi]	生物學 此 I 讀 /aɪ/
10	bi·og·ra·phy	[baɪ`agrəfi]	傳記 此 I 讀 /aɪ/

11	ecol·o·gy	[ɪˋkɑlədʒi]	生態學
12	com·mod·i·ty	[kəˋmɑdəti]	貨品，日用品
13	du·op·o·ly	[d(j)ʊˋɑpəli]	兩家壟斷
14	mo·nop·o·ly	[məˋnɑp(ə)li]	獨家壟斷
15	mo·nog·a·my	[məˋnɑgəmi]	一夫一妻制
16	chro·nol·o·gy	[krəˋnɑlədʒi]	年代學，年記
17	gas·tron·o·my	[gæsˋtrɑnəmi]	美食學
18	ge·ol·o·gy	[dʒiˋɑlədʒi]	地質學
19	ge·og·ra·phy	[dʒiˋɑgrəfi]	地理學
20	ge·om·e·try	[dʒiˋɑmətri]	幾何學
21	eth·nog·e·ny	[ɛθˋnɑdʒəni]	人種起源學
22	eth·nol·o·gy	[ɛθˋnɑlədʒi]	人種學，民族學，人類文化學
23	eth·nog·ra·phy	[ɛθˋnɑgrəfi]	人種史，人種論
24	gy·ne·col·o·gy	[ˌgaɪnəˋkɑlədʒi]	婦科學
25	li·thol·o·gy	[lɪˋθɑlədʒi]	岩性學
26	li·thog·ra·phy	[lɪˋθɑgrəfi]	石版印刷術，金屬板印刷術
27	myth·ol·o·gy	[mɪˋθɑlədʒi]	神話
28	op·tom·e·try	[ɑpˋtɑmətri]	驗光配鏡術，視力測定法
29	pho·tog·ra·phy	[fəˋtɑgrəfi]	攝影術
30	psy·chol·o·gy	[saɪˋkɑlədʒi]	心理學 PS 開頭，P 不發音
31	sten·og·ra·phy	[stəˋnɑgrəfi]	速記（術）
32	syn·on·y·my	[səˋnɑnəmi]	同義詞研究，同意詞匯編
33	urol·o·gy	[jʊˋrɑlədʒi]	泌尿學
34	zo·ol·o·gy	[zoˋɑlədʒi]	動物學

35	**zy·mol·o·gy**	[zaɪˋmalədʒi]	發酵學
36	**i·de·ol·o·gy**	[ˌaɪdiˋalədʒi]	意識形態
37	**an·i·mos·i·ty**	[ˌænəˋmasəti]	敵意，仇恨
38	**phar·ma·col·o·gy**	[ˌfɑrməˋkalədʒi]	藥理學
39	**rheu·ma·tol·o·gy**	[ˌruməˋtalədʒi]	風濕病學 RH 開頭，H 不發音
40	**oph·thal·mot·o·my**	[ˌafθælˋmatəmi]	眼球切開術
41	**oph·thal·mol·o·gy**	[ˌafθælˋmalədʒi]	眼科學
			下面這些字裡，倒數第四個音節的 I 讀長音 /i/，不同於台灣的辭典所標註的
42	**phys·i·ol·o·gy**	[ˌfɪziˋalədʒi]	生理學
43	**phys·i·og·no·my**	[ˌfɪziˋa(g)nəmi]	面相學，土地的外形地勢
44	**phys·i·og·ra·phy**	[ˌfɪziˋagrəfi]	地文學，自然地理學
45	**so·ci·ol·o·gy**	[ˌsosiˋalədʒi]	社會學 C 後面有 I，C 讀 /s/

(39) 名詞或形容詞，~U 子 ~~~Y 的 U 讀 /ʌ/，Y 讀 /i/

至少三個音節而以 Y 結尾的名詞或形容詞，如果倒數第三個音節的結尾是 U 子，那麼這個 U 會讀成 /ʌ/，Y 讀 /i/。

練習表 §33.39

1	**in·cum·ben·cy**	[ɪnˋkʌmbən(t)si]	在職，在職期間，義務 C 後面有 Y，C 讀 /s/
2	**re·dun·dan·cy**	[rɪˋdʌndən(t)si]	冗餘，過剩 C 後面有 Y，C 讀 /s/
3	**re·luc·tan·cy**	[rɪˋlʌktən(t)si]	勉強，厭惡，抵抗 C 後面有 Y，C 讀 /s/

（十）至少三個音節以母 ~~~Y 結尾的名詞或形容詞

至少三個音節而以 Y 結尾的名詞或形容詞中，倒數第三個音節的結尾是母音，那麼這個母音會讀長音，結尾的 Y 讀長音 /i/。

這類字可以分為 ~I~~~Y、~O~~~Y、和 ~U~~~Y 等情形，我將分別在發音規則 40 到 42 中告訴你讀法。

(40) 名詞或形容詞，~I~~~Y 的 I 讀 /aɪ/，Y 讀 /i/　　●MP3-111

至少三個音節而以 Y 結尾的名詞或形容詞，如果倒數第三個音節的結尾是子 I，那麼這個 I 會讀成 /aɪ/，Y 讀 /i/。

練習表 §33.40

1	**pi·e·ty**	[ˈpaɪəti]	虔誠，虔誠的行為
2	**pi·ra·cy**	[ˈpaɪrəsi]	海盜行為，侵犯專利權 C 後面有 Y，C 讀 /s/
3	**pri·va·cy**	[ˈpraɪvəsi]	隱私權 C 後面有 Y，C 讀 /s/
4	**an·xi·e·ty**	[æŋˈzaɪəti]	焦慮
5	**so·ci·e·ty**	[səˈsaɪəti]	社會 C 後面有 I，C 讀 /s/
6	**so·bri·e·ty**	[səˈbraɪəti]	清醒，穩健

(41) 名詞或形容詞，~O~~~Y 的 O 讀 /o/，Y 讀 /i/

至少三個音節而以 Y 結尾的名詞或形容詞，如果倒數第三個音節的結尾是子 O，那麼這個 O 會讀成 /o/，Y 讀 /i/。

| 1 | po·ten·cy | [`potn̩(t)si] | 效力 此 T 要讀入聲音，讀法請參考第 27 章「補充篇」；C 後面有 Y，C 讀 /s/ |

(42) 名詞或形容詞，~U~~~Y 的 U 讀 /ju/，Y 讀 /i/

> 至少三個音節而以 Y 結尾的名詞或形容詞，如果倒數第三個音節的結尾是子 U，那麼這個 U 會讀 /ju/，Y 讀 /i/。

1	mu·ti·ny	[`mjutn̩i]	兵變 此 T 要讀入聲音，讀法請參考第 27 章「補充篇」
2	pu·ri·ty	[`pjʊrəti]	純淨，純粹，純正
3	se·cu·ri·ty	[sɪ`kjʊrəti]	安全，安全措施
4	con·ti·nu·i·ty	[ˌkɑntə`n(j)uəti]	繼續，連續性

（十一）至少三個音節以母 R~~~Y 結尾的名詞或形容詞

> 至少三個音節而以 Y 結尾的名詞或形容詞，如果倒數第三個音節的結尾是母 R，那麼這個捲舌音就照規則讀，結尾的 Y 讀長音 /i/。

這類字可以分為 ~AR~~~Y、~ER~~~Y、~OR~~~Y、和 ~OUR~~~Y 等情形。發音規則 43 到 46 教的就是這類字的讀法。

(43) 名詞或形容詞，~AR~~~Y 的 AR 讀 /ɑr/，Y 讀 /i/　　▶MP3-112

> 　　至少三個音節而以 Y 結尾的名詞或形容詞，如果倒數第三個音節
> 的結尾是 AR，那麼這個 AR 會讀做 /ɑr/，Y 讀 /i/。

			練習表 §33.43
1	phar·ma·cy	[ˋfɑrməsi]	藥店，藥學

(44) 名詞或形容詞，~ER~~~Y 的 ER 讀 /ɝ/，Y 讀 /i/

> 　　至少三個音節而以 Y 結尾的名詞或形容詞，如果倒數第三個音節
> 的結尾是 ER，那麼這個 ER 會讀做 /ɝ/，Y 讀 /i/。

			練習表 §33.44
1	eter·ni·ty	[ɪˋtɝnəti]	永恆，不朽
2	emer·gen·cy	[ɪˋmɝdʒən(t)si]	急診，緊急事故 C 後面有 Y，C 讀 /s/
3	uni·ver·si·ty	[ˌjunəˋvɝsəti]	大學

(45) 名詞或形容詞，~OR~~~Y 的 OR 讀 /ɔr/，Y 讀 /i/

> 　　至少三個音節而以 Y 結尾的名詞或形容詞，如果倒數第三個音節
> 的結尾是 OR，那麼這個 OR 會讀做 /ɔr/，Y 讀 /i/。

1	au·thor·i·ty	[ɔ`θɔrəti]	權威,專家,根據
2	ma·jor·i·ty	[mə`dʒɔrəti]	多數
3	mi·nor·i·ty	[mə`nɔrəti]	少數,少數民族

(46) 名詞或形容詞,~OUR~~~Y 的 OUR 可能讀 /ɝ/,Y 讀 /i/

> 　　至少三個音節而以 Y 結尾的名詞或形容詞,如果倒數第三個音節的結尾是 OUR,那麼這個 OUR 有一種讀法是 /ɝ/,Y 讀 /i/。

| 1 | cour·te·sy | [`kɝtəsi] | 禮節,謙恭 |

(十二)至少三個音節以 Y 結尾的動詞

> 　　至少三個音節而以 Y 結尾的字,如果是個動詞,那麼這個 Y 會讀成 /aɪ/,是次重音,也就是低的重音,像國語的第三聲的前半部。重音還是一樣在倒數第三個音節。

　　這類字可以分為 ~A+ 子音 ~~~Y、~E+ 子音 ~~~Y、~I+ 子音 ~~~Y、~O+ 子音 ~~~Y、~U+ 子音 ~~~Y、和 ~U~~~Y 等情形,將分別在發音規則 47 到 52 告訴你讀法。

(47) 動詞，~A 子 ~~~Y 的 A 讀 /æ/，Y 讀 /aɪ/　　　　　　⏵MP3-113

> 　　至少三個音節而以 Y 結尾的動詞，如果倒數第三個音節的結尾是 A 子，那麼這個 A 會讀成蝴蝶音 /æ/，而結尾的 Y 讀成次重音 /aɪ/。

練習表 §33.47

1	**mag·ni·fy**	[ˈmægnəˌfaɪ]	放大，誇張
2	**clar·i·fy**	[ˈklærəˌfaɪ]	使清楚，闡明，使淨化
3	**clas·si·fy**	[ˈklæsəˌfaɪ]	分類

(48) 動詞，~E 子 ~~~Y 的 E 讀 /ɛ/，Y 讀 /aɪ/

> 　　至少三個音節而以 Y 結尾的動詞，如果倒數第三個音節的結尾是 E 子，那麼這個 E 會讀成 /ɛ/，而結尾的 Y 讀成次重音 /aɪ/。

練習表 §33.48

1	**spec·i·fy**	[ˈspɛsəˌfaɪ]	詳述，設計 C 後面有 I，C 讀 /s/
2	**ver·i·fy**	[ˈvɛrəˌfaɪ]	確認
3	**iden·ti·fy**	[aɪˈdɛntəˌfaɪ]	分辨

(49) 動詞，~I 子 ~~~Y 或 ~Y 子 ~~~Y 的 I 或 Y 讀 /ɪ/，Y 讀 /aɪ/

> 　　至少三個音節而以 Y 結尾的動詞，如果倒數第三個音節的結尾是 I 子或 Y 子，那麼這個 I 或 Y 會讀 /ɪ/，而結尾的 Y 讀成次重音 /aɪ/。

1	**mys·ti·fy**	[ˋmɪstəˌfaɪ]	神祕化
2	**sim·pli·fy**	[ˋsɪmpləˌfaɪ]	使簡化，使單純化
3	**sig·ni·fy**	[ˋsɪgnəˌfaɪ]	表明
4	**so·lid·i·fy**	[səˋlɪdəˌfaɪ]	使凝固

(50) 動詞，~O 子 ~~~Y 的 O 讀 /ɑ/，Y 讀 /aɪ/

至少三個音節而以 Y 結尾的動詞，如果倒數第三個音節的結尾是 O 子，那麼這個 O 會讀 /ɑ/，而結尾的 Y 讀成次重音 /aɪ/。

1	**mod·i·fy**	[ˋmɑdəˌfaɪ]	修改
2	**os·si·fy**	[ˋɑsəˌfaɪ]	使僵化，使墨守成規
3	**per·son·i·fy**	[pəˋsɑnəˌfaɪ]	擬人化

(51) 動詞，~U 子 ~~~Y 的 U 讀 /ʌ/，Y 讀 /aɪ/

至少三個音節而以 Y 結尾的動詞，如果倒數第三個音節的結尾是 U 子，那麼這個 U 會讀 /ʌ/，而結尾的 Y 讀成次重音 /aɪ/。

1	**jus·ti·fy**	[ˋdʒʌstəˌfaɪ]	正當化，辨明
2	**mul·ti·ply**	[ˋmʌltəˌplaɪ]	倍增，乘，繁殖

| 3 | emul·si·fy | [ɪˋmʌlsəˌfaɪ] | 使成乳狀，使乳化 |

(52) 動詞，~U~~~Y 的 U 讀 /ju/，Y 讀 /aɪ/

> 　　至少三個音節而以 Y 結尾的動詞，如果倒數第三個音節的結尾是
> 子 U，那麼這個 U 會讀 /ju/，而 Y 讀成次重音 /aɪ/。

練習表 §33.52

1	pu·ri·fy	[ˋpjʊrəˌfaɪ]	淨化
2	stu·pe·fy	[ˋstjupəˌfaɪ]	使嚇得發呆，使呆若木雞

自我檢測 第33章「~Y」

(1) 見字會讀

現在，請讀下面這些字，然後比對我的讀法，看看你是不是都讀對，而能夠「見字會讀」了。

以下這些是名詞或形容詞：

1	turkey	2	snaky	3	spicy	4	phony
5	duty	6	ruby	7	taffy	8	sexy
9	ritzy	10	jolly	11	rusty	12	squeaky
13	curry	14	salary	15	gravity	16	embassy
17	symphony	18	ecology	19	redundancy	20	pharmacy

以下這些是動詞：

21	supply	22	magnify	23	specify
24	mystify	25	ossify	26	multiply

(1) 見字會讀解答： ▶ MP3-114

(2) 聽音會拼

▶ MP3-115

接下來，我們來看看你是否「聽音會拼」。請聽我出題，然後把你的答案寫在下面空格裡，最後再比對我的解答。

序號	單字	音標
1		
2		
3		
4		
5		
6		
7		
8		
9		
10		
11		
12		
13		
14		
15		

(2) 聽音會拼解答：

1	fantasy	[ˋfæntəsi]
2	profanity	[proˋfænəti]
3	complexity	[kəmˋplɛksəti]
4	prodigality	[ˌprɑdəˋgæləti]
5	empathy	[ˋɛmpəθi]
6	astrology	[əsˋtrɑlədʒi]
7	gastronomy	[gæsˋtrɑnəmi]
8	punctuality	[ˌpʌŋktʃəˋwæləti]
9	ordinary	[ˋɔrdəˌnɛri]
10	deny	[dɪˋnaɪ]
11	classify	[ˋklæsəˌfaɪ]
12	verify	[ˋvɛrəˌfaɪ]
13	simplify	[ˋsɪmpləˌfaɪ]
14	modify	[ˋmɑdəˌfaɪ]
15	justify	[ˋdʒʌstəˌfaɪ]

34 ATE 結尾的字

以 ATE 結尾的字，其發音規則分成以下幾組：

（一）兩個音節的動詞、名詞或形容詞：發音規則 1

（二）至少三個音節的動詞，倒數第三音節以母音＋非 R 的子音結尾：
發音規則 2~6

（三）至少三個音節的動詞，倒數第三音節以母音結尾：發音規則 7~10

（四）至少三個音節的動詞，倒數第三音節分別以 ER、IR、OR、UR
結尾：發音規則 11~13

（五）至少三個音節的形容詞或名詞，倒數第三音節以母音＋非 R 的
子音結尾：發音規則 14~17

（六）至少三個音節的形容詞或名詞，倒數第三音節以母音結尾：發
音規則 18~19

（七）至少三個音節的形容詞或名詞，倒數第三音節以 OR、UR 結尾：
發音規則 20~21

注意：為了方便記憶，本章中提到的「子音」或「簡稱」裡提到的「子」
是指「非 R 的子音」，因為有 R 時，前面母音的讀法會改變。如果這個子音
可以是 R，我會特別註明。「~~~」表示「這裡有一個音節」。

（一）兩個音節 ATE 結尾的動詞、名詞或形容詞

這類字就在發音規則 1 練習。

(1) ~~~ATE 的 ATE 讀 /et/，是次重音

● MP3-116

　　兩個音節以 ATE 結尾的字，不管是動詞、名詞或形容詞，重音絕大多數是在第一個音節，而 ATE 會照 E 點靈的規則，讀做 /et/，是次重音。

　　這類字如果是動詞，大多可以把尾巴的 E 去掉，然後加上 ION，就變成名詞，而此時結尾的 TION 就會讀做 /ʃən/（/ʃ/ 音已經隱含 I 原來應該發的 /ɪ/，所以表面上看不到 I 的發音），而整個字的重音變成跑到 TION 前的 A，讀做 /ˈeʃən/。大多時候，這個名詞的意思會與原來的動詞意思相同，但有少數意思會變掉。例如 donate [ˈdoˌnet]（捐贈）變成 donation，意思仍為「捐贈」。但是 vacate（騰出）變成 vacation，意思就變成「假期」。

　　這類從 ATE 結尾的動詞變成的名詞，雖然也是以 TION 結尾，但是不會被包含在下一章第 35 章中的練習裡，因為這個規律很簡單，而這類字又很多。不過，我會做一些示範讀法。

練習表 §34.1

1	va·cate	[ˈveˌket]	騰出，撤離 可變成 vacation（假期）
2	pla·cate	[ˈpleˌket]	使息怒，安撫 可變成 placation
3	re·bate	[ˈriˌbet]	部分退款
4	di·late	[ˈdaɪˌlet]	擴大 可變成 dilation
5	pri·mate	[ˈpraɪˌmet]	靈長類動物，首要的
6	do·nate	[ˈdoˌnet]	捐贈 可變成 donation
7	lo·cate	[ˈloˌket]	找出，使……坐落於 可變成 location
8	pro·nate	[ˈproˌnet]	將手掌向下或向後旋轉 可變成 pronation
9	pro·bate	[ˈproˌbet]	檢驗遺囑 可變成 probation（緩刑，試用）

10	no·tate	[ˋnoˌtet]	以符號表示 可變成 notation
11	ro·tate	[ˋroˌtet]	旋轉，循環 可變成 rotation
12	col·late	[ˋkoˌlet]	核對 此 O 讀 /o/；可變成 collation
13	cu·rate	[ˋkjʊˌret]	擔任博物館館長，挑選展品
14	mu·tate	[ˋmjuˌtet]	突變 可變成 mutation
15	trans·late	[ˋtrænsˌlet]	翻譯，轉化 可變成 translation
16	ges·tate	[ˋdʒɛˌstet]	孕育 可變成 gestation
17	pros·tate	[ˋprɑˌstet]	前列腺
18	pul·sate	[ˋpʌlˌset]	脈動，有規律地振動 可變成 pulsation
19	up·date	[ˋʌpˌdet]	更新，最新消息
20	up·rate	[ˋʌpˌret]	升級
21	sum·mate	[ˋsʌmˌet]	加總 可變成 summation
22	trun·cate	[ˋtrʌŋˌket]	截短，捨位 可變成 truncation
23	orate	[ˋɔˌret]	演說 可變成 oration
24	for·mate	[ˋfɔrˌmet]	蟻酸鹽

例外一：

以下這些字的重音在後面這個音節，所以會讀成像國語的第四聲。

1	cre·ate	[kriˋet]	創造 可變成 creation
2	elate	[ɪˋlet]	使興高采烈 可變成 elation

3	re·late	[rɪ`let]	敘述，涉及，相處很好 可變成 relation
4	de·bate	[dɪ`bet]	辯論
5	se·date	[sɪ`det]	沉著的，使昏昏欲睡 可變成 sedation
6	be·rate	[bɪ`ret]	訓斥，嚴責 也可讀做 [bi`ret]；可變成 beration
7	in·nate	[ɪ`net]	天生的，固有的
8	in·flate	[ɪn`flet]	充氣，吹捧，上漲，可變成 inflation
9	de·flate	[dɪ`flet]	放氣，緊縮 也可讀做 [di`flet]；可變成 deflation

例外二：

以下這些字的重音在第一個音節，而尾巴的 ATE 讀做輕音的 /ət/。

練習表 §34.1b

1	prel·ate	[`prɛlət]	高位神職者
2	tem·plate	[`tɛmplət]	模板，樣板，標準框
3	pi·rate	[`paɪrət]	海盜，盜版者，盜版侵權
4	pri·vate	[`praɪvət]	私人的，私密處，二等兵
5	cu·rate	[`kjʊˌrət]	助理牧師

（二）至少三個音節的動詞，倒數第三音節以母音 + 非 R 的子音結尾

　　這裡所講的是，ATE 在至少三個音節的動詞結尾時，會照 E 點靈的規則，讀做 /et/，E 不發音，但它只是整個字的次重音而已，音高像國語的第三聲的前半段。

　　然後以 A 為倒數第一個母音，往左找，倒數第三個母音就是整個字的重音所在，音高像國語的第一聲。

　　例如 animate 這個動詞，重音是在最左邊的 A，而次重音是在尾巴的 ATE，整個字就讀做 [ˋænəˌmet]。它如果要變成名詞，就把尾巴的 E 去掉，然後加上 ION，這樣結尾的 TION 就會讀做 /ʃən/。而原來的次重音（也就是 ATE 的 A）就變成整個字的重音，反之，原來的重音，就變成次重音。A 仍是倒數第三個母音。

　　這類延伸字將不會被包含在第 35 章「TION 及類似者結尾的字」的練習裡。不過，我會做一些示範讀法。另外，我還發現一個 Webster 分音節的慣例：ATE 前的 ER 都不分開，但 OR 則要分開。

　　這些至少三個音節的動詞分為以下情形：A 子 ~~~ATE、E 子 ~~~ATE、I 子 ~~~ATE、O 子 ~~~ATE、和 U 子 ~~~ATE，分別在發音規則 2~6 練習。現在就讓我們開始吧！

(2) 動詞 A 子 ~~~ATE 的 A 讀 /æ/，是重音節，ATE 讀 /et/，是次重音

🔵 MP3-117

　　至少三個音節而以 ATE 結尾的動詞，如果倒數第三個音節的結尾是 A 子，那麼這個 A 就會讀做蝴蝶音 /æ/，是重音節，而結尾的 ATE 讀做 /et/，是次重音。

練習表 §34.2

1	ac·ti·vate	[ˋæktəˌvet]	使……產生活動，加速……的反應

2	ac·tu·ate	[ˋæktʃəˌwet]	開動，驅使
3	ag·i·tate	[ˋædʒəˌtet]	煽動，使焦慮
4	ag·gre·gate	[ˋægrɪˌget]	聚集
5	ag·gra·vate	[ˋægrəˌvet]	使更壞，使憤怒
6	al·lo·cate	[ˋæləˌket]	分配
7	am·pu·tate	[ˋæmpjəˌtet]	切除，截斷
8	an·i·mate	[ˋænəˌmet]	使有生命，使活潑
9	cal·cu·late	[ˋkælkjəˌlet]	計算，認為，計畫
10	fab·ri·cate	[ˋfæbrɪˌket]	製造，虛構
11	fas·cin·ate	[ˋfæsn̩ˌet]	迷住，使陶醉 C 後面有 I，C 讀 /s/
12	grad·u·ate	[ˋgrædʒəˌwet]	畢業
13	gran·u·late	[ˋgrænjəˌlet]	使成粒狀
14	nav·i·gate	[ˋnævəˌget]	航行
15	sat·u·rate	[ˋsætʃəˌret]	浸透，使飽和 /t/ + /ju/ 時，就會變成 /tʃu/，然後這裡 /u/ 又變成輕音 /ə/
16	vac·ci·nate	[ˋvæksəˌnet]	注射疫苗 C 後面有 I，C 讀 /s/
17	ejac·u·late	[ɪˋdʒækjəˌlet]	突然說，射出
18	elab·o·rate	[ɪˋlæbəˌret]	詳細說明，精心製作
19	eval·u·ate	[ɪˋvæljəˌwet]	評估
20	con·grat·u·late	[kənˋgrætʃəˌlet]	祝賀 /t/ + /ju/ 時，就會變成 /tʃu/，然後這裡 /u/ 又變成輕音 /ə/
21	con·tam·i·nate	[kənˋtæməˌnet]	污染，污損，弄髒
22	pro·cras·ti·nate	[p(r)əˋkræstəˌnet]	拖延，延宕
23	som·nam·bu·late	[samˋnæmbjəˌlet]	夢遊

(3) 動詞 E 子 ~~~ATE 的 E 讀 /ɛ/，是重音節，ATE 讀 /et/，是次重音

> 至少三個音節而以 ATE 結尾的動詞，如果倒數第三個音節的結尾是 E 子，那麼這個 E 就會讀做 /ɛ/，是重音節，而結尾的 ATE 讀做 /et/，是次重音。

練習表 §34.3

1	ed·u·cate	[`ɛdʒəˌket]	教育
2	el·e·vate	[`ɛləˌvet]	使升高，振奮，提升
3	em·u·late	[`ɛmjəˌlet]	效法，爭勝
4	es·ca·late	[`ɛskəˌlet]	節節升高，增強
5	es·ti·mate	[`ɛstəˌmet]	估計，評估，判斷
6	cel·e·brate	[`sɛləˌbret]	慶祝
7	dec·o·rate	[`dɛkəˌret]	裝飾
8	des·ig·nate	[`dɛzɪgˌnet]	指定
9	dem·on·strate	[`dɛmənˌstret]	示威，證明，示範
10	dep·i·late	[`dɛpəˌlet]	拔去……的毛，脫去……的毛
11	fed·er·ate	[`fɛdəˌret]	聯合，結成同盟
12	gen·er·ate	[`dʒɛnəˌret]	生殖，產生（光熱電等）
13	leg·is·late	[`lɛdʒəsˌlet]	立法
14	men·stru·ate	[`mɛnstrəˌwet]	排出月經，行經
15	pen·e·trate	[`pɛnəˌtret]	滲透，洞察
16	reg·u·late	[`rɛgjəˌlet]	調整，使遵守規章
17	rel·e·gate	[`rɛləˌget]	降格

18	in·ves·ti·gate	[ɪnˋvɛstəˌget]	調查
19	lev·i·gate	[ˋlɛvəˌget]	水磨，使成糊狀
20	lev·i·tate	[ˋlɛvəˌtet]	飄浮空中
21	spec·u·late	[ˋspɛkjəˌlet]	思索，推測
22	ac·cel·er·ate	[əkˋsɛləˌret]	加速，促進 C 後面有 E，C 讀 /s/
23	ne·ces·si·tate	[nɪˋsɛsəˌtet]	使被需要，使成為必需，迫使 C 後面有 E，C 讀 /s/
24	per·pet·u·ate	[pɚˋpɛtʃəˌwet]	永久化，使不朽 /t/ + /ju/ 時，就會變成 /tʃu/，然後這裡 /u/ 又變成輕音 /ə/
25	in·ter·ro·gate	[ɪnˋtɛrəˌget]	質問，審問
26	au·then·ti·cate	[ɔˋθɛntɪˌket]	認證
27	dif·fer·en·ti·ate	[ˌdɪfəˋrɛnʃiˌet]	區分，鑑別

請注意上表第 27 個字 differentiate 的音標：

(1) CIATE 或 TIATE 結尾的動詞，都會讀做 /ʃiˌet/。

但 CIATE 也可讀做 /siˌet/，例如練習表 6 的第 5 個字

練習表 7 的第 3 個字及

練習表 9 的第 1 個字。

(2) 根據美國很多辭典，動詞以 IATE 結尾時，音標應該是 /iet/，也就是說這個 I 應讀長音 /i/，但是很多台灣出版的辭典把它標註為短音 /ɪ/。

(4) 動詞 I 子 ~~~ATE 的 I 讀 /ɪ/，是重音節，ATE 讀 /et/，是次重音

> 　　至少三個音節而以 ATE 結尾的動詞，如果倒數第三個音節的結尾是 I 子，那麼這個 I 就會讀做 /ɪ/，是重音節，而結尾的 ATE 讀做 /ˌet/，是次重音。

			練習表 §34.4
1	im·mi·grate	[ˋɪməˌgret]	移民，移居
2	im·i·tate	[ˋɪməˌtet]	模仿
3	in·di·cate	[ˋɪndəˌket]	指示
4	in·un·date	[ˋɪnənˌdet]	浸沒，淹沒，氾濫，如洪水般湧到
5	in·te·grate	[ˋɪntəˌgret]	整合
6	in·no·vate	[ˋɪnəˌvet]	革新，創新
7	lib·er·ate	[ˋlɪbəˌret]	解放，釋放
8	lit·i·gate	[ˋlɪtəˌget]	提出訴訟
9	liq·ui·date	[ˋlɪkwəˌdet]	清理，肅清，消滅
10	sit·u·ate	[ˋsɪtʃəˌwet]	使位於 /t/ + /ju/ 時，就會變成 /tʃu/，然後這裡 /u/ 又變成輕音 /ə/
11	stim·u·late	[ˋstɪmjəˌlet]	刺激，使興奮，鼓舞，使振作
12	af·fil·i·ate	[əˋfɪliˌet]	接納……為會員，使隸屬，交往
13	an·tic·i·pate	[ænˋtɪsəˌpet]	預期 C 後面有 I，C 讀 /s/
14	ha·bit·u·ate	[həˋbɪtʃəˌwet]	使成為習慣，適應 /t/ + /ju/ 時，就會變成 /tʃu/，然後這裡 /u/ 又變成輕音 /ə/
15	ma·nip·u·late	[məˋnɪpjəˌlet]	操作，擺佈
16	ma·tric·u·late	[məˋtrɪkjəˌlet]	註冊入學

17	re·frig·er·ate	[rɪˋfrɪdʒəˏret]	冷藏
18	ini·ti·ate	[ɪˋnɪʃɪˏet]	創始，發動
19	in·tim·i·date	[ɪnˋtɪməˏdet]	恫嚇，脅迫
20	ar·tic·u·late	[ɑrˋtɪkjəˏlet]	明確表達
21	pre·cip·i·tate	[prɪˋsɪpəˏtet]	降雨，使凝結，沉澱 C 後面有 I，C 讀 /s/
22	pro·lif·er·ate	[prəˋlɪfəˏret]	增殖，激增
23	par·tic·i·pate	[pɑrˋtɪsəˏpet]	參加 C 後面有 I，C 讀 /s/
24	so·phis·ti·cate	[səˋfɪstəˏket]	曲解，使變得世故
25	hu·mil·i·ate	[hjuˋmɪlɪˏet]	羞辱

(5) 動詞 O 子 ~~~ATE 的 O 讀 /ɑ/，是重音節，ATE 讀 /et/，是次重音

> 至少三個音節而以 ATE 結尾的動詞，如果倒數第三個音節的結尾是 O 子，那麼這個 O 就會讀做 /ɑ/，是重音節，而結尾的 ATE 讀做 /et/，是次重音。

練習表 §34.5

1	ob·li·gate	[ˋɑblɪˏget]	強制……做某事，使感激
2	os·cu·late	[ˋɑskjəˏlet]	接觸，與……有共通性
3	op·er·ate	[ˋɑp(ə)ret]	運轉，開刀，實施
4	co·op·er·ate	[koˋɑp(ə)ret]	合作
5	col·lo·cate	[ˋkɑləˏket]	布置，配置
6	com·pen·sate	[ˋkɑmpənˏset]	補償

7	con·sti·pate	[`kɑnstə͵pet]	使便祕，使呆滯
8	con·cen·trate	[`kɑnsən͵tret]	集中，濃縮 C 後面有 E，C 讀 /s/
9	mod·er·ate	[`mɑdə͵ret]	調節
10	tol·er·ate	[`tɑlə͵ret]	容忍
11	pop·u·late	[`pɑpjə͵let]	居住於

(6) 動詞 U 子 ~~~ATE 的 U 讀 /ʌ/，是重音節，ATE 讀 /et/，是次重音

> 　　至少三個音節而以 ATE 結尾的動詞，如果倒數第三個音節的結尾是 U 子，那麼這個 U 就會讀做 /ʌ/，是重音節，而結尾的 ATE 讀做 /et/，是次重音。

注意：U 要在它後面有至少兩個子音時，才會讀短音 /ʌ/，否則 U 在多音節字中，且是重音節時，絕大多數是讀 /ju/。

練習表 §34.6

1	cul·ti·vate	[`kʌltə͵vet]	耕作
2	rus·ti·cate	[`rʌstɪ͵ket]	下鄉，罰學生暫時停學
3	fluc·tu·ate	[`flʌktʃə͵wet]	變動 /t/ + /ju/ 時，就會變成 /tʃu/，然後這裡 /u/ 又變成輕音 /ə/
4	punc·tu·ate	[`pʌŋktʃə͵wet]	加標點，不時打斷 /t/ + /ju/ 時，就會變成 /tʃu/，然後這裡 /u/ 又變成輕音 /ə/
5	de·nun·ci·ate	[də`nʌnsi͵et]	譴責 CIATE 結尾的動詞，讀做 /ʃiet/，也可讀做 /siet/
6	re·sus·ci·tate	[rɪ`sʌsə͵tet]	使復甦 C 後面有 I，C 讀 /s/

（三）至少三個音節的動詞，倒數第三音節以母音結尾

這些至少三個音節的動詞分為以下情形：E~~~ATE、I~~~ATE、O~~~ATE、和 U~~~ATE，分別在發音規則 7~10 練習。現在就讓我們開始吧！

▶ MP3-118

(7) 動詞 E~~~ATE 的 E 讀 /i/，是重音節，ATE 讀 /et/，是次重音

> 至少三個音節而以 ATE 結尾的動詞，如果倒數第三個音節的結尾是 E，那麼這個 E 就會讀做它的本音，也就是長音 /i/，是重音節，而結尾的 ATE 讀做 /et/，是次重音。

練習表 §34.7

1	**al·le·vi·ate**	[ə`livi͵et]	減輕，緩和
2	**ab·bre·vi·ate**	[ə`brivi͵et]	縮寫，縮短
3	**ap·pre·ci·ate**	[ə`priʃi͵et]	欣賞，感激，增值 CIATE 結尾的動詞，讀做 /ʃiet/，也可讀做 /siet/

例外：

> 此字重音節在倒數第四個音節 TE 處，這個 E 本來應該是讀長音 /i/，但是因為它後面跟的是 R，所以就要讀成短音 /ɪ/。

練習表 §34.7a

1	**de·te·ri·o·rate**	[dɪ`tɪriə͵ret]	惡化

(8) 動詞 I~~~ATE 的 I 讀 /aɪ/，是重音節，ATE 讀 /et/，是次重音

至少三個音節而以 ATE 結尾的動詞，如果倒數第三個音節的結尾是 I，那麼這個 I 就會讀做 /aɪ/，是重音節，而結尾的 ATE 讀做 /et/，是次重音。

				練習表 §34.8
1	**vi·o·late**	[ˈvaɪəˌlet]	違反	
2	**hi·ber·nate**	[ˈhaɪbɚˌnet]	冬眠，避寒	

(9) 動詞 O~~~ATE 的 O 讀 /o/，是重音節，ATE 讀 /et/，是次重音

至少三個音節而以 ATE 結尾的動詞，如果倒數第三個音節的結尾是 O，那麼這個 O 就會讀做 /o/，是重音節，而結尾的 ATE 讀做 /et/，是次重音。

			練習表 §34.9
1	**as·so·ci·ate**	[əˈsoʃiˌet]	使聯想 CIATE 結尾的動詞，讀做 /ʃiet/，也可讀做 /siet/
2	**ne·go·ti·ate**	[nɪˈgoʃiˌet]	談判，協商 TIATE 結尾的動詞，讀做 /ʃiet/

(10) 動詞 U~~~ATE 的 U 讀 /ju/，是重音節，ATE 讀 /et/，是次重音

> 　　至少三個音節而以 ATE 結尾的動詞，如果倒數第三個音節的結尾是 U，那麼這個 U 就會讀做 /ju/，是重音節，而結尾的 ATE 讀做 /et/，是次重音。

練習表 §34.10

1	**nu·mer·ate**	[`n(j)umə͵ret]	計算
2	**enu·mer·ate**	[ɪ`n(j)umə͵ret]	列舉
3	**ju·bi·late**	[`dʒubə͵let]	歡欣慶祝，歡騰
4	**mu·ti·late**	[`mjutə͵let]	把……切斷，使……殘廢
5	**du·pli·cate**	[`djuplɪ͵ket]	加倍，複製
6	**fu·mi·gate**	[`fjumə͵get]	煙燻，消毒
7	**ac·cu·mu·late**	[ə`kjum(j)ə͵let]	累積
8	**com·mu·ni·cate**	[kə`mjunə͵ket]	溝通
9	**re·pu·di·ate**	[rɪ`pjudi͵et]	遺棄，拒絕接受，否認……的權威

例外：在 L 或 R 後面，/ju/ 要變成 /u/

練習表 §34.10a

1	**il·lu·mi·nate**	[ɪ`lumə͵net]	照亮，使光輝燦爛
2	**lu·bri·cate**	[`lubrə͵ket]	潤滑，上油
3	**hal·lu·ci·nate**	[hə`lusə͵net]	妄想 C 後面有 I，C 讀 /s/

（四）至少三個音節的動詞，倒數第三音節分別以 ER、IR、 OR、UR 結尾

這些至少三個音節的動詞分為以下情形：ER~~~ATE、IR~~~ATE、 OR~~~ATE、和 UR~~~ATE，分別在發音規則 11~13 練習。現在就讓我們開始吧！

🔘MP3-119

(11) 動詞 ER~~~ATE 的 ER 和 IR~~~ATE 的 IR 都讀 /ɝ/，是重音節，ATE 讀 /et/，是次重音

> 至少三個音節而以 ATE 結尾的動詞，如果倒數第三個音節的結尾是 ER 或 IR，那麼這個 ER 或 IR 就會讀做 /ɝ/，是重音節，而結尾的 ATE 讀做 /et/，是次重音。

練習表 §34.11

1	**ter·mi·nate**	[ˈtɝməˌnet]	終結
2	**per·me·ate**	[ˈpɝmiˌet]	滲透
3	**cir·cu·late**	[ˈsɝkjəˌlet]	循環，發行 C 後面有 I，C 讀 /s/

(12) 動詞 OR~~~ATE 的 OR 讀 /ɔr/，是重音節，ATE 讀 /et/，是次重音

> 至少三個音節而以 ATE 結尾的動詞，如果倒數第三個音節的結尾是 OR，那麼這個 OR 就會讀做 /ɔr/，是重音節，而結尾的 ATE 讀做 /et/，是次重音。

1	for·mu·late	[ˋfɔrmjə‚let]	公式化
2	co·or·di·nate	[koˋɔrdə‚net]	協調
3	sub·or·di·nate	[səˋbɔrdə‚net]	使服從，把……列在下級

(13) 動詞 UR~~~ATE 的 UR 讀 /ɝ/，是重音節，ATE 讀 /et/，是次重音

> 　　至少三個音節而以 ATE 結尾的動詞，如果倒數第三個音節的結尾是 UR，那麼這個 UR 就會讀做 /ɝ/，是重音節，而結尾的 ATE 讀做 /et/，是次重音。

1	sur·ro·gate	[ˋsɝə‚get]	代理 音標也可以註為 [ˋsʌrə‚get]

（五）至少三個音節，以 ATE 結尾的名詞或形容詞，結尾的 ATE 讀輕音 /ət/

> 　　這類字中，結尾的 ATE 會讀做輕音 /ət/，音高仍像國語的第三聲的後半段。
> 　　然後以此 A 為倒數第一個母音，往左找，倒數第三個母音就是整個字的重音所在。

　　這些至少三個音節的名詞或形容詞分為以下情形：A 子 ~~~ATE、E 子 ~~~ATE、I 子 ~~~ATE、和 O 子 ~~~ATE，分別在發音規則 14~17 練習。現在就讓我們開始吧！ ▶MP3-120

(14) 形容詞或名詞 A 子 ~~~ATE 的 A 讀 /æ/，是重音節，ATE 讀 /ət/

> 至少三個音節而以 ATE 結尾的形容詞或名詞，如果倒數第三個音節的結尾是 A 子，那麼這個 A 就會讀做蝴蝶音 /æ/，是重音節，而結尾的 ATE 讀做 /ət/，是輕音節。

			練習表 §34.14
1	ac·cu·rate	[`ækjərət]	準確的
2	ad·e·quate	[`ædɪkwət]	適當的，充分的
3	ag·gre·gate	[`ægrɪgət]	聚集的，聚集體
4	an·i·mate	[`ænəmət]	有生命的，生氣勃勃的
5	can·di·date	[`kændədət]	候選人
6	elab·o·rate	[ɪ`læbərət]	煞費苦心的，精心製作的
7	im·mac·u·late	[ɪ`mækjələt]	無瑕疵的

(15) 形容詞或名詞 E 子 ~~~ATE 的 E 讀 /ɛ/，是重音節，ATE 讀 /ət/

> 至少三個音節而以 ATE 結尾的形容詞或名詞，如果倒數第三個音節的結尾是 E 子，那麼這個 E 就會讀做 /ɛ/，是重音節，而結尾的 ATE 讀做 /ət/，是輕音節。

			練習表 §34.15
1	des·per·ate	[`dɛsp(ə)rət]	令人絕望的，極度渴望的，孤注一擲的
2	des·ig·nate	[`dɛzɪgnət]	選出而尚未上任的

| 3 | fed·er·ate | [`fɛdərət] | 聯邦的，同盟的 |

(16) 形容詞或名詞 I 子 ~~~ATE 的 I 讀 /ɪ/，是重音節，ATE 讀 /ət/

> 　　至少三個音節而以 ATE 結尾的形容詞或名詞，如果倒數第三個音節的結尾是 I 子，那麼這個 I 就會讀做短而模糊的 /ɪ/，是重音節，而結尾的 ATE 讀做 /ət/，是輕音節。

練習表 §34.16

1	in·ti·mate	[`ɪntəmət]	親密的，親切的
2	in·tri·cate	[`ɪntrɪkət]	錯綜複雜的
3	lit·er·ate	[`lɪtərət]	識字的，識字的人
4	il·lit·er·ate	[ɪ(l)`lɪtərət]	不識字的，不識字的人
5	ar·tic·u·late	[ɑr`tɪkjələt]	發音清晰的
6	cer·tif·i·cate	[sə`tɪfɪkət]	證書，證券 C 後面有 E，C 讀 /s/
7	no·vi·tiate	[no`vɪʃət]	修道士（修女）的見習期 此 TIATE 的 I 似乎不發音，其實 /ʃ/ 已經隱含 /ɪ/ 了
8	pre·cip·i·tate	[prɪ`sɪpətət]	猛然落下的，沉澱物 C 後面有 I，C 讀 /s/

(17) 形容詞或名詞 O 子 ~~~ATE 的 O 讀 /ɑ/，是重音節，ATE 讀 /ət/

> 　　至少三個音節而以 ATE 結尾的形容詞或名詞，倒數第三個音節的結尾如果是 O 子，那麼這個 O 就會讀做 /ɑ/，是重音節，而結尾的 ATE 讀做 /ət/，是輕音節。

1	mod·er·ate	[ˋmɑdərət]	穩健的，適度的
2	ap·prox·i·mate	[əˋprɑksəmət]	大約

（六）至少三個音節的形容詞或名詞，倒數第三音節以母音結尾

這些至少三個音節的名詞或形容詞分為兩種情形：E~~~ATE 和 O~~~ATE，分別在發音規則 18~19 練習。現在就讓我們開始吧！ ▶MP3-121

(18) 形容詞或名詞 E~~~ATE 的 E 讀 /i/，是重音節，ATE 讀 /ət/

> 至少三個音節而以 ATE 結尾的形容詞或名詞，如果倒數第三個音節的結尾是 E，那麼這個 E 就會讀做它的本音，也就是長音 /i/，是重音節，而結尾的 ATE 讀做 /ət/，是輕音節。

1	col·le·gi·ate	[kəˋlidʒiət]	大學的，大學生的
2	im·me·di·ate	[ɪˋmidiət]	即刻的，當前的，最近的，直接的

> 名詞或形容詞以 IATE 結尾時，根據美國很多辭典，音標應該是 /iət/，也就是說這個 I 應讀長音 /i/，但是很多台灣出版的英語辭典把它標註為短音 /ɪ/。而 CIATE 或 TIATE 結尾的名詞或形容詞，都會讀做 /ʃiət/。
>
> 當台灣出版的辭典註音與美國的辭典不同時，我總是建議你照美國辭典的發音。
>
> 上表第二個字 immediate 和下表第一個字 associate 就是例子。

(19) 形容詞或名詞 O~~~ATE 的 O 讀 /o/，是重音節，ATE 讀 /ət/

> 至少三個音節而以 ATE 結尾的形容詞或名詞，如果倒數第三個音節的結尾是 O，那麼這個 O 就會讀做它的本音 /o/，是重音節，而結尾的 ATE 讀做 /ət/，是輕音節。

| 1 | as·so·ci·ate | [ə`soʃ(i)ət] | 副的 |

（七）至少三個音節的形容詞或名詞，倒數第三音節以 ER、OR 或 UR 結尾

這些至少三個音節的名詞或形容詞分為三種情形：ER~~~ATE、OR~~~ATE 和 UR~~~ATE，分別在發音規則 20~21 練習。現在就讓我們開始吧！

▶MP3-122

(20) 形容詞或名詞 OR~~~ATE 的 OR 讀 /ɔr/，是重音節，ATE 讀 /ət/

> 至少三個音節而以 ATE 結尾的形容詞或名詞，如果倒數第三個音節的結尾是 OR，那麼這個 OR 就會讀做 /ɔr/，是重音節，而結尾的 ATE 讀做 /ət/，是輕音節。

1	for·tu·nate	[`fɔrtʃənət]	幸運的 /t/ +/ ju/ 時，就會變成 /tʃu/，然後這裡 /u/ 又變成輕音 /ə/
2	co·or·di·nate	[ko`ɔrdə͵net]	同等的，同等的人或事物
3	sub·or·di·nate	[sə`bɔrdənət]	從屬的，下屬，部下

(21) 形容詞或名詞 ER~~~ATE 的 ER 和 UR~~~ATE 的 UR 都讀
/ɝ/，是重音節，ATE 讀 /ət/

> 至少三個音節而以 ATE 結尾的形容詞或名詞，如果倒數第三個音節的結尾是 ER 或 UR，那麼這個 ER 或 UR 都會讀做 /ɝ/，是重音節，而結尾的 ATE 讀做 /ət/，是輕音節。

練習表 §34.21

1	**ver·te·brate**	[`vɝ·tə·brət]	脊椎動物，有脊椎的
2	**sur·ro·gate**	[`sɝ·ə͵gət]	代理人，代理孕母 音標也可標成 [`sʌrə͵gət]

自我檢測 第34章「~ATE」

(1) 見字會讀

　　現在，請讀下面這些字，然後比對我的讀法，看看你是不是都讀對，而能夠「見字會讀」了。

　　以下這些是動詞：

1	granulate	2	fascinate	3	escalate	4	participate
5	osculate	6	punctuate	7	abbreviate	8	hibernate
9	negotiate	10	accumulate	11	halucinate	12	circulate
13	formulate						

　　以下這些是形容詞或名詞：

14	adequate	15	desperate	16	articulate	17	approximate
18	immediate	19	fortunate	20	surrogate			

(1) 見字會讀解答： ▶MP3-123

(2) 聽音會拼

MP3-124

接下來，我們來看看你是否「聽音會拼」。請聽我出題，然後把你的答案寫在下面空格裡，最後再比對我的解答。

序號	單字	音標
1		
2		
3		
4		
5		
6		
7		
8		
9		
10		
11		
12		
13		
14		
15		

(2) 聽音會拼解答：

1	coordinate	[ko`ɔrdə͵net]
2	translate	[`træns͵let]
3	procrastinate	[p(r)ə`kræstə͵net]
4	generate	[`dʒɛnə͵ret]
5	liquidate	[`lɪkwə͵det]
6	articulate	[ɑr`tɪkjə͵let]
7	cultivate	[`kʌltə͵vet]
8	communicate	[kə`mjunə͵ket]
9	fluctuate	[`flʌktʃə͵wet]
10	investigate	[ɪn`vɛstə͵get]
11	moderate	[`mɑdərət]
12	literate	[`lɪtərət]
13	certificate	[sə`tɪfɪkət]
14	candidate	[`kændədət]
15	immaculate	[ɪ`mækjələt]

35 TION結尾及類似發音的字 ▶MP3-125

　　本章除了講 TION 結尾的字，還包含 TIAN、CIAN、CION、SHION 結尾的字以及結尾帶有 TIEN 或 CIEN 的字，因為它們的發音都和 TION 相同。

　　TION 結尾的字，重音節就在 TION 前（左邊）的那個母音上。

　　TION 之前的母音的讀法分成以下五類：

（一）字尾是母子 TION 時，該母音讀短音：練習表 1~5

（二）字尾是母 TION 時，該母音讀長音。但是 I 例外，還是讀短音 /ɪ/：練習表 6~10

（三）字尾是母 R(子)TION 時，該母 R 就照其捲舌音的規則讀法讀：練習表 11~12

（四）字尾是 AU(子)TION 時，AU 讀 /ɔ/：練習表 13

（五）TIAN、CIAN、CION、SHION 結尾的字以及結尾帶有 TIEN 或 CIEN 的字：練習表 14~19

　　在前面第 34 章「ATE 結尾的字」中，我說過，ATE 結尾的動詞變成名詞時，會把 ATE 的 E 去掉，然後加上 ION，變成 ATION，讀成 /ˋeʃən/，而 A 就會從原來是次重音而變成整個字的重音。

　　在本章中，我們就不包含那些從 ATE 結尾的動詞變成的名詞，而只探討其他讀做 /ʃən/ 的字。

　　請特別注意，本章的拼字樣式中，「子音」或「母音」代表一個字母，並且「子音」代表「非 R 的子音」。

　　現在讓我們來看看 TION 前的母音會有幾種可能的讀法。

（一）字尾是母子 TION 時，該母音讀短音

　　這類字分為 ~A 子 TION、~E 子 TION、~I 子 TION、~O 子 TION、和 ~U

子 TION 等情形，練習表 1~5 就是這類字的練習。

(1) ~A 子 +TION 的 A 讀 /æ/，TION 讀 /ʃən/

A 子 TION 結尾時，A 讀為短音，蝴蝶音 /æ/，TION 讀做 /ʃən/。

注意：下表中第 1 個字的 S 後面的 TION，會變成讀做 /tʃən/。

			練習表 §35.1
1	**bas·tion**	[`bæstʃən]	稜堡，堡壘，設防地區
2	**cap·tion**	[`kæpʃən]	文件，標題，插圖說明
3	**frac·tion**	[`frækʃən]	片斷，分數
4	**trac·tion**	[`trækʃən]	牽引力，附著磨擦力
5	**at·trac·tion**	[ə`trækʃən]	吸引，引人，誘惑物
6	**re·ac·tion**	[ri`ækʃən]	反應，反動，反作用
7	**con·trac·tion**	[kən`trækʃən]	收縮，縮寫形，沾染，背負
8	**sub·trac·tion**	[səb`trækʃən]	削減，扣除，減法
9	**sat·is·fac·tion**	[ˌsætəs`fækʃən]	滿足，滿意，償還（貸款）

(2) ~E 子 TION 的 E 讀 /ɛ/，TION 讀 /ʃən/

E 子 TION 結尾時，E 讀為短音 /ɛ/，TION 讀做 /ʃən/。

注意：下表中第 1、2 個字的 S 後面的 TION，會變成讀做 /tʃən/。
下表中第 4~6 個字的 N 後面的 TION，台灣很多辭典都將此標註為 /ʃən/，但美國人會讀做 /tʃən/。

1	ques·tion	[`kwɛstʃən]	問題 S 後面的 TION，會變成讀做 /tʃən/
2	sug·ges·tion	[sə`dʒɛstʃən]	提議，暗示 S 後面的 TION，會變成讀做 /tʃən/
3	sec·tion	[`sɛkʃən]	分段，部門，節，截面
4	men·tion	[`mɛn(t)ʃən]	言及 N 後面的 /ʃən/，美國人會讀做 /tʃən/
5	at·ten·tion	[ə`tɛn(t)ʃən]	專心，思慮，立正 N 後面的 /ʃən/，美國人會讀做 /tʃən/
6	ab·sten·tion	[əb`stɛn(t)ʃən]	棄權 N 後面的 /ʃən/，美國人會讀做 /tʃən/
7	de·cep·tion	[dɪ`sɛpʃən]	欺騙，詭計 C 後面有 E，C 讀 /s/
8	re·cep·tion	[rɪ`sɛpʃən]	接待，容納，招待會 C 後面有 E，C 讀 /s/
9	re·jec·tion	[rɪ`dʒɛkʃən]	拒絕，剔除
10	di·rec·tion	[də`rɛkʃən]	方向，監督，使用法 C 後面有 E，C 讀 /s/
11	per·fec·tion	[pɚ`fɛkʃən]	完美
12	se·lec·tion	[sə`lɛkʃən]	選擇，極上品，種類
13	pro·tec·tion	[prə`tɛkʃən]	保護，保護的人，保護貿易
14	con·nec·tion	[kə`nɛkʃən]	連結，連接點，關連
15	in·spec·tion	[ɪn`spɛkʃən]	檢查，視察

(3) ~I 子 TION 的 I 讀 /ɪ/，TION 讀 /ʃən/

I 子 TION 結尾時，I 讀為短音 /ɪ/，TION 讀做 /ʃən/。

1	dic·tion	[`dɪkʃən]	措辭，語法，發音法

2	fic·tion	[ˋfɪkʃən]	小說，虛構
3	fric·tion	[ˋfrɪkʃən]	磨擦，衝突，不和
4	ad·dic·tion	[əˋdɪkʃən]	癖好，耽溺
5	pre·dic·tion	[prɪˋdɪkʃən]	預測，預言
6	re·stric·tion	[rɪˋstrɪkʃən]	限制，限定，限制之物

(4) ~O 子 TION 的 O 讀 /ɑ/，TION 讀 /ʃən/

O 子 TION 結尾時，O 讀為短音 /ɑ/，TION 讀做 /ʃən/。

練習表 §35.4

1	op·tion	[ˋɑpʃən]	選擇，選擇的自由
2	adop·tion	[əˋdɑpʃən]	收養

(5) ~U 子 TION 的 U 讀 /ʌ/，TION 讀 /ʃən/

U 子 TION 結尾時，U 讀為短音 /ʌ/，TION 讀做 /ʃən/。

練習表 §35.5

1	suc·tion	[ˋsʌkʃən]	吸入，吸收，吸引力
2	func·tion	[ˋfʌŋkʃən]	作用，功能
3	junc·tion	[ˋdʒʌŋkʃən]	接合，交叉點，換車車站
4	ad·junc·tion	[əˋdʒʌŋkʃən]	添加，附加

5	de·duc·tion	[dɪˋdʌkʃən]	減除，扣除額，推論
6	ab·duc·tion	[əbˋdʌkʃən]	誘拐
7	in·duc·tion	[ɪnˋdʌkʃən]	歸納，就職典禮
8	re·duc·tion	[rɪˋdʌkʃən]	減縮，約分
9	pro·duc·tion	[prəˋdʌkʃən]	生產，製造，產量，產品
10	ob·struc·tion	[abˋstrʌkʃən]	妨礙，障礙物
11	con·struc·tion	[kənˋstrʌkʃən]	建築，結構
12	erup·tion	[ɪˋrʌpʃən]	噴火，爆發，出疹
13	as·sump·tion	[əˋsʌmpʃən]	假定，承擔，假裝
14	con·sump·tion	[kənˋsʌmpʃən]	消費，消費量，結核病
15	com·bus·tion	[kəmˋbʌstʃən]	燃燒，氧化，騷動

（二）字尾是母 TION 時，該母音讀長音

> 字尾是母 TION 時，該母音讀長音，也就是它字母的本音。但是 I
> 例外，還是讀短音 /ɪ/。

　　這類字分為 ~ATION、~ETION、~ITION、~OTION、和 ~UTION 等情形，
練習表 6~10 就是這類字的練習。　　　　　　　　　　　▶MP3-126

(6) ~ATION 的 A 讀 /e/，TION 讀 /ʃən/

> ATION 結尾時，A 讀為長音（它字母的本音）/e/，TION 讀做
> /ʃən/。

1	**na·tion**	[`neʃən]	國家
2	**car·na·tion**	[kar`neʃən]	康乃馨
3	**sta·tion**	[`steʃən]	車站，局，崗位，地位
4	**ci·ta·tion**	[saɪ`teʃən]	引證，褒獎 C 後面有 I，C 讀 /s/
5	**flo(a)·ta·tion**	[flo`teʃən]	飄浮，公債的發行
6	**temp·ta·tion**	[tɛmp`teʃən]	誘惑，誘惑人的事物
7	**sen·sa·tion**	[sɛn`seʃən]	感覺，轟動，聳人聽聞的事件
8	**plan·ta·tion**	[plæn`teʃən]	大農場，植林地
9	**vo·ca·tion**	[vo`keʃən]	職業，天命，天職
10	**des·ti·na·tion**	[ˌdɛstə`neʃən]	目的地，送達地
11	**in·for·ma·tion**	[ˌɪnfɚ`meʃən]	資訊，情報，詢問處
12	**reg·is·tra·tion**	[rɛdʒə`streʃən]	註冊，掛號，顯示
13	**fer·men·ta·tion**	[ˌfɝmən`teʃən]	發酵，興奮，鼓勵
14	**ap·pli·ca·tion**	[ˌæplə`keʃən]	應用，申請，敷用
15	**im·pli·ca·tion**	[ˌɪmplə`keʃən]	暗示，牽連，共犯
16	**com·bi·na·tion**	[ˌkambə`neʃən]	組合，化合，密碼
17	**res·to·ra·tion**	[ˌrɛstə`reʃən]	修復，復職
18	**cor·po·ra·tion**	[ˌkɔrpə`reʃən]	法人團體，股份有限公司
19	**con·fron·ta·tion**	[ˌkanfrən`teʃən]	對抗，對質
20	**re·tar·da·tion**	[ˌritar`deʃən]	阻滯，遲滯
21	**prep·a·ra·tion**	[ˌprɛpə`reʃən]	預備，預習，調製
22	**com·mem·o·ra·tion**	[kəˌmɛmə`reʃən]	紀念
23	**in·ter·pre·ta·tion**	[ɪnˌtɚprə`teʃən]	解釋，口譯，詮釋

24	rec·om·men·da·tion	[ˌrɛkəmənˈdeʃən]	推薦，介紹信

例外：以下這幾個在 TION 前的 A 都讀蝴蝶音 /æ/

			練習表 §35.6a
1	ra·tion	[ˈræʃən]	配給，配給量
2	ra·tio·nal	[ˈræʃenəl]	理性的
3	ir·ra·tio·nal	[ɪˈræʃenəl]	非理性的
4	na·tion·al	[ˈnæʃenəl]	國家的
5	in·ter·na·tion·al	[ˌɪntəˈnæʃenəl]	國際的
6	mul·ti·na·tion·al	[ˌmʌltɪˈnæʃenəl]	多國的，跨國公司
			下面這個字的重音和字尾的發音都很特別
7	ra·tio·nale	[ˌræʃeˈnæl]	基本原理，根據

(7) ~ETION 的 E 讀 /i/，TION 讀 /ʃən/

ETION 結尾時，E 讀為長音（它字母的本音）/i/，TION 讀做 /ʃən/

			練習表 §35.7
1	ac·cre·tion	[əˈkriʃən]	增大，生長，合生，沖積層
2	se·cre·tion	[sɪˈkriʃən]	藏匿，分泌物
3	ex·cre·tion	[ɪksˈkriʃən]	排泄，分泌，排泄物
4	con·cre·tion	[kənˈkriʃən]	凝結，結石

5	de·le·tion	[dɪˋliʃən]	刪除
6	de·ple·tion	[dɪˋpliʃən]	耗盡，弄空，衰竭狀態
7	re·ple·tion	[rɪˋpliʃən]	飽滿，充實，肥胖
8	com·ple·tion	[kəmˋpliʃən]	完成，結束

例外：

| 1 | dis·cre·tion | [dɪsˋkrɛʃən] | 判斷，處理權，審慎 |

(8) ~ITION 的 I 讀 /ɪ/，TION 讀 /ʃən/

ITION 結尾時，I 讀為短音 /ɪ/，TION 讀做 /ʃən/。

注意：在下表中的第 11~18 個字中的結尾 SITION，都會讀做 /ˋzɪʃən/。

1	edi·tion	[ɪˋdɪʃən]	版本
2	con·di·tion	[kənˋdɪʃən]	狀態，環境，條件
3	tra·di·tion	[trəˋdɪʃən]	傳統，習俗，傳說
4	ig·ni·tion	[ɪgˋnɪʃən]	點火，點火器
5	nu·tri·tion	[njuˋtrɪʃən]	營養
6	par·ti·tion	[parˋtɪʃən]	隔間，分割，隔間牆壁
7	rep·e·ti·tion	[ˌrɛpəˋtɪʃən]	重複，背誦
8	rec·og·ni·tion	[ˌrɛkəgˋnɪʃən]	認識，認可，讚譽

9	com·pe·ti·tion	[ˌkɑmpə`tɪʃən]	競爭，比賽
10	def·i·ni·tion	[ˌdɛfə`nɪʃən]	定義
11	tran·si·tion	[træn`zɪʃən]	轉移，變化，變調
12	po·si·tion	[pə`zɪʃən]	位置，姿勢，職位，立場，態度
13	ex·po·si·tion	[ˌɛkspə`zɪʃən]	博覽會，解釋
14	prep·o·si·tion	[ˌprɛpə`zɪʃən]	介系詞
15	prop·o·si·tion	[ˌprɑpə`zɪʃən]	建議，提議，需應付的事，命題
16	ac·qui·si·tion	[ˌækwə`zɪʃən]	獲得，習得
17	in·qui·si·tion	[ˌɪnkwə`zɪʃən]	調查，訪問
18	dis·qui·si·tion	[ˌdɪskwə`zɪʃən]	研究論文，學術演講
19	su·per·sti·tion	[ˌsupɚ`stɪʃən]	迷信

(9) ~OTION 的 O 讀 /o/，TION 讀做 /ʃən/

> OTION 結尾時，O 讀為長音（它字母的本音）/o/，TION 讀做 /ʃən/。

練習表 §35.9

1	lo·tion	[`loʃən]	化妝水，藥水
2	mo·tion	[`moʃən]	運動，動作，向……打手勢
3	no·tion	[`noʃən]	想法，意見，小物品，雜貨
4	emo·tion	[ɪ`moʃən]	感情，情緒
5	lo·co·mo·tion	[ˌlokə`moʃən]	移動，動力，交通

(10) ~UTION 的 U 讀 /ju/，TION 讀做 /ʃən/

> UTION 結尾時，U 讀為長音（它字母的本音）/ju/，TION 讀做 /ʃən/。
>
> 但是 ~LUTION 的 U 讀成 /u/。

1	in·sti·tu·tion	[ˌɪnstə`tjuʃən]	機構
2	con·sti·tu·tion	[ˌkɑnstə`tjuʃən]	憲法
3	at·tri·bu·tion	[ˌætrə`bjuʃən]	歸因，特質，屬性
4	dis·tri·bu·tion	[ˌdɪstrə`bjuʃən]	分發，分配，配置
5	per·se·cu·tion	[ˌpɝsɪ`kjuʃən]	迫害，苦惱
6	pros·e·cu·tion	[ˌprɑsɪ`kjuʃən]	起訴，實行，檢察當局
7	di·lu·tion	[daɪ`luʃən]	稀釋，稀薄的
8	pol·lu·tion	[pə`luʃən]	污染，污穢
9	res·o·lu·tion	[ˌrɛzə`luʃən]	決心，決心要做的事，消除，解定轉變

（三）字尾是母 R(子)TION 時，該母 R 就照該捲舌音的讀法讀

這類字分為 ~ERTION 和 ~ORTION 兩種情形，練習表 11~12 就是這類字的練習。

●MP3-127

(11) ~ERTION 的 ER 讀 /ɝ/，TION 讀 /ʃən/

> ERTION 結尾時，ER 讀 /ɝ/，是重音節，而 TION 讀做 /ʃən/。

1	as·ser·tion	[ə`sɝʃən]	斷言，主張
2	de·ser·tion	[dɪ`zɝʃən]	遺棄，開小差 此 S 讀 /z/
3	ex·er·tion	[ɪg`zɝʃən]	盡力，發揮 此 S 讀 /z/
4	in·er·tion	[ɪ`nɝʃən]	遲鈍，無行動
5	in·ser·tion	[ɪn`sɝʃən]	插入，插入物

(12) ~OR(子)TION 的 OR 讀 /ɔr/，TION 讀 /ʃən/

> TION 結尾的字，如果它前面是 OR 或 OR+ 子音時，OR 讀 /ɔr/，TION 讀做 /ʃən/。

1	por·tion	[`pɔrʃən]	一份
2	ap·por·tion	[ə`pɔrʃən]	分配，分攤
3	pro·por·tion	[p(r)ə`pɔrʃən]	比例
4	abor·tion	[ə`bɔrʃən]	墮胎，夭折，未曾實現的計畫
5	con·sor·tion	[kən`sɔrʃən]	財團，公協會
6	ab·sorp·tion	[əb`zɔrpʃən]	吸收，合併，專注 此 S 也可讀 /s/
7	de·sorp·tion	[di`zɔrpʃən]	脫吸，釋出 此 S 讀 /z/
8	dis·tor·tion	[dɪs`tɔrʃən]	變形
9	ex·tor·tion	[ɪks`tɔrʃən]	勒索，敲詐
10	re·tor·tion	[ri`tɔrʃən]	扭曲，扭轉

（四）字尾是 AU(子)TION 時，AU 讀 /ɔ/，TION 讀 /ʃən/。

練習表 13 就是這類字的練習。

(13) ~AU(子)TION 的 AU 讀 /ɔ/，TION 讀 /ʃən/

> AU(子)TION 結尾時，AU 讀 /ɔ/，TION 讀做 /ʃ/。

練習表 §35.13

1	**auc·tion**	[`ɔkʃən]	拍賣
2	**cau·tion**	[`kɔʃən]	謹慎
3	**in·cau·tion**	[ɪn`kɔʃən]	粗心大意
4	**pre·cau·tion**	[prɪ`kɔʃən]	預防，預警
5	**ex·haus·tion**	[ɪg`zɔstʃən]	筋疲力竭 此 H 不發音

（五）TIAN、CIAN、CION、SHION 結尾的字以及結尾帶有 TIEN 或 CIEN 的字也都讀做 /ʃən/

請模仿之前所學的規則來讀練習表 14~19 的這些字。　　● MP3-128

(14) ~TIAN 讀做 /ʃən/，請模仿之前的規則讀

練習表 §35.14

1	**ter·tian**	[`tɝʃən]	隔日發作的
2	**Mar·tian**	[`marʃən]	火星人
3	**Egyp·tian**	[ɪ`dʒɪpʃən]	埃及的，埃及人，埃及語
4	**Chris·tian**	[`krɪstʃən]	基督徒，基督教的 此 CH 讀 /k/

| 5 | dal·ma·tian | [dæl`meʃən] | 有黑或棕色斑點的白色短毛狗 |

(15) ~CIAN 讀做 /ʃən/，請模仿之前的規則讀

練習表 §35.15

1	Con·fu·cian	[kən`fjuʃən]	孔夫子的，儒家的，儒學的
2	ma·gi·cian	[mə`dʒɪʃən]	魔術家
3	tech·ni·cian	[tɛk`nɪʃən]	技師，技術人員，技巧純熟的人
4	mu·si·cian	[mju`zɪʃən]	音樂家
5	phy·si·cian	[fə`zɪʃən]	醫師
6	beau·ti·cian	[bju`tɪʃən]	美容師
7	op·ti·cian	[ɑp`tɪʃən]	眼鏡商
8	di·e·ti·cian	[͵daɪə`tɪʃən]	營養學家
9	pol·i·ti·cian	[͵pɑlə`tɪʃən]	政治家，政客
10	math·e·ma·ti·cian	[͵mæθ(ə)mə`tɪʃən]	數學家
11	the·o·re·ti·cian	[͵θiərə`tɪʃən]	理論家
12	elec·tri·cian	[ɪ͵lɛk`trɪʃən]	電工，電學家，電機技師
13	geo·me·tri·cian	[͵dʒiəmə`trɪʃən]	幾何學家
14	pe·di·a·tri·cian	[͵pidiə`trɪʃən]	小兒科醫生

(16) ~CION 讀做 /ʃən/，請模仿之前的規則讀

練習表 §35.16

| 1 | co·er·cion | [ko`ɝʃən] | 強制，壓迫，高壓統治 |

| 2 | sus·pi·cion | [sə`spɪʃən] | 懷疑，疑心，直覺想法 |

(17) ~SHION 讀做 /ʃən/，請模仿之前的規則讀

			練習表 §35.17
1	fash·ion	[`fæʃən]	流行式樣
2	cush·ion	[`kuʃən]	坐墊，靠墊，緩衝器

(18) ~CIENT 或 ~CIENCE 的 CIEN 讀做 /ʃən/，請模仿之前的規則讀

			練習表 §35.18
1	an·cient	[`enʃənt]	古老的 此 A 讀 /e/，而非 /æ/
2	pres·cient	[`prɛʃənt]	有先見之明的
3	ef·fi·cient	[ɪ`fɪʃənt]	高效率的
4	de·fi·cient	[dɪ`fɪʃənt]	缺乏的，不足的
5	suf·fi·cient	[sə`fɪʃənt]	足夠的，充足的
6	con·science	[`kɑn(t)ʃən(t)s]	意識

(19) ~TIENT 或 ~TIENCE 的 TIEN 讀做 /ʃən/，請模仿之前的規則讀

			練習表 §35.19
1	sen·tient	[`sɛn(t)ʃənt]	有感覺的
2	quo·tient	[`kwoʃənt]	商（除法中的）
3	pa·tient	[`peʃənt]	有耐心的，病人

4	im·pa·tient	[ɪmˋpeʃənt]	沒耐心的
5	pa·tience	[ˋpeʃən(t)s]	耐心
6	im·pa·tience	[ɪmˋpeʃən(t)s]	沒耐心

(1) 見字會讀

現在,請讀下面這些字,然後比對我的讀法,看看你是不是都讀對,而能夠「見字會讀」了。

1	subtraction	2	perfection	3	restriction	4	option
5	obstruction	6	destination	7	completion	8	disquisition
9	locomotion	10	distribution	11	assertion	12	distortion
13	auction	14	Martian	15	magician	16	suspicion
17	fashion	18	efficient	19	quotient	20	international

(1) 見字會讀解答: ▶MP3-129

(2) 聽音會拼

MP3-130

　　接下來，我們來看看你是否「聽音會拼」。請聽我出題，然後把你的答案寫在下面空格裡，最後再比對我的解答。

序號	單字	音標
1		
2		
3		
4		
5		
6		
7		
8		
9		
10		

(2) 聽音會拼解答：

1	reincarnation	[ˌriɪnkarˋneʃən]
2	registration	[ˌrɛdʒəˋstreʃən]
3	contraction	[kənˋtrækʃən]
4	excretion	[ɪksˋkriʃən]
5	inspection	[ɪnˋspɛkʃən]
6	partition	[parˋtɪʃən]
7	restriction	[rɪˋstrɪkʃən]
8	adoption	[əˋdɑpʃən]
9	prosecution	[ˌprɑsɪˋkjuʃən]
10	construction	[kənˋstrʌkʃən]

36 SION結尾的字以及類似發音的字 ⏺MP3-131

SION 有兩種讀法：一種讀法跟 TION 一樣，是 /ʃən/，另一種讀法是 /ʒən/。

跟 TION 結尾的字一樣，整個字的重音節，一定是在 /ʃən/ 或 /ʒən/ 的前一個音節，音高像國語的第一聲。重音節前如有兩個或多於兩個音節，則此重音節前的第二個音節多半為次重音節。次重音就是低的重音，音高像國語的第三聲的前半部。

請特別注意，本章的拼字樣式中，「子音」或「母音」代表一個字母，並且「子音」代表「非 R 的子音」。

那麼，字尾的 SION 什麼時候讀 /ʃən/，什麼時候讀 /ʒən/ 呢？我把這些字分成四類來說明。
（一）字尾是母子 SION：發音規則 1~4
（二）字尾是母 SION：發音規則 5~10
（三）字尾是母 RSION：發音規則 11~13
（四）字尾是 SIAN 或 SIEN：發音規則 14

（一）字尾是母子 SION 時，這個母音讀短音，因為受到後面子音的影響。

SSION 結尾時，第一個 S 不發音，但因為有它，其左邊的母音才會讀做短音，而 SION 讀 /ʃən/。例如下面練習表 1 裡的第 1、2 個字。

N 後面的 /ʃən/，美國人會讀做 /tʃən/。例如下面練習表 36.1 裡的第 3、4、5 個字就是，還有練習表 36.2 的第 26~36 個字也是。

練習表 1~4 就是這類字的練習。

(1) ~A 子 SION 的 A 讀蝴蝶音 /æ/，SION 讀 /ʃən/

A 子 SION 結尾時，A 讀蝴蝶音 /æ/，SION 讀 /ʃən/。

練習表 §36.1

1	pas·sion	[`pæʃən]	激情，熱愛，情慾
2	com·pas·sion	[kəm`pæʃən]	憐憫
3	man·sion	[`mæn(t)ʃən]	豪華的大宅邸
4	scan·sion	[`skæn(t)ʃən]	詩的韻律分析
5	ex·pan·sion	[ɪk`spæn(t)ʃən]	擴張，膨脹

(2) ~E 子 SION 的 E 讀 /ɛ/，SION 讀 /ʃən/

E 子 SION 結尾時，E 讀 /ɛ/，SION 讀 /ʃən/。

練習表 §36.2

1	ces·sion	[`sɛʃən]	割讓 C 後面有 E，C 讀 /s/
2	ac·ces·sion	[æk`sɛʃən]	就任，增多 C 後面有 E，C 讀 /s/
3	re·ces·sion	[rɪ`sɛʃən]	蕭條 C 後面有 E，C 讀 /s/

4	se·ces·sion	[sɪˋsɛʃən]	脫離，退隱 C 後面有 E，C 讀 /s/
5	con·ces·sion	[kənˋsɛʃən]	讓步，承認，租借，租借地 C 後面有 E，C 讀 /s/
6	pro·ces·sion	[proˋsɛʃən]	行列，前進 C 後面有 E，C 讀 /s/
7	suc·ces·sion	[səkˋsɛʃən]	連續，繼承 C 後面有 E，C 讀 /s/
8	in·ter·ces·sion	[ˌɪntɚˋsɛʃən]	仲裁，調停 C 後面有 E，C 讀 /s/
9	ses·sion	[ˋsɛʃən]	開會，開庭，授課時間
10	ob·ses·sion	[abˋsɛʃən]	著迷，固執觀念，縈繞不去的想法
11	pos·ses·sion	[pəˋzɛʃən]	據有，領土，財產 也可讀為 [pəˋsɛʃən]
12	con·fes·sion	[kənˋfɛʃən]	自白，懺悔
13	pro·fes·sion	[prəˋfɛʃən]	職業
14	ag·gres·sion	[əˋgrɛʃən]	侵略
15	in·gres·sion	[ɪnˋgrɛʃən]	進入
16	re·gres·sion	[rɪˋgrɛʃən]	退化
17	pro·gres·sion	[prəˋgrɛʃən]	前進，進步，級數
18	trans·gres·sion	[træn(t)sˋgrɛʃən]	違反 也可讀做 [trænzˋgrɛʃən]
19	ex·pres·sion	[ɪkˋsprɛʃən]	表達
20	im·pres·sion	[ɪmˋprɛʃən]	印象
21	de·pres·sion	[dɪˋprɛʃən]	大蕭條，鬱悶
22	re·pres·sion	[rɪˋprɛʃən]	抑制，鎮壓
23	op·pres·sion	[əˋprɛʃən]	壓迫，壓抑，苦惱
24	com·pres·sion	[kəmˋprɛʃən]	壓縮
25	sup·pres·sion	[səˋprɛʃən]	鎮壓，平定

26	as·cen·sion	[ə`sɛn(t)ʃən]	上升 C 後面有 E，C 讀 /s/
27	ap·pre·hen·sion	[ˌæprɪ`hɛn(t)ʃən]	擔心，理解力
28	re·pre·hen·sion	[ˌrɛprɪ`hɛn(t)ʃən]	嚴責，申斥
29	com·pre·hen·sion	[ˌkɑmprɪ`hɛn(t)ʃən]	理解，包含力
30	di·men·sion	[daɪ`mɛn(t)ʃən]	大小，範圍，次元
31	pen·sion	[`pɛn(t)ʃən]	退休金
32	sus·pen·sion	[səs`pɛn(t)ʃən]	懸浮，車身的懸架
33	ten·sion	[`tɛn(t)ʃən]	伸張，緊張
34	ex·ten·sion	[ɪk`stɛn(t)ʃən]	延長，分機，擴大部份
35	pre·ten·sion	[prɪ`tɛn(t)ʃən]	抱負，自負，炫耀
36	de·clen·sion	[dɪ`klɛn(t)ʃən]	傾斜，詞尾變化，衰退

(3) ~I 子 SION 的 I 讀 /ɪ/，SION 讀 /ʃən/

> I 子 SION 結尾時，I 讀 /ɪ/，SION 讀 /ʃən/。

練習表 §36.3

1	fis·sion	[`fɪʃən]	分裂生殖法，原子核分裂
2	mis·sion	[`mɪʃən]	任務，教會
3	emis·sion	[i`mɪʃən]	散發物
4	omis·sion	[o`mɪʃən]	省略，疏忽
5	ad·mis·sion	[əd`mɪʃən]	許可，入場券
6	com·mis·sion	[kə`mɪʃən]	委託，委員會，佣金

7	re·mis·sion	[rɪ`mɪʃən]	寬容，豁免，減輕
8	per·mis·sion	[pə`mɪʃən]	允許
9	sub·mis·sion	[səb`mɪʃən]	屈服，提交，溫順
10	trans·mis·sion	[trænz`mɪʃən]	傳送，變速裝置 也可讀做 [træn(t)s`mɪʃən]
11	in·ter·mis·sion	[ˌɪntə`mɪʃən]	中止，中場休息
12	res·cis·sion	[rɪ`sɪʃən]	廢除，撤銷，解約 C 後面有 I，C 讀 /s/

(4) ~U 子 SION 時，U 讀 /ʌ/，SION 讀 /ʃən/

U 子 SION 結尾時，U 讀 /ʌ/，SION 讀 /ʃən/

練習表 §36.4

1	emul·sion	[ɪ`mʌlʃən]	乳狀液，感光劑
2	ex·pul·sion	[ɪk`spʌlʃən]	驅逐，開除
3	com·pul·sion	[kəm`pʌlʃən]	強制，強迫
4	re·vul·sion	[rɪ`vʌlʃən]	強烈的厭惡，突變
5	con·vul·sion	[kən`vʌlʃən]	痙攣，騷動
6	con·cus·sion	[kən`kʌʃən]	衝擊，腦震盪
7	dis·cus·sion	[dɪs`kʌʃən]	討論
8	per·cus·sion	[pə`kʌʃən]	打擊樂器，震動

（二）字尾是母 SION 時，這個母音讀它字母的本音，因為後面沒有子音來影響它的讀法，但是 I 例外，要讀短音 /ɪ/，SION 讀做 /ʒən/。

練習表 5~10 就是這類字的練習。　　　　　　　　　　🔘 MP3-132

(5) ~ASION 的 A 讀 /e/，SION 讀 /ʒən/

> ASION 結尾時，A 讀 /e/，SION 讀 /ʒən/。

			練習表 §36.5
1	oc·ca·sion	[əˋkeʒən]	場合
2	abra·sion	[əˋbreʒən]	擦傷，浸蝕
3	era·sion	[ɪˋreʒən]	抹掉，刮除，刮除術
4	eva·sion	[ɪˋveʒən]	規避，遁辭
5	in·va·sion	[ɪnˋveʒən]	侵略，湧至，侵害
6	per·va·sion	[pɚˋveʒən]	擴散
7	per·sua·sion	[pɚˋsweʒən]	說服，說服力，信念

(6) ~ESION 的 E 讀 /i/，SION 讀 /ʒən/

> ESION 結尾時，E 讀 /i/，SION 讀 /ʒən/。

			練習表 §36.6
1	le·sion	[ˋliʒən]	損傷，身體機能障礙

2	ad·he·sion	[æd`hiʒən]	黏附，癒合
3	co·he·sion	[ko`hiʒən]	凝聚，團結

(7) ~ISION 的 I 讀 /ɪ/，SION 讀 /ʒən/

> ISION 結尾時，I 讀 /ɪ/，SION 讀 /ʒən/。

1	ex·ci·sion	[ɪk`sɪʒən]	刪除 C 後面有 I，C 讀 /s/
2	in·ci·sion	[ɪn`sɪʒən]	切口 C 後面有 I，C 讀 /s/
3	de·ci·sion	[dɪ`sɪʒən]	決定 C 後面有 I，C 讀 /s/
4	pre·ci·sion	[prɪ`sɪʒən]	精準 C 後面有 I，C 讀 /s/
5	cir·cum·ci·sion	[ˌsɚkm̩`sɪʒən]	割包皮 C 後面有 I，C 讀 /s/
6	col·li·sion	[kə`lɪʒən]	相撞，衝突
7	de·ri·sion	[dɪ`rɪʒən]	嘲弄，笑柄
8	vi·sion	[`vɪʒən]	視力
9	re·vi·sion	[rɪ`vɪʒən]	修正，修訂版
10	di·vi·sion	[də`vɪʒən]	分，部門，間隔物，區域
11	pro·vi·sion	[prə`vɪʒən]	供應，預備
12	su·per·vi·sion	[ˌsupɚ`vɪʒən]	督導，管理

例外：

| 1 | tel·e·vi·sion | [ˋtɛlə͵vɪʒən] | 電視 此字美國人把重音放在第一個音節 |

(8) ~OSION 的 O 讀 /o/，SION 讀 /ʒən/

> OSION 結尾時，O 讀 /o/，SION 讀 /ʒən/。

| 1 | cor·ro·sion | [kəˋroʒən] | 腐蝕，銹 |
| 2 | ex·plo·sion | [ɪkˋsploʒən] | 爆炸，爆發，劇增 |

(9) ~USION 的 U 讀 /ju/，SION 讀 /ʒən/

> USION 結尾時，U 讀 /ju/，SION 讀 /ʒən/。

1	fu·sion	[ˋfjuʒən]	熔解，核子融合
2	in·fu·sion	[ɪnˋfjuʒən]	注入，灌輸，泡沏
3	con·fu·sion	[kənˋfjuʒən]	混亂，困惑
4	suf·fu·sion	[səˋfjuʒən]	充溢，泛紅
5	pro·fu·sion	[prəˋfjuʒən]	大量，豐富
6	trans·fu·sion	[træn(t)sˋfjuʒən]	輸血

(10) ~LUSION 或 ~RUSION 的 U 讀 /u/，SION 讀 /ʒən/

LUSION 或 RUSION 結尾時，U 讀 /u/，SION 讀 /ʒən/。

1	il·lu·sion	[ɪ`luʒən]	幻想，錯覺
2	col·lu·sion	[kə`luʒən]	共謀，串通
3	con·clu·sion	[kən`kluʒən]	結論，結尾，締結
4	ex·clu·sion	[ɪk`skluʒən]	除外，排除
5	in·clu·sion	[ɪn`kluʒən]	包含，內含物
6	oc·clu·sion	[ə`kluʒən]	閉塞，閉鎖症，牙咬合
7	pre·clu·sion	[prɪ`kluʒən]	預防，消除，阻礙
8	se·clu·sion	[sɪ`kluʒən]	隱居，引退，僻遠的地方
9	in·tru·sion	[ɪn`truʒən]	侵入，干擾
10	ex·tru·sion	[ɪk`struʒən]	擠出，逐出
11	ob·tru·sion	[ɑb`truʒən]	強迫接受，管閒事
12	pro·tru·sion	[pro`truʒən]	隆起，突起部

（三）字尾為母 RSION 時，SION 有可能讀做 /ʃən/，也有可能讀做 /ʒən/，要看是什麼母音。

注意：這類字只可能有 ~ERSION、~ORSION 和 ~URSION，沒有 ~ARSION 和 ~IRSION 的字。

▶ MP3-133

練習表 11~13 就是這類字的練習。

(11) ~ERSION 的 ER 讀 /ɚ/，SION 可讀 /ʒən/ 或 /ʃən/

ERSION 結尾時，ER 讀 /ɚ/，SION 可讀 /ʒən/ 或 /ʃən/，不過我建議你讀 /ʒən/。

練習表 §36.11

1	im·mer·sion	[ɪˋmɝʒən]	浸入，浸禮 也可讀做 [ɪˋmɝʃən]
2	sub·mer·sion	[səbˋmɝʒən]	潛水 也可讀做 [səbˋmɝʃən]
3	dis·per·sion	[dɪˋspɝʒən]	分散 也可讀做 [dɪˋspɝʃən]
4	ver·sion	[ˋvɝʒən]	翻譯，譯本，改寫本 也可讀做 [ˋvɝʃən]
5	in·ver·sion	[ɪnˋvɝʒən]	倒轉，字序顛倒 也可讀做 [ɪnˋvɝʃən]
6	re·ver·sion	[rɪˋvɝʒən]	復原，復歸的財產 也可讀做 [rɪˋvɝʃən]
7	per·ver·sion	[pɚˋvɝʒən]	曲解，惡化，變態 也可讀做 [pɚˋvɝʃən]
8	con·ver·sion	[kənˋvɝʒən]	變換，改變信仰 也可讀做 [kənˋvɝʃən]
9	sub·ver·sion	[səbˋvɝʒən]	顛覆 也可讀做 [səbˋvɝʃən]
10	in·tro·ver·sion	[ˌɪntrəˋvɝʒən]	內向性，內彎 也可讀做 [ˌɪntrəˋvɝʃən]

(12) ~ORSION 的 OR 讀 /ɔr/，SION 讀 /ʃən/

ORSION 結尾時，OR 讀 /ɔr/，SION 讀 /ʃən/。

練習表 §36.12

1	tor·sion	[ˋtɔrʃən]	扭曲

(13) ~URSION 的 UR 讀 /ɚ/，SION 讀 /ʒən/

> URSION 結尾時，UR 讀 /ɚ/，SION 讀 /ʒən/。

			練習表 §36.13
1	ex·cur·sion	[ɪkˋskɚʒən]	遊覽
2	in·cur·sion	[ɪnˋkɚʒən]	襲擊，侵入

（四）SIAN 結尾的字以及結尾帶有 SIEN 的字比照 SION 結尾的字的規則發音。

這類字不多。請試試看。

▶ MP3-134

練習表 14 就是這類字的練習。

(14) SIAN 結尾的字以及結尾帶有 SIEN 的字比照 SION 結尾的字的規則發音

			練習表 §36.14
1	Asian	[ˋeʒən]	亞洲人，亞洲的 也可讀做 [ˋeʃən]
2	Cau·ca·sian	[kɔˋkeʒən]	高加索人，白種人，高加索的
3	Per·sian	[ˋpɚʒən]	波斯人，波斯語，波斯的 也可讀做 [ˋpɚʃən]
4	hes·sian	[ˋhɛʃən]	打包麻布，雇傭兵
5	Rus·sian	[ˋrʌʃən]	蘇俄人，蘇俄的
6	tran·sient	[ˋtræn(t)ʃənt]	短暫的，倏忽的，無常的

(1) 見字會讀

　　現在，請讀下面這些字，然後比對我的讀法，看看你是不是都讀對，而能夠「見字會讀」了。

1	scansion	2	torsion	3	convulsion	4	abrasion
5	cohesion	6	decision	7	division	8	depression
9	corrosion	10	intercession	11	confusion	12	inclusion
13	comprehension	14	obtrusion	15	submersion	16	permission
17	conversion	18	excursion	19	Asian	20	Russian

(1) 見字會讀解答： ▶ MP3-135

(2) 聽音會拼

MP3-136

　　接下來，我們來看看你是否「聽音會拼」。請聽我出題，然後把你的答案寫在下面空格裡，最後再比對我的解答。

序號	單字	音標
1		
2		
3		
4		
5		
6		
7		
8		
9		
10		

(2) 聽音會拼解答：

1	invasion	[ɪnˋveʒən]
2	revision	[rɪˋvɪʒən]
3	admission	[ədˋmɪʃən]
4	explosion	[ɪkˋsploʒən]
5	conclusion	[kənˋkluʒən]
6	compassion	[kəmˋpæʃən]
7	expression	[ɪkˋsprɛʃən]
8	adhesion	[ædˋhiʒən]
9	discussion	[dɪsˋkʌʃən]
10	transfusion	[træn(t)sˋfjuʒən]

37 IENT和IENCE結尾的字 🔵 MP3-137

(1) 子音 +IENT / IENCE 的 IE 讀 /aɪə/

> 如果 IENT / IENCE 前面沒有任何音節，那麼 IE 就會讀做 /ˋaɪə/，是兩個音節。整個字的重音就在 I 這個母音上。

注意：這裡的 CIENT 及 CIENCE 與第 35 章所講的不同，那裡的字是至少三個音節的，而這裡的是只有兩個音節的。

練習表 §37.1

1	**cli·ent**	[ˋklaɪənt]	客戶
2	**sci·ent**	[ˋsaɪənt]	有知識的，有技巧的
3	**sci·ence**	[ˋsaɪən(t)s]	科學，理科

(2) ~~~[非 C、S 或 T 的子音]+IENT / IENCE 的 IE 讀 /iə/ 或 /jə/

> IENT / IENCE 結尾，如果沒有 C、S 或 T 緊接在前面，而且前面還有更多音節，也就是說，這個字至少有三個音節，那麼 IE 就會讀做 /iə/ 兩個音節，韋氏辭典有時會寫成 /jə/，而整個字的重音就在 IENT / IENCE 的前一個母音，也就是倒數第三個母音。IE 的 E 是倒數第一個母音，I 是倒數第二個母音。

請注意：根據美國很多辭典，這個 I 是讀長音 /i/，但台灣所出版的很多字典都寫成短音的 /ɪ/。我還是建議你讀長音。

上面，我為什麼要特別提到 C、S、或 T 呢？因為與 CIEN 和 TIEN 有關的字的發音規則已經在前面第 35 章講過，而與 SIEN 有關的字的發音規則已經在前面第 36 章講過了。

1	am·bi·ent	[`æmbiənt]	周圍的
2	am·bi·ence	[`æmbiən(t)s]	周圍，環境
3	gra·di·ent	[`grediənt]	斜坡，陡度
4	sa·pi·ent	[`sepiənt]	自以為聰明的，賢明的
5	sa·lient	[`seljənt]	顯著的，凸角 也可讀做 [`seliənt]
6	le·nient	[`linjənt]	寬厚的 也可讀做 [`liniənt]
7	in·gre·di·ent	[ɪn`gridiənt]	成分，因素，主要原料
8	con·ve·nient	[kən`vinjənt]	方便的
9	con·ve·nience	[kən`vinjən(t)s]	方便
10	re·cip·i·ent	[rɪ`sɪpiənt]	容納的，領受者
11	re·sil·ient	[rɪ`zɪljənt]	有彈性的，心情愉快的
12	tran·sil·ient	[træn`sɪliənt]	經濟的，跳躍而過的
13	emol·lient	[ɪ`mɑljənt]	使柔軟的，潤膚劑
14	nu·tri·ent	[`n(j)utriənt]	養分，營養物
15	Ori·ent	[`ɔriənt]	東方
16	au·di·ence	[`ɔdiən(t)s]	聽眾

我發現一個很重要的規律：當 I 後面有個母音時，I 會搶前面（左邊）的子音跟它做一個音節，然後如果這個子音的左邊直接就是個母音時，這個母音（除了 I）因為沒子音在後面，所以就會讀它的本音，也就是長音。例如上表中的第 3 ～ 9 個字。

再看上表中的第 10、11、12 個字。左邊這個 I 搶贏右邊 IE 那個 I，所以中間那個子音會陪左邊這個 I 形成一個音節，而使得左邊這個 I 讀短音 /ɪ/，而不讀本音 /aɪ/。

自我檢測 第37章「~IENT / ~IENCE」

(1) 見字會讀

現在，請讀下面這些字，然後比對我的讀法，看看你是不是都讀對，而能夠「見字會讀」了。

1	ambient	2	ingredient	3	convenience	4	recipient

(1) 見字會讀解答： ▶ MP3-138

(2) 聽音會拼

接下來，我們來看看你是否「聽音會拼」。請聽我出題，然後把你的答案寫在下面空格裡，最後再比對我的解答。

序號	單字	音標
1		
2		
3		
4		
5		
6		

(2) 聽音會拼解答：

1	client	[ˋklaɪənt]
2	sapient	[ˋsepɪənt]
3	nutrient	[ˋn(j)utrɪənt]
4	audience	[ˋɔdɪən(t)s]
5	lenient	[ˋlinjənt]
6	Orient	[ˋɔrɪənt]

OUS結尾的字

🔘 MP3-140

OUS 結尾都讀做 /əs/，這裡的 OU 兩個母音被當作一個音節。這些字都是形容詞。

我把這些字分成以下幾類來說明：

（一）~子母 OUS 的字：發音規則 1~2
（二）兩個音節以 OUS 結尾的字：發音規則 3
（三）三個音節以上以 OUS 結尾的字：發音規則 4~17
（四）其他：發音規則 18

注意：如前面所說，子母 OUS 是子音 + 母音 +OUS 的簡稱。

（一）子母 OUS 結尾的字

這類字在發音規則 1~2 說明。

(1) ~CIOUS、~TIOUS、~XIOUS 或 ~SEOUS，都讀做 /ʃəs/

在字尾的 CIOUS、TIOUS、XIOUS 或 SEOUS，都讀做 /ʃəs/，雖然都有三個母音，但算一個音節，而重音就在這個音節的前一個音節。

這類字結尾的 OUS 前的母音 I 或 E 本來應該會讀出 /ɪ/ 的聲音，但 /ʃ/ 已經隱含這個 /ɪ/ 音了，所以這個母音（I 或 E）的音節就消失了。假如我們把這個「音節」算進去的話，重音節還是在倒數第三個音節。從這個角度看，跟後面第三類字的重音節規則是一樣的。

下面這四個字的重音節的 A 因後面沒子音，所以讀其本音 /e/

1	**gra·cious**	[ˋgreʃəs]	有禮貌的，親切的
2	**sa·la·cious**	[səˋleʃəs]	淫穢的，猥褻的
3	**te·na·cious**	[təˋneʃəs]	執拗的，固執的
4	**ve·ra·cious**	[vəˋreʃəs]	誠實的

下面這四個字的重音節的 E 不管後面有沒有子音，都讀其短音 /ɛ/

5	**pre·cious**	[ˋprɛʃəs]	貴重的，考究的
6	**in·fec·tious**	[ɪnˋfɛkʃəs]	有傳染性的
7	**pre·ten·tious**	[prɪˋtɛn(t)ʃəs]	自負的，狂妄的，做作的

下面這四個字的重音節的 I 雖然後面都沒子音，仍讀其短音 /ɪ/

8	**vi·cious**	[ˋvɪʃəs]	惡性的，有害的
9	**am·bi·tious**	[æmˋbɪʃəs]	有雄心的，勁頭十足的，熱望的
10	**de·li·cious**	[dɪˋlɪʃəs]	美味的，極為悅人的
11	**ju·di·cious**	[dʒuˋdɪʃəs]	明智的，賢明的
12	**sus·pi·cious**	[səˋspɪʃəs]	可疑的，疑心的
13	**aus·pi·cious**	[ɔˋspɪʃəs]	吉祥的 AU 讀做 /ɔ/
14	**av·a·ri·cious**	[͵ævəˋrɪʃəs]	貪得無厭的

下面這四個字的重音節的 O 因後面有子音，所以讀其短音 /ɑ/

15	**con·scious**	[ˋkɑn(t)ʃəs]	自覺的，清醒的，故意的
16	**ob·nox·ious**	[ɑbˋnɑkʃəs]	討厭的，使人反感的

下面這兩個字的重音節的 AU 讀做 /ɔ/

17	cau·tious	[`kɔʃəs]	小心翼翼的，謹慎的
18	nau·seous	[`nɔʃʊn]	噁心的，想吐的

(2) ~GEOUS 或 ~GIOUS，都讀 /dʒəs/

GEOUS 及 GIOUS 結尾時，都會讀做 /dʒəs/；雖然有三個母音，但算一個音節，而重音就在這個音節的前一個音節。

這類字結尾的 OUS 前的母音 I 或 E 本來應該會讀出 /ɪ/ 的聲音，但 /dʒ/ 已經隱含這個 /ɪ/ 音了，所以這個母音（I 或 E）的音節就消失了。假如我們把這個「音節」算進去的話，重音節還是在倒數第三個音節。從這個角度看，跟後面第三類字的重音節規則是一樣的。

練習表 §38.2

1	gor·geous	[`gɔrdʒəs]	極好的，輝煌燦爛的
2	con·ta·gious	[kən`tedʒəs]	傳染性的，有感染力的
3	pres·ti·gious	[prɛ`stidʒəs]	有威望的 也可讀做 [prɛ`stɪdʒəs]
4	li·ti·gious	[lɪ`tɪdʒəs]	好訴訟的
5	re·li·gious	[rɪ`lɪdʒəs]	宗教的，虔誠的

接下來，我們要講其他以 OUS 結尾的字要怎麼讀。

注意：為了方便記憶，本章中提到的「子音」或「簡稱」裡提到的「子」是指「非 R 的子音」，因為有 R 時，前面母音的讀法會改變。如果這個子音可以是 R，我會特別註明。還有，「~~~」表示「這裡有一個音節」。

（二）兩個音節以 OUS 結尾的字

這類字在發音規則 3 說明。

🔘 MP3-141

(3) ~~~OUS，讀做 /əs/

> 兩個音節以 OUS 結尾時，OUS 讀做 /əs/；雖然有 OU 兩個母音，但算一個音節，而重音就在 OUS 這個音節的前一個音節，也就是第一個音節。

練習表 §38.3

1	vis·cous	[`vɪskəs]	黏製的，黏著的
2	hei·nous	[`henəs]	可憎的，極惡的 此 EI 讀 /e/
3	fa·mous	[`feməs]	有名的
4	pi·ous	[`paɪəs]	虔誠的，道貌岸然的，虛偽的
5	jeal·ous	[`dʒɛləs]	妒忌的 此 EA 讀 /ɛ/
6	ner·vous	[`nɝ·vəs]	緊張的

（三）三個音節以上以 OUS 結尾的字

> 三個音節以上的字以 OUS 結尾時，重音就從 OUS 這個音節往前數兩個音節，也就是倒數第三個音節。

根據美國很多辭典，子音 +IOUS 結尾時，I 應該讀長音 /i/，子音 +EOUS 結尾時，E 也應該讀長音 /i/，可是台灣很多辭典都標註它們為短音 /ɪ/。例如下面練習表 4 的第 7 個字，練習表 6 的第 5、6 個字，練習表 7 的第

1 個字,練習表 8 的第 4 個字,練習表 9 的第 1 個字,……等。 ●MP3-142

我總是建議你照著美國辭典的讀法讀。

這類字在發音規則 4~17 中說明。

(4) ~A 子 ~~~OUS 的 A 大多讀 /æ/,OUS 讀 /əs/

> 至少三個音節而以 OUS 結尾的字,如果倒數第三個音節的結尾是 A 子,那麼這個 A 大多讀做蝴蝶音 /æ/,是重音節,而結尾的 OUS 讀做 /əs/,是輕音節。

1	am·o·rous	[`æmərəs]	多情的,脈脈含情的
2	vac·u·ous	[`vækjəwəs]	空虛的,空洞的,直愣愣的
3	fat·u·ous	[`fætʃuəs]	昏庸的,愚蠢而不自知的
4	fab·u·lous	[`fæbjələs]	驚人的,傳說中的,非常了不得的
5	unan·i·mous	[ju`nænəməs]	一致的,無異議的
6	mag·nan·i·mous	[mæg`nænəməs]	豁達的
			以下這兩個字的 A 有不同的讀法
7	var·i·ous	[`vɛriəs]	各種各樣的,不同特徵的 此 A 因在 R 前,讀成 /ɛ/
8	dan·ger·ous	[`dendʒərəs]	危險的 此 A 讀 /e/

(5) E 子 ~~~OUS 的 E 讀 /ɛ/，OUS 讀 /əs/

至少三個音節而以 OUS 結尾的字，如果倒數第三個音節的結尾是 E 子，那麼這個 E 會讀做 /ɛ/，是重音節，而結尾的 OUS 讀做 /əs/，是輕音節。

練習表 §38.5

1	**em·u·lous**	[`ɛmjələs]	好勝的，競爭心強的
2	**lech·er·ous**	[`lɛtʃərəs]	好色的，縱慾的
3	**sen·su·ous**	[`sɛn(t)ʃəwəs]	感官方面的，激發美感的
4	**ten·u·ous**	[`tɛnjəwəs]	脆弱的，微弱的
5	**stren·u·ous**	[`strɛnjəwəs]	不屈不撓的，緊張的，狂熱的
6	**im·pet·u·ous**	[ɪm`pɛtʃəwəs]	迅疾的，急躁的
7	**in·ces·tu·ous**	[ɪn`sɛstʃəwəs]	亂倫的 C 後面有 E，C 讀 /s/
8	**in·gen·u·ous**	[ɪn`dʒɛnjəwəs]	坦率的
9	**tem·pes·tu·ous**	[tɛm`pɛstʃəwəs]	暴風雪的，劇烈的
10	**con·temp·tu·ous**	[kən`tɛm(p)tʃəwəs]	輕蔑的，傲慢的

(6) I 子 ~~~OUS 的 I 讀 /ɪ/，OUS 讀 /əs/

至少三個音節而以 OUS 結尾的字，如果倒數第三個音節的結尾是 I 子，那麼這個I會讀 /ɪ/，是重音節，而結尾的OUS 讀做 /əs/，是輕音節。

1	in·fa·mous	[`ɪnfəməs]	惡名昭彰的
2	chiv·al·rous	[`ʃɪvəlrəs]	騎士的，俠義的，有禮貌的 此 CH 讀 /ʃ/
3	sin·u·ous	[`sɪnjəwəs]	曲折的，不老實的
4	vig·or·ous	[`vɪg(ə)rəs]	精神飽滿的，活潑的
5	mys·te·ri·ous	[mɪ`stɪrɪəs]	神秘的，故弄玄虛的
6	ig·no·min·i·ous	[ˌɪgnə`mɪnɪəs]	丟臉的，可恥的
7	in·dig·e·nous	[ɪn`dɪdʒənəs]	土生土長的
8	de·cid·u·ous	[dɪ`sɪdʒəwəs]	脫落性的，落葉性的 C 後面有 I，C 讀 /s/
9	am·big·u·ous	[æm`bɪgjəwəs]	模棱兩可的
10	con·tig·u·ous	[kən`tɪgjəwəs]	鄰近的
11	ex·ig·u·ous	[ɪg`zɪgjəwəs]	稀少的，微薄的
12	con·tin·u·ous	[kən`tɪnjuəs]	連續的
13	ri·dic·u·lous	[rə`dɪkjələs]	荒謬的
14	con·spic·u·ous	[kən`spɪkjəwəs]	惹人注目的，過份花俏的
15	per·spic·u·ous	[pɚ`spɪkjəwəs]	表達清楚的
16	pro·mis·cu·ous	[prə`mɪskjəwəs]	混雜的，隨意的
17	mel·lif·lu·ous	[mɛ`lɪfləwəs]	甜美的
18	ser·en·dip·i·tous	[ˌsɛrən`dɪpətəs]	有偶然發現珍寶的運氣的
19	mis·chie·vous	[`mɪstʃəvəs]	調皮搗蛋的，惡意的

(7) O 子 ~~~OUS 的 O 讀 /ɑ/，OUS 讀 /əs/

至少三個音節而以 OUS 結尾的字，如果倒數第三個音節的結尾是 O 子，那麼這個 O 就會讀做 /ɑ/，是重音節，而結尾的 OUS 讀做 /əs/，是輕音節。

練習表 §38.7

1	ob·vi·ous	[`ɑbviəs]	明顯的，明白的
2	pop·u·lous	[`pɑpjələs]	人口眾多的，人口稠密的
3	con·gru·ous	[`kɑŋgruəs]	和諧的
4	in·noc·u·ous	[ɪ`nɑkjəwəs]	無毒的，不關痛癢的
5	syn·on·y·mous	[sə`nɑnəməs]	同義的

(8) U 子 ~~~OUS 的 U 讀 /ʌ/，OUS 讀做 /əs/

至少三個音節而以 OUS 結尾的字，如果倒數第三個音節的結尾是 U 子，那麼這個 U 就會讀做 /ʌ/，是重音節，而結尾的 OUS 讀做 /əs/，是輕音節。但是這個子音不可以是 R，否則讀法就不同了。

練習表 §38.8

1	unc·tu·ous	[`ʌŋ(k)tʃəwəs]	假殷勤的，含油脂的
2	sump·tu·ous	[`sʌm(p)(t)ʃəwəs]	豪華的，奢侈的
3	pre·sump·tu·ous	[prɪ`zʌm(p)tʃəwəs]	冒昧的
4	il·lus·tri·ous	[ɪ`lʌstriəs]	輝煌的，卓越的，著名的

5	**tu·mul·tu·ous**	[t(j)ʊ`mʌltʃəwəs]	喧嘩的
6	**vo·lup·tu·ous**	[və`lʌp(t)ʃəwəs]	性感的，肉感的，勾起情慾的

(9) 子 A~~~OUS 的 A 讀 /e/，OUS 讀 /əs/

至少三個音節而以 OUS 結尾的字，如果倒數第三個音節的結尾是子 A，那麼這個 A 會讀做長音 /e/，是重音節，而結尾的 OUS 讀做 /əs/，是輕音節。

練習表 §38.9

1	**spon·ta·ne·ous**	[spɑn`teniəs]	自發的，隨機應變的

(10) 子 E~~~OUS 的 E 讀 /i/，OUS 讀 /əs/

至少三個音節而以 OUS 結尾的字，如果倒數第三個音節的結尾是子 E，那麼這個 E 會讀長音 /i/，是重音節，而結尾的 OUS 讀做 /əs/，是輕音節。

練習表 §38.10

1	**te·di·ous**	[`tidiəs]	冗長乏味的，使人厭煩的，沉悶的
2	**pre·vi·ous**	[`priviəs]	先前的，以前的

(11) 子 O~~~OUS 的 O 讀長音 /o/，OUS 讀做 /əs/

至少三個音節而以 OUS 結尾的字，如果倒數第三個音節的結尾是子 O，那麼這個 O 就會讀做它的本音，也就是長音 /o/，是重音節，而結尾的 OUS 讀做 /əs/，是輕音節。

練習表 §38.11

1	com·mo·di·ous	[kə`modiəs]	寬敞的

(12) 子 U~~~OUS 的 U 讀長音 /ju/，OUS 讀做 /əs/

至少三個音節而以 OUS 結尾的字，如果倒數第三個音節的結尾是子 U，那麼這個 U 就會讀做它的本音，也就是長音 /ju/，是重音節，而結尾的 OUS 讀做 /əs/，是輕音節。

練習表 §38.12

1	nu·mer·ous	[`njumərəs]	眾多的，人數多的
2	lu·di·crous	[`ludəkrəs]	可笑的，滑稽的 此 U 因為在 L 後，故 /ju/ 變成只讀 /u/

例外：

下面這兩個字的 U 本來應該也是讀 /ju/，可是因為它後面是 R，所以就變短音 /jʊ/。

| 1 | fu·ri·ous | [`fjʊriəs] | 暴怒的 |
| 2 | spu·ri·ous | [`spjʊriəs] | 偽造的，不正確的 |

(13) ~OI 子 ~~~OUS 的 OI 讀 /ɔɪ/，OUS 讀 /əs/

> 至少三個音節而以OUS結尾的字，如果倒數第三個音節的結尾是 OI子，那麼這個OI就會讀做 /ɔɪ/，是重音節，而結尾的OUS讀做 /əs/，是輕音節。

| 1 | bois·ter·ous | [`bɔɪst(ə)rəs] | 狂暴的，喧鬧的 |

(14) ~AR~~~OUS 的 AR 讀 /ɑr/，OUS 讀做 /əs/

> 至少三個音節而以 OUS 結尾的字，如果倒數第三個音節的結尾是 AR，那麼這個 AR 就會讀做 /ɑr/，是重音節，而結尾的 OUS 讀做 /əs/，是輕音節。

| 1 | ar·du·ous | [`ɑrdʒuəs] | 艱鉅的，險峻的 |
| 2 | mar·vel·ous | [`mɑrv(ə)ləs] | 不可思議的，絕妙的 |

(15) ~ER~~~OUS 或 ~IR~~~OUS 的 ER 或 IR 讀 /ɝ/，OUS 讀做 /əs/

至少三個音節而以 OUS 結尾的字，如果倒數第三個音節的結尾是 ER 或 IR，那麼這個 ER 或 IR 就會讀做 /ɝ/，是重音節，而結尾的 OUS 讀做 /əs/，是輕音節。

練習表 §38.15

1	**vir·tu·ous**	[ˋvɝtʃəwəs]	道德高尚的，有德行的，貞潔的
2	**su·per·flu·ous**	[suˋpɝfluəs]	多餘的 此 LU 的 U 因為在 L 後，所以不讀 /ju/，而讀 /u/

(16) ~OR~~~OUS 的 OR 讀 /ɔr/，OUS 讀做 /əs/

至少三個音節而以 OUS 結尾的字，如果倒數第三個音節的結尾是 OR，那麼這個 OR 就會讀做 /ɔr/，是重音節，而結尾的 OUS 讀做 /əs/，是輕音節。

練習表 §38.16

1	**tor·tu·ous**	[ˋtɔrtʃ(ə)wəs]	曲折的，居心叵測的

(17) ~OUR~~~OUS 的 OUR 可能讀 /ɝ/，OUS 讀做 /əs/

至少三個音節而以 OUS 結尾的字，如果倒數第三個音節的結尾是 OUR，那麼這個 OUR 有一種讀法是 /ɝ/，是重音節，而結尾的 OUS 讀做 /əs/，是輕音節。

| 1 | cour·te·ous | [`kɝtɪəs] | 有禮的，謙恭的 |

（四）其他 OUS 結尾的字

MP3-143

下面發音規則 18 的練習表中的字之重音都不在倒數第三個音節。

(18) 其他重音不在倒數第三個音節者

1	de·sir·ous	[dɪ`zaɪ(ə)rəs]	渴望（能夠）……的 重音在第二個母音 I 處，因源自 desire
2	enor·mous	[ɪ`nɔrməs]	龐大的，極大的 重音在倒數第二個音節
3	tre·men·dous	[trɪ`mɛndəs]	巨大的，非常好的 重音在倒數第二個音節
4	spir·i·tu·ous	[`spɪrɪtʃəwəs]	含酒精的 重音在第一個音節，因源自 spirit

(1) 見字會讀

　　現在，請讀下面這些字，然後比對我的讀法，看看你是不是都讀對，而能夠「見字會讀」了。

1	pretentious	2	suspicious	3	obnoxious	4	gorgeous
5	nervous	6	unanimous	7	impetuous	8	contemptuous
9	conspicuous	10	mellifluous	11	innocuous	12	sumptuous
13	spontaneous	14	previous	15	commodious	16	ludicrous
17	boisterous	18	marvelous	19	virtuous	20	tortuous

(1) 見字會讀解答： ▶ MP3-144

(2) 聽音會拼

接下來，我們來看看你是否「聽音會拼」。請聽我出題，然後把你的答案寫在下面空格裡，最後再比對我的解答。

序號	單字	音標
1		
2		
3		
4		
5		
6		
7		
8		
9		
10		

(2) 聽音會拼解答：

1	gracious	[`greʃəs]
2	vicious	[`vɪʃəs]
3	contagious	[kən`tedʒəs]
4	infamous	[`ɪnfəməs]
5	strenuous	[`strɛnjəwəs]
6	ambiguous	[æm`bɪgjəwəs]
7	arduous	[`ɑrdʒuəs]
8	presumptuous	[prɪ`zʌm(p)tʃəwəs]
9	tempestuous	[tɛm`pɛstʃəwəs]
10	fabulous	[`fæbjələs]

39 URE結尾的字

●MP3-146

> 　　字尾的 URE，重音時讀做 /jʊr/，輕音時讀做 /jɚ/，但整個字的重音節在哪裡，是沒有規則的。

(1) ~CURE，而且是重音節時，讀做 /kjʊr/

練習表 §39.1

1	cure	[kjʊr]	治癒
2	se·cure	[sɪˋkjʊr]	安全的
3	obs·cure	[ɑbˋskjʊr]	模糊不清的，不引人注目的
4	pro·cure	[prəˋkjʊr]	取得，促成，拉皮條

(2) ~CURE，而且是次重音時，讀做 /kjʊr/

練習表 §39.2

1	man·i·cure	[ˋmænəˌkjʊr]	修手指甲
2	ped·i·cure	[ˋpɛdɪˌkjʊr]	修腳指甲
3	ep·i·cure	[ˋɛpɪˌkjʊr]	講究飲食的人
4	si·ne·cure	[ˋsɪnɪˌkjʊr]	閒差事，掛名職務

(3) ~DURE，而且是重音節時，讀做 /djʊr/

			練習表 §39.3
1	**en·dure**	[ɛn`djʊr]	忍受，持續
2	**or·dure**	[ɔr`djʊr]	排泄物，淫話

(4) ~JURE，而且是重音節時，讀做 /dʒʊr/

注意：/dʒ/ 音已經隱含 /j/ 的聲音，所以音標裡不會出現 /j/。

			練習表 §39.4
1	**ab·jure**	[æb`dʒʊr]	發誓斷絕，公開放棄
2	**ad·jure**	[ə`dʒʊr]	使……起誓，懇請 ADJ 在一起時，D 不發音

(5) ~MURE，而且是重音節時，讀做 /mjʊr/

			練習表 §39.5
1	**mure**	[mjʊr]	監禁，禁閉，用牆壁圍繞
2	**im·mure**	[ɪ`mjʊr]	監禁，禁閉，用牆壁圍繞
3	**de·mure**	[dɪ`mjʊr]	嚴謹的

(6) ~NURE，而且是重音節時，讀做 /njʊr/ 或 /nʊr/

			練習表 §39.6
1	**ma·nure**	[mə`n(j)ʊr]	肥料
2	**inure**	[ɪ`n(j)ʊr]	使習慣於，生效，有助於

例外：

> 　　下面這個字結尾的 NURE 讀法雖然一樣，但不是重音，所以聲調
> 不同。

1	gym·nure	[`dʒɪmˌn(j)ʊr]	毛猬，裸足猬

(7) ~PURE，而且是重音節時，讀做 /pjʊr/

1	pure	[pjʊr]	純潔的
2	im·pure	[ɪmˋpjʊr]	不純的
3	un·pure	[ənˋpjʊr]	不純潔的
4	gui·pure	[gɪˋpjʊr]	大花花邊，貼花花邊，凸紋花邊

(8) ~SURE，而且是重音節時，讀做 /ʃʊr/

注意：/ʃ/ 音已經隱含 /j/ 的聲音，所以音標裡不會出現 /j/。

1	sure	[ʃʊr]	確定的
2	as·sure	[əˋʃʊr]	向……保證
3	en·sure	[ɪnˋʃʊr]	使確定，使……安全
4	in·sure	[ɪnˋʃʊr]	保險，投保

下面這個字雖非 SURE 結尾，但這個 CHURE 也讀做 /ʃʊr/

5	bro·chure	[bro`ʃʊr]	小冊子 此 CH 讀 /ʃ/

(9) ~TURE，而且是重音節時，讀做 /tʃʊr/

注意：/tʃ/ 音已經隱含 /j/ 的聲音，所以音標裡不會出現 /j/。

			練習表 §39.9
1	ma·ture	[mə`tʃʊr]	成熟，成熟的

(10) ~LURE，而且是重音節時，讀做 /lʊr/

注意：LURE 結尾時， /jʊr/ 中的 / j/ 音不發出來，只讀 /ʊr/，那是因為 L 的關係。

			練習表 §39.10
1	lure	[lʊr]	餌，誘惑物
2	al·lure	[ə`lʊr]	引誘

> URE 結尾時，如果是輕音節，就會讀做 /jɚ/，音高像國語的第三聲的前半段。

(11) ~DURE 和 ~JURE，而且是輕音節時，讀做 /dʒɚ/

注意：/dʒ/ 音已經隱含 /j/ 的聲音，所以音標裡不會出現 /j/。

1	pro·ce·dure	[prə`sidʒɚ]	程序 C 後面有 E，C 讀 /s/
2	in·jure	[`ɪndʒɚ]	傷害，使受傷
3	con·jure	[`kandʒɚ]	變戲法
4	per·jure	[`pɝdʒɚ]	使發假誓，使作偽證

(12) ~GURE，而且是輕音節時，讀做 /gjɚ/

1	fig·ure	[`fɪgjɚ]	體態，肖像，圖形，計算
2	dis·fig·ure	[dɪs`fɪgjɚ]	損害，損毀……的外形
3	pre·fig·ure	[pri`fɪgjɚ]	預視，預想
4	trans·fig·ure	[træn(t)s`fɪgjɚ]	使變形，使改觀，美化，理想化

(13) ~LURE，而且是輕音節時，讀做 /ljɚ/

| 1 | fail·ure | [`feljɚ] | 失敗 |

(14) ~MURE，而且是輕音節時，讀做 /mjɚ/

| 1 | ar·mure | [`armjɚ] | 小卵石紋織物 |

(15) ~NURE，而且是輕音節時，讀做 /njɚ/

				練習表 §39.15
1	**ten·ure**	[ˋtɛnjɚ]	任期，終身職，佔有權	
2	**con·ure**	[ˋkanjɚ]	錐尾鸚鵡	

(16) ~ 母 SURE 或 ~ 母 ZURE，而且是輕音節時，讀做 /ʒɚ/

				練習表 §39.16
1	**em·bra·sure**	[ɪmˋbreʒɚ]	射擊孔，砲眼，槍眼	
2	**mea·sure**	[ˋmɛʒɚ]	量，尺寸，度量器具 此 EA 讀 /ɛ/	
3	**plea·sure**	[ˋplɛʒɚ]	愉快，樂趣，樂事 此 EA 讀 /ɛ/	
4	**trea·sure**	[ˋtrɛʒɚ]	寶藏，重視，珍藏 此 EA 讀 /ɛ/	
5	**lei·sure**	[ˋliʒɚ]	閒暇 此 EI 讀長音 /i/	
6	**closure**	[ˋkloʒɚ]	關閉，鎖合	
7	**en·clo·sure**	[ɪnˋkloʒɚ]	圍繞，封入，附件	
8	**dis·clo·sure**	[dɪsˋkloʒɚ]	結束，揭發，被揭發出來的事物	
9	**fore·clo·sure**	[forˋkloʒɚ]	取消抵押品贖回權	
10	**com·po·sure**	[kəmˋpoʒɚ]	鎮靜，沈著	
11	**ex·po·sure**	[ɪksˋpoʒɚ]	暴露，揭露	
12	**sei·zure**	[ˋsiʒɚ]	逮捕，發作	

(17) ~子 SURE，而且是輕音節時，讀做 /ʃɚ/

<table>
<tr><td colspan="4" style="text-align:right">練習表 §39.17</td></tr>
<tr><td>1</td><td>cen·sure</td><td>[`sɛn(t)ʃɚ]</td><td>非難，苛責，訓斥 C 後面有 E，C 讀 /s/</td></tr>
<tr><td>2</td><td>pres·sure</td><td>[`prɛʃɚ]</td><td>壓力</td></tr>
<tr><td>3</td><td>fis·sure</td><td>[`fɪʃɚ]</td><td>裂隙，分歧，裂傷</td></tr>
<tr><td>4</td><td>ton·sure</td><td>[`tɑn(t)ʃɚ]</td><td>剃髮，受戒，僧職</td></tr>
<tr><td>5</td><td>cock·sure</td><td>[`kɑkʃɚ]</td><td>過於肯定的，自信過強的，驕橫的</td></tr>
</table>

(18) ~TURE，而且是輕音節時，讀做 /tʃɚ/

<table>
<tr><td colspan="4" style="text-align:right">練習表 §39.18</td></tr>
<tr><td>1</td><td>na·ture</td><td>[`netʃɚ]</td><td>大自然</td></tr>
<tr><td>2</td><td>cap·ture</td><td>[`kæptʃɚ]</td><td>虜獲，佔領，抓住，贏得</td></tr>
<tr><td>3</td><td>rap·ture</td><td>[`ræptʃɚ]</td><td>奪魂，精神貫注</td></tr>
<tr><td>4</td><td>en·rap·ture</td><td>[ɛn`ræptʃɚ]</td><td>使狂喜</td></tr>
<tr><td>5</td><td>pas·ture</td><td>[`pæstʃɚ]</td><td>牧草地，放牧，吃草</td></tr>
<tr><td>6</td><td>stat·ure</td><td>[`stætʃɚ]</td><td>身材，發展成長狀況</td></tr>
<tr><td>7</td><td>frac·ture</td><td>[`fræktʃɚ]</td><td>破裂，骨折</td></tr>
<tr><td>8</td><td>man·u·fac·ture</td><td>[ˌmænjə`fæktʃɚ]</td><td>製造，加工，製造業</td></tr>
<tr><td>9</td><td>lec·ture</td><td>[`lɛktʃɚ]</td><td>演講，教訓，訓斥</td></tr>
<tr><td>10</td><td>den·ture</td><td>[`dɛntʃɚ]</td><td>一副牙齒，假牙</td></tr>
<tr><td>11</td><td>in·den·ture</td><td>[ɪn`dɛntʃɚ]</td><td>契約，凹痕，以契約束縛</td></tr>
<tr><td>12</td><td>ven·ture</td><td>[`vɑntʃɚ]</td><td>冒險，冒昧地說，投機，敢於</td></tr>
<tr><td>13</td><td>ad·ven·ture</td><td>[əd`vɑntʃɚ]</td><td>冒險，奇異的經歷</td></tr>
</table>

14	de·ben·ture	[dɪˋbɛntʃɚ]	債券，退稅憑單
15	ges·ture	[ˋdʒɛstʃɚ]	姿勢，手勢，表示
16	ves·ture	[ˋvɛstʃɚ]	衣著，覆蓋
17	tex·ture	[ˋtɛkstʃɚ]	質地，組織，紋理
18	con·jec·ture	[kənˋdʒɛktʃɚ]	臆測
19	leg·is·la·ture	[ˋlɛdʒəˏsletʃɚ]	立法機構，議會 此 G 讀 /dʒ/
20	tem·per·a·ture	[ˋtɛmp(ə)rətʃɚ]	溫度
21	ex·pen·di·ture	[ɪkˋspɛndɪtʃɚ]	開支
22	fea·ture	[ˋfitʃɚ]	容貌，特徵，電影長片，特別報導
23	crea·ture	[ˋkritʃɚ]	生物，動物，人，傢伙，傀儡
24	fix·ture	[ˋfɪkstʃɚ]	設備，固定一職的人，固定物
25	mix·ture	[ˋmɪkstʃɚ]	混合物
26	pic·ture	[ˋpɪktʃɚ]	圖畫，照片
27	cinc·ture	[ˋsɪŋktʃɚ]	圍繞，腰帶，環帶 C 後面有 I，C 讀 /s/
28	tinc·ture	[ˋtɪŋktʃɚ]	微量，色澤，藥酒
29	stric·ture	[ˋstrɪktʃɚ]	苛評，束縛
30	scrip·ture	[ˋskrɪptʃɚ]	手稿，經文
31	sig·na·ture	[ˋsɪgnətʃɚ]	簽名，署名
32	lit·er·a·ture	[ˋlɪtərətʃɚ]	文學
33	min·i·a·ture	[ˋmɪnɪətʃɚ]	小型物，小模型
34	pos·ture	[ˋpɑstʃɚ]	姿勢，故作姿態，心境
35	im·pos·ture	[ɪmˋpɑstʃɚ]	冒名頂替，欺詐
36	clo·ture	[ˋklotʃɚ]	結束辯論

37	over·ture	[`ovɚtʃɚ]	提議，序幕，前奏曲
38	mois·ture	[`mɔɪstʃɚ]	潮濕，溫度
39	rup·ture	[`rʌptʃɚ]	破裂，決裂，疝
40	junc·ture	[`dʒʌŋktʃɚ]	接合，接合處
41	con·junc·ture	[kən`dʒʌŋktʃɚ]	結合，同時發生，緊要關頭
42	punc·ture	[`pʌŋktʃɚ]	在……上刺孔，使爆破
43	acu·punc·ture	[`ækjə͵pʌŋktʃɚ]	針灸
44	struc·ture	[`strʌktʃɚ]	組織，結構
45	sculp·ture	[`skʌlptʃɚ]	雕塑，當雕刻師
46	vul·ture	[`vʌltʃɚ]	禿鷹
47	cul·ture	[`kʌltʃɚ]	文化，教養，養殖
48	api·cul·ture	[`epə͵kʌltʃɚ]	養蜂業
49	ag·ri·cul·ture	[`ægrɪ͵kʌltʃɚ]	農業
50	hor·ti·cul·ture	[`hɔrtə͵kʌltʃɚ]	園藝
51	fu·ture	[`fjutʃɚ]	未來
52	su·ture	[`sutʃɚ]	縫合線，縫口 此 U 讀 /u/
53	ar·ma·ture	[`armətʃɚ]	甲冑，武器，電樞，加強料
54	ar·chi·tec·ture	[`arkə͵tɛktʃɚ]	建築學，建築風格，結構
55	de·par·ture	[dɪ`partʃɚ]	離開，發射，背離
56	tor·ture	[`tɔrtʃɚ]	痛苦，拷問
57	nur·ture	[`nɝtʃɚ]	營養物，養育
58	cur·va·ture	[`kɝvətʃɚ]	彎曲，曲點，曲率
59	fur·ni·ture	[`fɝnɪtʃɚ]	傢俱

(1) 見字會讀

現在，請讀下面這些字，然後比對我的讀法，看看你是不是都讀對，而能夠「見字會讀」了。

下面第 1~9 個字的是 URE 是重音或次重音，第 10~20 個字的是 URE 是輕音。

1	procure	2	manicure	3	endure	4	abjure
5	immure	6	manure	7	unpure	8	insure
9	allure	10	injure	11	figure	12	failure
13	armure	14	conure	15	composure	16	censure
17	pasture	18	adventure	19	mixture	20	structure

(1) 見字會讀解答： ▶MP3-147

(2) 聽音會拼

接下來，我們來看看你是否「聽音會拼」。請聽我出題，然後把你的答案寫在下面空格裡，最後再比對我的解答。

序號	單字	音標
1		
2		
3		
4		
5		
6		
7		
8		
9		
10		

(2) 聽音會拼解答：

1	mature	[mə`tʃʊr]
2	transfigure	[træn(t)s`fɪgjɚ]
3	disclosure	[dɪs`kloʒɚ]
4	pressure	[`prɛʃɚ]
5	manufacture	[ˌmænjə`fæktʃɚ]
6	expenditure	[ɛk`spɛndɪtʃɚ]
7	moisture	[`mɔɪstʃɚ]
8	pedicure	[`pɛdɪkjʊr]
9	tenure	[tɛ`njɚ]
10	sculpture	[`skʌlptʃɚ]

40 CIAL及TIAL結尾的字 MP3-149

CIAL 及 TIAL 在字尾時，都會讀做 /ʃəl/，雖然有 I 和 A 兩個母音字母，但是算一個音節，而整個字的重音大多在倒數第二個音節。

這個母音 I 本來應該會讀出 /ɪ/ 的聲音，但 /ʃ/ 已經隱含這個 /ɪ/ 音了，所以這個母音 I 的音節就消失了。假如我們把這個「音節」算進去的話，重音節還是倒數第三個音節。

(1) ~子 ACIAL 或 ~子 ATIAL 的 A 讀 /e/，是重音節，CIAL 或 TIAL 都讀 /ʃəl/

CIAL 及 TIAL 在字尾時，如果它的前一個音節的尾巴是子 A，那麼這個 A 讀做它的本音 /e/，是重音節，而結尾的 CIAL / TIAL 讀做 /ʃəl/，是輕音節。

練習表 §40.1

1	**fa·cial**	[ˋfeʃəl]	面部的
2	**in·ter·fa·cial**	[ˌɪntəˋfeʃəl]	界面的，面際的
3	**ra·cial**	[ˋreʃəl]	種族的
4	**bi·ra·cial**	[baɪˋreʃəl]	關於兩個人種間的成員的
5	**in·ter·ra·cial**	[ˌɪntəˋreʃəl]	不同種族之間的
6	**mul·ti·ra·cial**	[ˌmʌltɪˋreʃəl]	多種族的
7	**gla·cial**	[ˋgleʃəl]	冰河時代的，冰冷的

8	**spa·cial**	[`speʃəl]	空間的
9	**spa·tial**	[`speʃəl]	空間的，場地的
10	**pa·la·tial**	[pə`leʃəl]	宮殿似的，宏偉的，壯麗的

(2) ~A 子 CIAL 或 ~A 子 TIAL 的 A 讀 /æ/，是重音節，CIAL 或 TIAL 都讀 /ʃəl/

CIAL 及 TIAL 在字尾時，如果它的前一個音節的尾巴是 A 子，那麼這個 A 讀做蝴蝶音 /æ/，是重音節，而結尾的 CIAL / TIAL 讀做 /ʃəl/，是輕音節。如果這個子音是 R 時，讀法會不一樣，所以我們這裡講的子音不包含 R。

CIAL / TIAL 的前一個音節的尾巴是 N 時，在 N 後面的這個 /ʃəl/ 音，美國人會讀做 /tʃəl/。本練習表的四個字和下一個練習表 §40.3 的第 5~28 個字都是。

練習表 §40.2

1	**fi·nan·cial**	[faɪ`næn(t)ʃəl]	財政上的 也可讀做 [fə`nænʃəl]
2	**sub·stan·tial**	[ˌsəb`stæn(t)ʃəl]	實質的，充實的，緊要的
3	**in·sub·stan·tial**	[ˌɪnsəb`stæn(t)ʃəl]	無實質的，幻想的，不堅固的
4	**cir·cum·stan·tial**	[ˌsɚkəm`stæn(t)ʃəl]	按照情況的 C 後面有 I，C 讀 /s/

(3) ～子 E（子）CIAL 或 ～子 E（子）TIAL 的 E 讀 /ɛ/，是重音節，
CIAL 或 TIAL 都讀 /ʃəl/

> CIAL 及 TIAL 在字尾時，如果它的前一個音節的結尾是子 E 或
> E 子，那麼這個 E 都讀做 /ɛ/，是重音節，而結尾的 CIAL / TIAL 讀做
> /ʃəl/，是輕音節。如果這個子音是 R 時，讀法會不一樣，所以我們這裡
> 講的子音不包含 R。
>
> 如果 TIAL 的前一個音節的尾巴是 S，則在 S 後面的這個 /ʃəl/ 音，
> 要讀做 /tʃəl/，例如下面這個練習表中的第 3 個字 bestial 和第 4 個字
> celestial 就是。
>
> 在接下去的例字中，從第 5 個字到第 28 個字，全部都是 /ʃəl/ 的前
> 面有 N。剛才我們已經說過了，N 後面這個 /ʃəl/ 的音，美國人會讀做
> /tʃəl/，所以我會讀兩種。

練習表 §40.3

1	**spe·cial**	[`spɛʃəl]	特別的
2	**es·pe·cial**	[ɪ`spɛʃəl]	特別的
3	**bes·tial**	[`bɛstʃəl]	野獸的，殘忍的 S 後面的 /ʃəl/，要讀做 /tʃəl/
4	**ce·les·tial**	[sə`lɛstʃəl]	天空的，神聖的 C 後面有 E，C 讀 /s/；S 後面的 /ʃəl/，要讀做 /tʃəl/
5	**in·flu·en·tial**	[ˌɪnfluˋɛn(t)ʃəl]	有影響的
6	**cre·den·tial**	[krɪˋdɛn(t)ʃəl]	信任的
7	**con·fi·den·tial**	[ˌkɑnfəˋdɛn(t)ʃəl]	機密的
8	**prov·i·den·tial**	[ˌprɑvəˋdɛn(t)ʃəl]	上帝的，天意的，天祐的，幸運的
9	**res·i·den·tial**	[ˌrɛz(ə)ˋdɛn(t)ʃəl]	住宅的 此 S 讀 /z/

10	pres·i·den·tial	[ˌprɛz(ə)ˈdɛn(t)ʃəl]	總統的 此 S 讀 /z/
11	pru·den·tial	[pruˈdɛn(t)ʃəl]	審慎的
12	ju·ris·pru·den·tial	[ˌdʒʊrəspruˈdɛn(t)ʃəl]	法理學的
13	in·tel·li·gen·tial	[ɪnˌtɛləˈdʒɛn(t)ʃəl]	智力的，傳送情報的
14	pes·ti·len·tial	[ˌpɛstəˈlɛn(t)ʃəl]	流傳而致命的，有危害性的
15	ex·po·nen·tial	[ˌɛkspəˈnɛn(t)ʃəl]	指數的
16	se·quen·tial	[sɪˈkwɛn(t)ʃəl]	隨之而來的
17	con·se·quen·tial	[ˌkɑn(t)səˈkwɛn(t)ʃəl]	隨之發生的，自大的
18	tor·ren·tial	[təˈrɛn(t)ʃəl]	奔流的 也可讀做 [tɔˈrɛn(t)ʃəl]
19	def·er·en·tial	[ˌdɛfəˈrɛn(t)ʃəl]	恭敬的
20	dif·fer·en·tial	[ˌdɪfəˈrɛn(t)ʃəl]	差別的，微分的
21	ref·er·en·tial	[ˌrɛfəˈrɛn(t)ʃəl]	作為參考的
22	pref·er·en·tial	[ˌprɛfəˈrɛn(t)ʃəl]	優先的，特惠的
23	cir·cum·fer·en·tial	[səˌkʌmfəˈrɛn(t)ʃəl]	圓周的，周圍的 C 後面有 I，C 讀 /s/
24	rev·er·en·tial	[ˌrɛvəˈrɛn(t)ʃəl]	虔誠的
25	es·sen·tial	[ɪˈsɛn(t)ʃəl]	必要的
26	quin·tes·sen·tial	[ˌkwɪntəˈsɛn(t)ʃəl]	精華的，精髓的，典範的
27	po·ten·tial	[pəˈtɛn(t)ʃəl]	有潛力的
28	pen·i·ten·tial	[ˌpɛnəˈtɛn(t)ʃəl]	後悔的，懺悔的，悔罪者

(4) ~子 I（子）CIAL 或 ~子 I（子）TIAL 的 I 讀 /ɪ/，是重音節，CIAL 或 TIAL 都讀 /ʃəl/

> CIAL 及 TIAL 在字尾時，如果它的前一個音節的尾巴是 I 子或子 I，那麼這個 I 都讀做 /ɪ/，是重音節，而結尾的 CIAL / TIAL 讀做 /ʃəl/，是輕音節。如果這個子音是 R 時，讀法會不同，所以我們這裡講的子音不包含 R。

練習表 §40.4

1	pro·vin·cial	[prə`vɪn(t)ʃəl]	地方的，州的，粗野的，地方人士
2	ju·di·cial	[dʒu`dɪʃəl]	司法的
3	prej·u·di·cial	[ˌprɛdʒə`dɪʃəl]	有成見的，不利的
4	of·fi·cial	[ə`fɪʃəl]	官方的，官員 也可讀做 [o`fɪʃəl]
5	ben·e·fi·cial	[ˌbɛnə`fɪʃəl]	有利的，可享利益的
6	sac·ri·fi·cial	[ˌsækrə`fɪʃəl]	犧牲的，獻祭的，賤賣的
7	ar·ti·fi·cial	[ˌɑrtə`fɪʃəl]	人工的
8	su·per·fi·cial	[ˌsupɚ`fɪʃəl]	表面上的，淺的，無深度的
9	ini·tial	[ɪ`nɪʃəl]	最初的，第一個字母
10	in·ter·sti·tial	[ˌɪntɚ`stɪʃəl]	空隙的，在裂縫間的，填隙
11	sol·sti·tial	[sol`stɪʃəl]	夏至的，冬至的 也可讀 [sɑl`stɪʃəl]

(5) ~ 子 OCIAL 或 ~ 子 OTIAL 的 O 讀 /o/，是重音節，CIAL 或 TIAL 都讀 /ʃəl/

CIAL 及 TIAL 在字尾時，如果它的前一個音節的尾巴是子 O，那麼這個 O 讀做它的本音 /o/，是重音節，而結尾的 CIAL / TIAL 讀做 /ʃəl/，是輕音節。

1	so·cial	[`soʃəl]	社會的
2	an·ti·so·cial	[ˌæntaɪ`soʃəl]	厭惡社交的，孤僻的，反社會的

(6) ~O 子 CIAL 或 ~O 子 TIAL 的 O 讀 /ɑ/，是重音節，CIAL 或 TIAL 都讀 /ʃəl/

CIAL 及 TIAL 在字尾時，如果它的前一個音節的尾巴是 O 子，那麼這個 O 讀做 /ɑ/，是重音節，而結尾的 CIAL / TIAL 讀做 /ʃəl/，是輕音節。如果這個子音是 R 時，讀法會不一樣，所以我們這裡講的子音不包含 R。

1	equi·noc·tial	[ˌɛkwɪ`nɑkʃəl]	赤道的 也可讀做 [ˌikwɪ`nɑkʃəl]

(7) ~U 子 CIAL 或 ~U 子 TIAL 的 U 讀 /ʌ/，是重音節，CIAL 或 TIAL
都讀 /ʃəl/

> CIAL 及 TIAL 在字尾時，如果它的前一個音節的尾巴是 U 子，那
> 麼這個 U 讀做 /ʌ/，是重音節，而結尾的 CIAL / TIAL 讀做 /ʃəl/，是輕
> 音節。如果這個子音是 R 時，讀法會不一樣，所以我們這裡講的子音
> 不包含 R。

練習表 §40.7

1	un·cial	[`ʌn(t)ʃəl]	安色爾字體，安色爾體字母
2	nup·tial	[`nʌpʃəl]	婚姻的

🔊 MP3-150

(8) ~RUCIAL 或 ~RUTIAL 的 RU 讀重音 /ru/，CIAL 或 TIAL 都讀 /ʃəl/

> CIAL 及 TIAL 在字尾時，如果它的前一個音節的尾巴是 RU，那
> 麼這個 RU 讀做 /ru/，是重音節，而結尾的 CIAL / TIAL 讀做 /ʃəl/，是
> 輕音節。

練習表 §40.8

1	cru·cial	[`kruʃəl]	有決定性的

(9) ~ARCIAL 或 ~ARTIAL 的 AR 讀 /ɑr/，是重音節，CIAL 或 TIAL 都讀 /ʃəl/

> CIAL 及 TIAL 在字尾時，如果它的前一個音節的尾巴是 AR，那麼這個 AR 讀做 /ɑr/，是重音節，而結尾的 CIAL / TIAL 讀做 /ʃəl/，是輕音節。

				練習表 §40.9
1	**mar·tial**	[`mɑrʃəl]	軍事的	
2	**par·tial**	[`pɑrʃəl]	部份的，偏袒的	
3	**im·par·tial**	[ɪm`pɑrʃəl]	公正的	

(10) ~ERCIAL 或 ~ERTIAL 的 ER 讀 /ɝ/，是重音節，CIAL 或 TIAL 都讀 /ʃəl/

> CIAL 及 TIAL 在字尾時，如果它的前一個音節的尾巴是 ER，那麼這個 ER 讀做 /ɝ/，是重音節，而結尾的 CIAL / TIAL 讀做 /ʃəl/，是輕音節。

				練習表 §40.10
1	**in·er·tial**	[ɪ`nɝʃəl]	慣性的	
2	**com·mer·cial**	[kə`mɝʃəl]	商業的，廣告節目	

(1) 見字會讀

現在,請讀下面這些字,然後比對我的讀法,看看你是不是都讀對,而能夠「見字會讀」了。

1	facial	2	special	3	financial	4	celestial
5	prudential	6	sequential	7	differential	8	preferential
9	essential	10	potential	11	provincial	12	official
13	beneficial	14	initial	15	antisocial	16	equinoctial
17	nuptial	18	crucial	19	partial	20	inertial

(1) 見字會讀解答: MP3-151

(2) 聽音會拼

● MP3-152

接下來，我們來看看你是否「聽音會拼」。請聽我出題，然後把你的答案寫在下面空格裡，最後再比對我的解答。

序號	單字	音標
1		
2		
3		
4		
5		
6		
7		
8		
9		
10		

(2) 聽音會拼解答：

1	interfacial	[ˌɪntəˈfeʃəl]
2	judicial	[dʒuˈdɪʃəl]
3	impartial	[ɪmˈpɑrʃəl]
4	artificial	[ˌɑrtəˈfɪʃəl]
5	social	[ˈsoʃəl]
6	influential	[ˌɪnfluˈɛn(t)ʃəl]
7	consequential	[ˌkɑn(t)səˈkwɛn(t)ʃəl]
8	martial	[ˈmɑrʃəl]
9	confidential	[ˌkɑnfəˈdɛn(t)ʃəl]
10	commercial	[kəˈmɝʃəl]

41 UAL結尾的字

🔘 MP3-153

我們先來看看 QUAL 和 GUAL 結尾的字，因為這兩個 U 是被當作 W 發音的。

(1) ~QUAL 讀 /kwəl/

> QUAL 結尾時，讀 /kwəl/。以下這三個字結尾的 QUAL 前的 E，
> 因為沒有子音在它後面，所以讀它的本音，長音 /i/。

練習表 §41.1

1	**equal**	[ˋikwəl]	平等的
2	**co·equal**	[koˋikwəl]	相互平等的
3	**un·equal**	[ənˋikwəl]	不平等的

(2) ~GUAL 讀 /gwəl/

> GUAL 結尾時，讀 /gwəl/。以下這四個字結尾的 GUAL 前是 IN，
> 有子音 N 在 I 的後面，所以 I 讀它的短音 /ɪ/，然後因為後面的 G 的影響，
> N 就讀做 /ŋ/。

練習表 §41.2

1	**lin·gual**	[ˋlɪŋgwəl]	語言的
2	**bi·lin·gual**	[baɪˋlɪŋgwəl]	雙語的

| 3 | mon·o·lin·gual | [ˌmɑnəˈlɪŋgwəl] | 單語的 |
| 4 | mul·ti·lin·gual | [ˌmʌltɪˈlɪŋgwəl] | 多語的 |

其他字以 UAL 結尾時，U 讀 /ju/，A 讀 /ə/，UAL 合起來會讀做 /jəwəl/ 或 /juəl/，是兩個輕音節。而重音節通常是在倒數第三個母音。A 是倒數第一個母音，U 是倒數第二個母音，所以重音就在 UAL 前（左邊）的倒數第三個母音。音高似國語的第一聲。

接下來，讓我們來看看還有幾種 UAL 結尾的讀法。

(3) ~DUAL 讀 /dʒ(əw)əl/

DUAL 結尾時，DUAL 會讀做 /dʒ(əw)əl/。而 /dʒ/ 音已隱含 /j/ 的聲音，所以 /j/ 的音標看不到。

練習表 §41.3

1	grad·u·al	[ˈgrædʒ(əw)əl]	逐漸的，平緩的
2	re·sid·u·al	[rɪˈzɪdʒ(əw)əl]	剩餘的
3	in·di·vid·u·al	[ˌɪndəˈvɪdʒ(əw)əl]	個別的

(4) ~NUAL 讀 /njuəl/

NUAL 在結尾時，會讀做 /njuəl/。

1	an·nu·al	[`ænjuəl]	每年的,一年一次的
2	man·u·al	[`mænjuəl]	手冊
3	con·tin·u·al	[kən`tɪnjuəl]	連續的,斷斷續續的

(5) ~ 母 SUAL 的 SUAL 讀做 /ʒ(əw)əl/

母 SUAL 時,SUAL 會讀做 /ʒ(əw)əl/。而 /ʒ/ 音已隱含 /j/ 的聲音,所以 /j/ 的音標看不到。

1	ca·su·al	[`kæʒ(əw)əl]	不拘禮的,偶然的
2	vis·u·al	[`vɪʒ(əw)əl]	視覺的
3	usu·al	[`juʒ(əw)əl]	通常的
4	un·usu·al	[ən`juʒ(əw)əl]	不尋常的

(6) ~ 子 SUAL 的 SUAL 讀做 /ʃ(əw)əl/

子 SUAL 結尾時,SUAL 會讀做 /ʃ(əw)əl/。而 /ʃ/ 音已隱含 /j/ 的聲音,所以 /j/ 的音標看不到。

| 1 | sen·su·al | [`sɛn(t)ʃ(əw)əl] | 官能的 此 /ʃ/ 音也可讀 /tʃ/,因在 N 後 |
| 2 | sex·u·al | [`sɛkʃ(əw)əl] | 性的,有關性的 |

(7) ~TUAL 讀 /tʃ(əw)əl/

TUAL 結尾時，會讀做 /tʃ(əw)əl/。而 /tʃ/ 音已隱含 /j/ 的聲音，所以 /j/ 的音標看不到。

1	ac·tu·al	[`æktʃ(əw)əl]	實際的，事實上的
2	fac·tu·al	[`fæktʃ(əw)əl]	事實的
3	tex·tu·al	[`tɛkstʃ(əw)əl]	本文的，原文的
4	even·tu·al	[ɪ`vɛntʃ(əw)əl]	最終的，結果的
5	ef·fec·tu·al	[ɪ`fɛktʃ(əw)əl]	有效的
6	con·cep·tu·al	[kən`sɛptʃ(əw)əl]	概念上的 也可讀做 [kɑn`sɛptʃ(əw)əl]； C 後面有 E，C 讀 /s/
7	per·cep·tu·al	[pɚ`sɛptʃ(əw)əl]	知覺的
8	in·tel·lec·tu·al	[ˌɪntə`lɛktʃ(əw)əl]	智慧的
9	rit·u·al	[`rɪtʃ(əw)əl]	儀式
10	ha·bit·u·al	[hə`bɪtʃ(əw)əl]	慣常的
11	in·stinc·tu·al	[ɪn`stɪŋktʃ(əw)əl]	本能的
12	punc·tu·al	[`pʌŋktʃ(əw)əl]	準時的
13	mu·tu·al	[`mjutʃ(əw)əl]	互相的
14	vir·tu·al	[`vɝtʃ(əw)əl]	實質上的，事實上的

(8) 例外讀法的字

			練習表 §41.8
1	**vict·ual**	[`vɪtl]	**食物，飲料** 此字的讀法完全沒規則可循，請看音標
2	**ac·cru·al**	[əˋkruəl]	**自然增長的** 重音在倒數第二個音節 U 處，而因為在 R 的後面，此 U 讀 /u/
3	**spir·i·tu·al**	[ˋspɪrɪtʃ(əw)əl]	**心靈的，黑人的聖歌** 重音在倒數第四個音節

(1) 見字會讀

現在，請讀下面這些字，然後比對我的讀法，看看你是不是都讀對，而能夠「見字會讀」了。

1	equal	2	multilingual	3	gradual	4	annual
5	visual	6	sexual	7	textual	8	effectual
9	intellectual	10	habitual					

(1) 見字會讀解答： ▶MP3-154

(2) 聽音會拼

MP3-155

接下來，我們來看看你是否「聽音會拼」。請聽我出題，然後把你的答案寫在下面空格裡，最後再比對我的解答。

序號	單字	音標
1		
2		
3		
4		
5		
6		
7		
8		
9		
10		

(2) 聽音會拼解答：

1	manual	[ˋmænj(əw)əl]
2	unusual	[ʌnˋjuʒ(əw)əl]
3	conceptual	[kənˋsɛptʃ(əw)əl]
4	eventual	[ɪˋvɛntʃ(əw)əl]
5	instinctual	[ɪnˋstɪŋktʃ(əw)əl]
6	punctual	[ˋpʌŋktʃ(əw)əl]
7	individual	[ˏɪndəˋvɪdʒ(əw)əl]
8	sensual	[ˋsɛn(t)ʃ(əw)əl]
9	equal	[ˋikwəl]
10	lingual	[ˋlɪŋgwəl]

ITIS結尾的字

🔴 MP3-156

(1) ~ITIS 的第一個 I 讀 /aɪ/，是重音節，第二個 I 讀輕音 /ə/

> ITIS 在字尾時，讀做 /aɪtəs/，重音在倒數第二個音節 /aɪ/ 處，音高像國語的第一聲。

這類字大多是與發炎有關的疾病。此處我僅列些較常見的給你做參考，下表大致按照身體的部位，從頭到腳、從上往下排列。

練習表 §42.1

1	**men·in·gi·tis**	[ˌmɛnən`dʒaɪtəs]	腦膜炎
2	**en·ceph·a·li·tis**	[ɪnˌsɛfə`laɪtəs]	腦炎 C 後面有 E，C 讀 /s/
3	**con·junc·ti·vi·tis**	[kənˌdʒʌŋ(k)tɪ`vaɪtəs]	結膜炎
4	**si·nus·i·tis**	[ˌsaɪnə`saɪtəs]	**鼻竇炎**
5	**gin·gi·vi·tis**	[ˌdʒɪndʒə`vaɪtəs]	**齒齦炎**
6	**peri·odon·ti·tis**	[ˌpɛrioˌdan`taɪtəs]	牙周病
7	**bron·chi·tis**	[braŋ`kaɪtəs]	氣管炎 此 CH 讀 /k/
8	**ton·sil·li·tis**	[ˌtan(t)sə`laɪtəs]	扁桃腺炎
9	**phar·yn·gi·tis**	[ˌfærən`dʒaɪtəs]	喉嚨痛，咽頭炎
10	**lar·yn·gi·tis**	[ˌlærən`dʒaɪtəs]	喉嚨聲帶炎 也可讀做 [ˌlɛrən`dʒaɪtəs]
11	**esoph·a·gi·tis**	[ɪˌsɑfə`dʒaɪtəs]	食道炎 也可讀做 [ɪˌsɑfə`gaɪtəs]

12	thy·roid·itis	[ˌθaɪrəˈdaɪtəs]	甲狀腺炎 也可讀做 [ˌθaɪrɔɪˈdaɪtəs]
13	peri·to·ni·tis	[ˌpɛrətəˈnaɪtəs]	腹膜炎
14	gas·tri·tis	[gæˈstraɪtəs]	胃炎
15	hep·a·ti·tis	[ˌhɛpəˈtaɪtəs]	肝炎
16	ne·phri·tis	[nɪˈfraɪtəs]	腎臟炎
17	py·eli·tis	[ˌpaɪəˈlaɪtəs]	腎盂炎
18	en·ter·i·tis	[ˌɛntəˈraɪtəs]	腸炎
19	gas·tro·en·ter·i·tis	[ˌgæstroˌɛntəˈraɪtəs]	胃腸炎
20	ap·pen·di·ci·tis	[əˌpɛndəˈsaɪtəs]	盲腸炎 C 後面有 I，C 讀 /s/
21	co·li·tis	[kəˈlaɪtəs]	結腸炎 也可讀做 [koˈlaɪtəs]
22	pros·ta·ti·tis	[ˌprɑstəˈtaɪtəs]	攝護腺炎
23	cer·vi·ci·tis	[ˌsɚvəˈsaɪtəs]	子宮頸炎 C 後面有 I，C 讀 /s/
24	vag·i·ni·tis	[ˌvædʒəˈnaɪtəs]	陰道炎
25	phle·bi·tis	[flɪˈbaɪtəs]	靜脈炎
26	arth·ri·tis	[ɑrθˈraɪtəs]	關節炎
27	ten·do·ni·tis	[ˌtɛndəˈnaɪtəs]	肌腱炎 也可拼做 tendinitis
28	fi·bro·si·tis	[ˌfaɪbrəˈsaɪtəs]	纖維組織炎
29	bur·si·tis	[bəˈsaɪtəs]	滑囊炎
30	po·lio·my·eli·tis	[ˌpolioˌmaɪəˈlaɪtəs]	小兒麻痺症 簡稱 polio
31	der·ma·ti·tis	[ˌdɚməˈtaɪtəs]	皮膚炎
32	cel·lu·li·tis	[ˌsɛljəˈlaɪtəs]	蜂窩性組織炎 C 後面有 E，C 讀 /s/
33	neu·ri·tis	[n(j)ʊˈraɪtəs]	神經質
34	me·phi·tis	[məˈfaɪtəs]	臭氣，毒氣，惡臭

(1) 見字會讀

現在，請讀下面這些字，然後比對我的讀法，看看你是不是都讀對，而能夠「見字會讀」了。

1	encephalitis	2	tonsillitis	3	laryngitis	4	nephritis
5	gastroenteritis	6	prostatitis	7	cervicitis	8	tendonitis
9	bursitis	10	cellulitis				

(1) 見字會讀解答： MP3-157

(2) 聽音會拼

▶ MP3-158

接下來，我們來看看你是否「聽音會拼」。請聽我出題，然後把你的答案寫在下面空格裡，最後再比對我的解答。

序號	單字	音標
1		
2		
3		
4		
5		
6		
7		
8		
9		
10		

(2) 聽音會拼解答：

1	hepatitis	[ˌhɛpəˈtaɪtəs]
2	gastritis	[gæˈstraɪtəs]
3	arthritis	[ɑrθˈraɪtəs]
4	conjunctivitis	[kənˌdʒʌŋ(k)tɪˈvaɪtəs]
5	dermatitis	[ˌdɚməˈtaɪtəs]
6	apendicitis	[əˌpɛndəˈsaɪtəs]
7	enteritis	[ˌɛntəˈraɪtəs]
8	sinusitis	[ˌsaɪnəˈsaɪtəs]
9	meningitis	[ˌmɛnənˈdʒaɪtəs]
10	gingivitis	[ˌdʒɪndʒəˈvaɪtəs]

OSIS結尾的字

🔘 MP3-159

(1) ~OSIS 的 O 讀 /o/，是重音節，I 讀輕音 /ə/ 或 /ɪ/

> OSIS 在字尾時，讀做 /osəs/ 或 /osɪs/。重音大多在倒數第二個音節 /o/ 處，音高像國語的第一聲。

　　這類字多半是與身體的狀態或異常狀態有關。此處我僅列些較常見的給你做參考，下表大致按照身體的部位，從頭到腳、從上往下排列，然後到全身。

練習表 §43.1

1	mi·o·sis	[maɪ`osəs]	縮瞳症 也可拼做 myosis
2	hal·i·to·sis	[ˌhælə`tosəs]	口臭
3	sil·i·co·sis	[ˌsɪlə`kosəs]	矽肺
4	tu·ber·cu·lo·sis	[t(j)u͵bɝˈkjə`losəs]	肺結核
5	cir·rho·sis	[sə`rosəs]	肝硬化 C 後面有 I，C 讀 /s/；RH 在音節頭時，H 不發音
6	fi·bro·sis	[faɪ`brosəs]	纖維化，纖維變性
7	trich·i·no·sis	[ˌtrɪkə`nosəs]	毛線蟲病，旋毛蟲病 此 CH 讀 /k/
8	ne·phro·sis	[nɪ`frosəs]	腎變病
9	ar·thro·sis	[ɑr`θrosəs]	關節，關節病 TH 在子音前讀做送氣的 /θ/
10	ky·pho·sis	[kaɪ`fosəs]	駝背

11	os·te·o·po·ro·sis	[ˌɑstiopəˋrosəs]	骨骼疏鬆症
12	sco·li·o·sis	[skoliˋosəs]	脊椎側彎 OSIS 前的 I 讀 /i/
13	ac·i·do·sis	[ˌæsəˋdosəs]	酸液過多症 C 後面有 I，C 讀 /s/
14	sym·bi·o·sis	[ˌsɪmbiˋosəs]	共生（現象）OSIS 前的 I 讀 /i/
15	ne·cro·sis	[nəˋkrosəs]	壞死，枯斑
16	der·ma·to·sis	[ˌdɝməˋtosəs]	皮膚病
17	cy·a·no·sis	[ˌsaɪəˋnosəs]	青紫 C 後面有 Y，C 讀 /s/
18	scle·ro·sis	[skləˋrosəs]	硬化，細胞壁硬化
19	neu·ro·sis	[n(j)ʊˋrosəs]	神經機能病，精神神經病
20	mei·o·sis	[maɪˋosəs]	成熟分裂 此 EI 讀 /aɪ/
21	mi·to·sis	[maɪˋtosəs]	有絲分裂
22	psy·cho·sis	[saɪˋkosəs]	精神病，精神極度不安 PS 開頭，P 不發音；此 CH 讀 /k/
23	hyp·no·sis	[hɪpˋnosəs]	催眠，催眠術
24	me·tem·psy·cho·sis	[məˌtɛm(p)sɪˋkosəs]	靈魂的轉生 此 CH 讀 /k/
25	psit·ta·co·sis	[ˌsɪtəˋkosəs]	鸚鵡熱 PS 開頭，P 不發音
26	di·ag·no·sis	[ˌdaɪəgˋnosəs]	診斷，調查分析
27	nar·co·sis	[narˋkosəs]	麻醉，麻醉法，麻醉狀態
28	os·mo·sis	[ɑzˋmosəs]	滲透，滲透作用
29	prog·no·sis	[pragˋnosəs]	預測，疾病預後
30	throm·bo·sis	[θramˋbosəs]	血栓形成
31	apo·the·o·sis	[əˌpɑθiˋosəs]	尊為聖，封為神，極點 此 TH 讀做送氣的 /θ/

例外：下面這個字的重音不在 OSIS 的 O

1	meta·mor·pho·sis	[ˌmɛtəˋmɔrfosəs]	銳變，變質，變形

(1) 見字會讀

現在，請讀下面這些字，然後比對我的讀法，看看你是不是都讀對，而能夠「見字會讀」了。

1	silicosis	2	cirrhosis	3	nephrosis	4	scoliosis
5	symbiosis	6	dermatosis	7	neurosis	8	psittacosis
9	narcosis	10	thrombosis				

(1) 見字會讀解答： ▶ MP3-160

(2) 聽音會拼

　　接下來，我們來看看你是否「聽音會拼」。請聽我出題，然後把你的答案寫在下面空格裡，最後再比對我的解答。

序號	單字	音標
1		
2		
3		
4		
5		
6		
7		
8		
9		
10		

(2) 聽音會拼解答：

1	sclerosis	[sklə`rosəs]
2	hypnosis	[hɪp`nosəs]
3	fibrosis	[faɪ`brosəs]
4	diagnosis	[ˌdaɪəg`nosəs]
5	acidosis	[ˌæsə`dosəs]
6	osteoporosis	[ˌɑstiopə`rosəs]
7	arthrosis	[ɑrθ`rosəs]
8	prognosis	[prɑg`nosəs]
9	tuberculosis	[t(j)uˌbɝkjə`losəs]
10	osmosis	[ɑz`mosəs]

44 ETTE結尾的字

● MP3-162

(1) ~ETTE 的第一個 E 讀 /ɛ/，是重音節，結尾的 E 不發音

> ETTE 結尾時，第一個 E 為全字的重音所在，讀做 /ɛ/，結尾的 E 不發音。因為重音是在字尾，所以音高會像國語的第四聲。

這類字很多是意指某種「小的」人或物。

練習表 §44.1

1	ca·dette	[kə`dɛt]	六到九年級的女童軍
2	ga·zette	[gə`zɛt]	小報紙
3	cas·sette	[kə`sɛt]	盒子，匣子 也可讀做 [kæ`sɛt]
4	bar·rette	[bə`rɛt]	條狀髮夾 也可讀做 [bɑ`rɛt]
5	pal·mette	[pæl`mɛt]	掌心，棕葉飾
6	an·is·ette	[ˌænə`sɛt]	茴香酒
7	bal·co·nette	[ˌbælkə`nɛt]	窗外小花台，半罩杯
8	flan·nel·ette	[ˌflænə`lɛt]	絨布，棉法蘭絨
9	mar·i·o·nette	[ˌmɛriə`nɛt]	提線木偶
10	pi·a·nette	[ˌpiə`nɛt]	小型豎式鋼琴
11	lay·ette	[le`ɛt]	新生嬰兒的全套用品
12	cel·lar·ette	[ˌsɛlə`rɛt]	葡萄酒櫃 C 後面有 E，C 讀 /s/
13	leath·er·ette	[ˌlɛðə`rɛt]	人造皮革

14	bri·quette	[brɪ`kɛt]	煤球 此 U 不發音
15	dis·kette	[dɪs`kɛt]	電腦的軟磁盤
16	cig·a·rette	[͵sɪgə`rɛt]	香菸 C 後面有 I，C 讀 /s/
17	di·nette	[daɪ`nɛt]	廚房裡的小用餐空間或其家具
18	pi·pette	[paɪ`pɛt]	（玻璃製的）吸量管，球管
19	nov·el·ette	[͵nɑvə`lɛt]	中篇小説
20	ro·sette	[ro`zɛt]	玫瑰花裝飾物
21	co·quette	[ko`kɛt]	賣俏，賣弄風情的女人 此 U 不發音
22	cro·quette	[kro`kɛt]	油炸丸子，炸肉餅 此 U 不發音
23	bu·rette	[bjʊ`rɛt]	量管
24	lu·nette	[lu`nɛt]	弧面窗，弦月窗
25	blu·ette	[blu`ɛt]	藍調
26	bru·nette	[bru`nɛt]	（白種人中）淺黑型的（女人）
27	rou·lette	[ru`lɛt]	輪盤賭，刻壓連續點子的滾輪
28	lun·cheon·ette	[͵lʌntʃə`nɛt]	供應便餐的小餐館

(1) 見字會讀

現在，請讀下面這些字，然後比對我的讀法，看看你是不是都讀對，而能夠「見字會讀」了。

1	cadette	2	cassette	3	barrette	4	flannelette
5	cellarette	6	leatherette	7	novelette	8	croquette
9	bluette	10	luncheonette					

(1) 見字會讀解答： ▶MP3-163

(2) 聽音會拼

MP3-164

接下來，我們來看看你是否「聽音會拼」。請聽我出題，然後把你的答案寫在下面空格裡，最後再比對我的解答。

序號	單字	音標
1		
2		
3		
4		
5		
6		
7		
8		
9		
10		

(2) 聽音會拼解答：

1	gazette	[gə`zɛt]
2	balconette	[ˌbælkə`nɛt]
3	marionette	[ˌmɛriə`nɛt]
4	pianette	[ˌpiə`nɛt]
5	diskette	[dɪs`kɛt]
6	cigarette	[ˌsɪgə`rɛt]
7	dinette	[daɪ`nɛt]
8	brunette	[bru`nɛt]
9	rosette	[ro`zɛt]
10	layette	[le`ɛt]

OMETER結尾的字

🔴 MP3-165

(1) ~OMETER 的 O 讀 /ɑ/，是重音節，第一個 E 讀 /ə/，字尾的 ER 讀 /ɚ/

> OMETER 在字尾時，會讀做 /ˋɑmətɚ/，重音通常是在倒數第三個音節 /ɑ/ 這個聲音上，也就是說在 O 這個字母這裡，聲音要高起來，像國語的第一聲。

此類字都是測量的儀器或單位。

練習表 §45.1

1	**ac·cel·er·om·e·ter**	[əkˌsɛləˋramətɚ]	加速計，加速表 C 後面有 E，C 讀 /s/
2	**de·cel·er·om·e·ter**	[diˌsɛləˋramətɚ]	減速計，減速儀 C 後面有 E，C 讀 /s/
3	**ki·lo·me·ter**	[kəˋlamətɚ]	公里 也可讀做 [ˋkɪləˌmitɚ]
4	**odom·e·ter**	[oˋdamətɚ]	里程表
5	**speed·om·e·ter**	[spiˋdamətɚ]	速度器
6	**ther·mom·e·ter**	[θəˋmamətɚ]	溫度計
7	**hy·drom·e·ter**	[haɪˋdramətɚ]	（液體）比重計
8	**hy·grom·e·ter**	[haɪˋgramətɚ]	溼度計
9	**al·co·hol·om·e·ter**	[ˌælkəhoˋlamətɚ]	酒精比重計
10	**abra·si·om·e·ter**	[əˌbreziˋamətɚ]	砂光儀 O 前的 I 讀 /i/

11	au·di·om·e·ter	[ˌɔdi`amətə˞]	聽力計，音響測定器 O 前的 I 讀 /i/
12	ab·sorp·ti·om·e·ter	[əb.sɔrpʃi`amətə˞]	吸光光度計 也可讀做 [əb.zɔrpʃi`amətə˞]，O 前的 I 讀 /i/；此 TI 也可讀做 /ti/
13	ad·ap·tom·e·ter	[æˌdæp`tamətə˞]	適應計，匹配測量計
14	ba·rom·e·ter	[bə`ramətə˞]	晴雨表
15	car·bo·nom·e·ter	[ˌkarbə`namətə˞]	碳量計
16	ceph·a·lom·e·ter	[ˌsɛfə`lamətə˞]	頭顱測量器 C 後面有 E，C 讀 /s/
17	fluo·rom·e·ter	[flʊ`ramətə˞]	螢光計，透視定位器 也可讀做 [flɔ`ramətə˞]
18	de·flec·tom·e·ter	[diˌflɛk`tamətə˞]	偏轉儀，彎度計
19	pro·fi·lom·e·ter	[ˌprofə`lamətə˞]	輪廓儀，測平儀
20	re·flec·tom·e·ter	[ˌriˌflɛk`tamətə˞]	反射計，反射率測定儀
21	re·frac·tom·e·ter	[ˌriˌfræk`tamətə˞]	折光儀，折射計
22	seis·mom·e·ter	[siz`mamətə˞]	地震儀 也可讀做 [sis`mamətə˞]，此 EI 讀 /i/
23	sen·si·tom·e·ter	[ˌsɛn(t)sə`tamətə˞]	感光計，感光儀
24	strain·om·e·ter	[stre`namətə˞]	應變計，伸長計，強力測驗機

(1) 見字會讀

現在，請讀下面這些字，然後比對我的讀法，看看你是不是都讀對，而能夠「見字會讀」了。

1	decelerometer	2	hydrometer	3	hygrometer
4	audiometer	5	absorptiometer	6	adaptometer
7	cephalometer	8	deflectometer	9	reflectometer
10	strainometer			

(1) 見字會讀解答： ▶ MP3-166

(2) 聽音會拼

接下來，我們來看看你是否「聽音會拼」。請聽我出題，然後把你的答案寫在下面空格裡，最後再比對我的解答。

序號	單字	音標
1		
2		
3		
4		
5		
6		
7		
8		
9		
10		

(2) 聽音會拼解答：

1	accelerometer	[əkˌsɛlə`ramətɚ]
2	kilometer	[kə`lamətɚ]
3	thermometer	[θɚ`mamətɚ]
4	barometer	[bə`ramətɚ]
5	carbonometer	[ˌkarbə`namətɚ]
6	refractometer	[ˌriˌfræk`tamətɚ]
7	sensitometer	[ˌsɛn(t)sə`tamətɚ]
8	alcoholometer	[ˌælkəhɔ`lamətɚ]
9	speedometer	[spi`damətɚ]
10	odometer	[o`damətɚ]

46 ISM 結尾的字

▶ MP3-168

(1) ~ISM 讀做 /ɪzəm/

> ISM 結尾時，會讀做 /ɪzəm/。明明只有 I 一個母音字母，可是在 S
> 和 M 中間又跑出個 /ə/ 的母音聲音。
>
> 整個字的重音是在它的字源的重音處，而 ISM 的 I（讀做 /ɪ/）是
> 次重音所在。

練習表 §46.1

1	**bap·tism**	[ˋbæpˌtɪzəm]	洗禮，浸禮
2	**fas·cism**	[ˋfæˌʃɪzəm]	法西斯主義 也可讀做 [ˋfæˌsɪzəm]；C 後面有 I，C 讀 /s/
3	**cap·i·tal·ism**	[ˋkæpətəˌlɪzəm]	資本主義
4	**rad·i·cal·ism**	[ˋrædɪkəˌlɪzəm]	激進主義，急進主義
5	**van·dal·ism**	[ˋvændəˌlɪzəm]	對藝術或公物的破壞
6	**na·tion·al·ism**	[ˋnæʃənəˌlɪzəm]	民族主義
7	**nat·u·ral·ism**	[ˋnætʃərəˌlɪzəm]	自然主義，自然論
8	**ab·so·lut·ism**	[ˋæbsəluˌtɪzəm]	絕對論，絕對主義，專制主義
9	**ab·strac·tion·ism**	[æbˋstrækʃəˌnɪzəm]	抽象派
10	**rac·ism**	[ˋreˌsɪzəm]	種族歧視 源自 race [res]，所以 A 讀 /e/
11	**em·bo·lism**	[ˋɛmbəˌlɪzəm]	栓塞

12	het·ero·sex·ism	[ˌhɛtəroˈsɛkˌsɪzəm]	異性戀
13	veg·e·tar·i·an·ism	[ˌvɛdʒəˈtɛriəˌnɪzəm]	素食主義
14	ego·ism	[ˈigoˌɪzəm]	自我主義，利己主義
15	ego·tism	[ˈigoˌtɪzəm]	自我膨脹，本位主義
16	elit·ism	[iˈliˌtɪzəm]	精英主義 源自法語 elite [iˈlit]，L 後面的 I 讀 /i/
17	lib·er·al·ism	[ˈlɪb(ə)rəˌlɪzəm]	自由主義
18	ma·te·ri·al·ism	[məˈtɪriəˌlɪzəm]	唯物主義，唯物論
19	ven·tril·o·quism	[vɛnˈtrɪləˌkwɪzəm]	腹語
20	com·mu·nism	[ˈkamjəˌnɪzəm]	共產主義
21	Ca·thol·i·cism	[kəˈθaləˌsɪzəm]	天主教 C 後面有 I，C 讀 /s/
22	lo·cal·ism	[ˈlokəˌlɪzəm]	地方主義
23	glob·al·ism	[ˈglobəˌlɪzəm]	世界主義
24	Dao·ism	[ˈdaʊˌɪzəm]	道教
25	Tao·ism	[ˈtaʊˌɪzəm]	道教
26	eu·phe·mism	[ˈjufəˌmɪzəm]	委婉語
27	feu·dal·ism	[ˈfjudəˌlɪzəm]	封建制度
28	Marx·ism	[ˈmarkˌsɪzəm]	馬克思主義
29	herb·al·ism	[ˈ(h)ɝbəˌlɪzəm]	草藥，草藥醫術學
30	re·form·ism	[rɪˈforˌmɪzəm]	改革主義，改良主義
31	hy·per·thy·roid·ism	[ˌhaɪpɚˈθaɪˌrɔɪˌdɪzəm]	甲狀腺功能亢進症

(1) 見字會讀

現在,請讀下面這些字,然後比對我的讀法,看看你是不是都讀對,而能夠「見字會讀」了。

1	fascism	2	radicalism	3	naturalism	4	abstractionism
5	heterosexism	6	vegetarianism	7	egoism	8	liberalism
9	localism	10	herbalism					

(1) 見字會讀解答: ● MP3-169

(2) 聽音會拼

▶MP3-170

接下來，我們來看看你是否「聽音會拼」。請聽我出題，然後把你的答案寫在下面空格裡，最後再比對我的解答。

序號	單字	音標
1		
2		
3		
4		
5		
6		
7		
8		
9		
10		

(2) 聽音會拼解答：

1	baptism	[`bæp͵tɪzəm]
2	racism	[`re͵sɪzəm]
3	embolism	[`ɛmbə͵lɪzəm]
4	egotism	[`igo͵tɪzəm]
5	communism	[`kɑmjə͵nɪzəm]
6	reformism	[rɪ`fɔr͵mɪzəm]
7	Marxism	[`mɑrk͵sɪzəm]
8	capitalism	[`kæpətə͵lɪzəm]
9	nationalism	[`næʃənə͵lɪzəm]
10	vandalism	[`vændə͵lɪzəm]

補充說明：KK音標、DJ音標與Webster音標差異對照表

本書採用台灣通用的美語音標系統：KK 音標（Kenyon and Knott Phonetic Symbols）。但是在許多英語辭典，尤其是英國式發音的辭典，則使用 DJ 音標（Daniel Jones Phonetic Symbols），美國人則使用 Webster 音標。因此，在這裡我把這三套系統有差異的部分列出來，方便你查找對照。

KK 音標	DJ 音標	Webster 音標	單字舉例
i	iː	ē	bee
ɪ	i	i	sit
e	ei	ā	pain
ɛ	e	e	set
æ	æ	a	fat
ɑ	ɑː	ä	hot
ɔ	ɔː	ȯ	all
o	ou	ō	no
u	uː	ü	too
ʊ	u	u̇	put
aɪ	ai	ī	pie
aʊ	au	au̇	house
ɔɪ	ɔi	ȯi	coin
ʌ	ʌ	ə	but
ə	ə	ə	again
ɝ	əː	ər	bird
ɚ	ə	ər	player
ɑr	ɑː	är	car
ɛɹ	eə	er	dare
ɪr	iə	ir	here
aɪr	aiə	ī(-ə)r	fire
ʊr	uə	u̇r	tour
ɔr	ɔː	ȯr	for
aʊr	auə	au̇(-ə)r	our
ʃ	ʃ	sh	cash
ʒ	ʒ	zh	garage
tʃ	tʃ	ch	each
dʒ	dʒ	j	jam
θ	θ	th	bath
ð	ð	<u>th</u>	that
j	j	y	yes
n̩	(ə)n	ᵊn	student

練習表單字索引

　　「美語發音寶典」套書分為兩篇，《美語發音寶典 第一篇：單音節的字》和《美語發音寶典 第二篇：多音節的字》。本索引包括兩篇所有練習表中的練習字。其中 §1～§27 在第一篇，§28～§46 在第二篇。例如，26.2-8 代表第一篇第 26 章的第 2 個表中的第 8 個字，35.5-6 代表第二篇第 35 章的第 5 個表中的第 6 個字。

練習表單字索引

A

a, 1.1-1
abb, 2.2-1
abbreviate, 34.7-2
abduction, 35.5-6
abjure, 39.4-1
ablaze, 26.2-8
able, 28.6-1
abode, 15.3-5
abortion, 35.12-4
about, 21.13-50
above, 22.9-3
abrasiometer, 45.1-10
abrasion, 36.5-2
abroad, 18.13a-2
absolutism, 46.1-8
absorptiometer, 45.1-12
absorption, 35.12-6
abstention, 35.2-6
abstractionism, 46.1-9
academic, 30.1-18
academy, 33.35-13
accelerate, 34.3-22
accelerometer, 45.1-1
accession, 36.2-2
accessory, 33.36-14
accretion, 35.7-1
accrual, 41.8-2
accumulate, 34.10-7
accurate, 34.14-1
ace, 5.4-1
achieve, 22.15-6
acidic, 30.1-29
acidosis, 43.1-13
acoustic, 30.1-56
acoustics, 30.1-57
acquaint, 23.11-10
acquire, 23.25-4
acquisition, 35.8-16

acrylic, 30.1-30
act, 20.1-58
activate, 34.2-1
actual, 41.7-1
actuality, 33.35-23
actuary, 33.33-1
actuate, 34.2-2
acupuncture, 39.18-43
ad, 4.1-1
adaptometer, 45.1-13
add, 4.1-2
addiction, 35.3-4
addle, 28.1-6
adequate, 34.14-2
adhesion, 36.6-2
adjunction, 35.5-4
adjure, 39.4-2
admire, 18.27-6
admission, 36.3-5
adoption, 35.4-2
adore, 18.28-10
adult, 21.2-79
advantage, 29.1-12
adventure, 39.18-13
adversary, 33.33-2
affair, 18.21-4
affiliate, 34.4-12
afford, 18.20-9
afraid, 18.10-9
age, 7.2-1
aggravate, 34.2-5
aggregate, 34.14-3, 34.2-4
aggression, 36.2-14
agitate, 34.2-3
ago, 15.1-5
agriculture, 39.18-49
ah, 8.1-1
aha, 8.1-4
ahoy, 25.21-13
aid, 12.8-1

aide, 12.8-2
ail, 12.8-4
aim, 13.9-3
air, 18.21-1
aisle, 19.13a-2
Al, 12.2-14
alarm, 18.17-39
alcoholic, 30.1-49
alcoholometer, 45.1-9
ale, 12.3-1
alibi, 19.7-3
align, 20.36-3
alive, 22.6-12
all, 12.10-1
allergic, 30.1-59
alleviate, 34.7-1
allocate, 34.2-6
allow, 23.33-16
allure, 39.10-2
almond, 23.28-7
alone, 15.3-29
along, 15.9-4
alp, 16.2-4
although, 21.16-3
am, 13.2-1
amaze, 26.2-11
ambience, 37.2-2
ambient, 37.2-1
ambiguous, 38.6-9
ambitious, 38.1-9
amble, 28.1-32
amenity, 33.36-9
amiss, 19.9-25
amnesty, 33.35-1
among, 15.9a-1
amongst, 20.10a-1
amorous, 38.4-1
amount, 21.13-27
amp, 16.2-21
ample, 28.1-38

B

baa, 2.1-1
babble, 28.1-1
babe, 5.4-4
baby, 33.2-10
bach, 8.2-4
back, 11.1-1
bad, 4.1-3
bade, 5.4-3
badge, 21.29-1
baffle, 28.1-10
bag, 7.1-1
bagel, 28.16-1
baggage, 29.1-6
bail, 12.8-5
bait, 20.12-2
baize, 26.9-1
bake, 11.4-1
bakery, 33.32-7
balconette, 44.1-7
bald, 12.10-7
bale, 12.3-2
balk, 12.11-1
ball, 12.10-2
balm, 23.28-1
bam, 13.2-2
bamboo, 15.10-3
ban, 14.2-2
banal, 28.16b-1
band, 14.2-11
bandage, 29.1-7
bane, 14.3-1
bang, 14.2-28
banger, 31.1-1
bangle, 28.1-45
banjo, 15.1-7
bank, 14.2-33
bap, 16.2-9
baptism, 46.1-1
bar, 18.17-1
barb, 18.17-11
barbecue, 21.6-3
bard, 18.17-20
bare, 18.22-1

barge, 18.17-48
bark, 18.17-27
barm, 18.17-40
barn, 18.17-44
barometer, 45.1-14
baroque, 21.20-3
barque, 21.21-1
barrage, 29.12-1, 29.20-3
barrette, 44.1-4
barrio, 32.3-5
barrow, 23.32-26
base, 19.3-9
bash, 19.1-60
basil, 28.16-2
bask, 19.1-46
bass, 19.1-25, 19.1a-1
bast, 20.1-32
baste, 20.3-30
bastion, 35.1-1
bat, 20.1-2
batch, 20.1-40
bate, 20.3-11
bath, 20.1-80
bathe, 20.3-35
battery, 33.32-2
battle, 28.1-20
bawd, 23.29-23
bawl, 23.29-31
bay, 25.19-2
be, 5.1-1
beach, 12.9-6
bead, 12.9-9
beadle, 28.10-3
beagle, 28.10-2
beak, 12.9-13
beam, 13.8-3
bean, 14.10-1
bear, 18.23a-1, 27.1-26
beard, 18.24a-2
beast, 20.14-17
beat, 20.14-2
beaten, 27.5-25
beautician, 35.15-6
beaver, 22.13-5
beck, 11.2-1

bed, 5.5-3
bee, 5.2-1
beech, 8.4-2
beef, 6.3-3
beefy, 33.17-9
been, 14.9a-1
beep, 16.10-6
beer, 18.25-1
beet, 20.13-5
beetle, 28.11-3
beg, 7.3-2
beggary, 33.32-4
behave, 22.2-20
behind, 23.27-8
beige, 27.3-13
belch, 12.4-3
belief, 20.33-5
believe, 22.15-4
bell, 12.4-8
belle, 12.4-9
belong, 15.9-5
below, 23.32-7
belt, 20.5-15
Ben, 14.4-2
bench, 14.4-11
bend, 14.4-15
beneficial, 40.4-5
benign, 20.36-4
bent, 20.5-22
bequeath, 23.12-12
bequest, 23.6-36
berate, 34.1a-6
berg, 18.18-14
berm, 18.18-19
berry, 33.11-16
Bert, 20.20-1
berth, 20.20-5
best, 20.5-35
bestial, 40.3-3
bestow, 23.32-12
bet, 20.5-1
betel, 28.16-10
beverage, 29.2-7
bevy, 33.4-1
beware, 23.20-3

conger, 31.4-4
congratulate, 34.2-20
congruous, 38.7-3
conjecture, 39.18-18
conjunctivitis, 42.1-3
conjuncture, 39.18-41
conjure, 39.11-3
connection, 35.2-14
conscience, 35.18-6
conscious, 38.1-15
consequential, 40.3-17
consign, 20.36-7
consortion, 35.12-5
conspicuous, 38.6-14
conspiracy, 33.37-8
constipate, 34.5-7
constitution, 35.10-2
construction, 35.5-11
consumption, 35.5-14
contagious, 38.2-2
contaminate, 34.2-21
contemptuous, 38.5-10
contiguous, 38.6-10
continual, 41.4-3
continuity, 33.42-4
continuous, 38.6-12
contraction, 35.1-7
contrary, 33.32-5
conure, 39.15-2
convenience, 37.2-9
convenient, 37.2-8
conversion, 36.11-8
convert, 22.19-15
convey, 25.20-11
convulsion, 36.4-5
cony, 33.6-10
coo, 15.10-4
cooch, 15.10-8
cook, 15.11-4
cookie, 20.32-8
Coolidge, 21.31-6
coolie, 20.32-7
coomb, 15.10-22
coon, 15.10-24
coop, 16.12-5

cooperate, 34.5-4
coordinate, 34.12-2, 34.20-2
coot, 20.17-11
cootie, 20.32-6
cop, 16.7-6
cope, 16.8-4
copy, 33.6-18
coquette, 44.1-21
cord, 18.20-5
cordage, 29.14-3
core, 18.28-3
cork, 18.20-11
corky, 33.25-3
corn, 18.20-18
corny, 33.25-5
corporation, 35.6-18
corrosion, 36.8-1
corsage, 29.20-8
cosh, 19.11-22
cost, 20.9a-2
cot, 20.9-2
cote, 20.11-1
cottage, 29.5-3
cotton, 27.5-16
couch, 21.13-4
cougar, 21.15-9
cough, 21.14-8
could, 23.18-1
couldn't, 27.5-48
count, 21.13-24
country, 33.20-9
county, 33.20-7
coup, 21.15-1
couple, 28.13-3
coupon, 21.15-10
courage, 29.15-1
course, 21.14-17
court, 21.14-15
courteous, 38.17-1
courtesy, 33.46-1
cousin, 21.17-6
cove, 22.8-7
cover, 22.19-23
coverage, 29.8-3
covert, 22.19-21

covey, 33.1-9
cow, 23.33-2
cowl, 23.33-22
cox, 24.5-3
coy, 25.21-3
coze, 26.6-2
cozy, 33.6-5
crab, 18.1-17
crack, 18.1-18
cracker, 18.1-19
crackle, 28.1-29
cradle, 28.6-9
crag, 18.1-20
crake, 18.2-9
cram, 18.1-21
cramp, 18.1-22
crane, 18.2-10
crank, 18.1-23
crap, 18.1-24
crape, 18.2-11
crash, 19.1-78
crass, 19.1-33
crate, 20.3-24
crave, 22.2-18
craven, 22.2-23
craw, 23.29-18
crawl, 23.29-34
craze, 26.2-14
crazy, 33.2-17
creak, 18.12-8
creaky, 33.16-3
cream, 18.12-9
creamy, 33.16-10
crease, 19.15-8
create, 34.1a-1
creature, 39.18-23
credential, 40.3-6
creed, 18.11-7
creek, 18.11-8
creel, 18.11-9
creep, 18.11-10
creepy, 33.17-16
creese, 19.14-10
crept, 20.5-33
cress, 19.4-14

deception, 35.2-7

decide, 9.3-8

deciduous, 38.6-8

decision, 36.7-3

deck, 11.2-3

declension, 36.2-36

decode, 15.3-7

decorate, 34.3-7

decoy, 25.21-4

deduction, 35.5-5

dee, 5.2-3

deed, 5.2-4

deem, 13.7-1

deen, 14.9-1

deep, 16.10-7

deer, 18.25-2

deferential, 40.3-19

deficient, 35.18-4

definition, 35.8-10

deflate, 34.1a-9

deflectometer, 45.1-18

deft, 20.5-11

defy, 33.30-1

deify, 27.2b-1

deign, 27.3-14

deity, 27.2b-2

delay, 25.19-37

delete, 20.6-3

deletion, 35.7-5

delicious, 38.1-10

delinquency, 33.37-9

deliver, 22.5-11

dell, 12.4-11

delve, 22.3-10

demagog(ue), 21.26a-1

demonstrate, 34.3-9

demure, 39.5-3

den, 14.4-3

dene, 14.5-1

dense, 19.4-7

dent, 20.5-24

dental, 28.15-6

denture, 39.18-10

denunciate, 34.6-5

deny, 33.30-2

departure, 39.18-55

depilate, 34.3-10

deplete, 20.6-4

depletion, 35.7-6

depot, 20.9d-1

depression, 36.2-21

derby, 33.23-5

derision, 36.7-7

dermatitis, 42.1-31

dermatosis, 43.1-16

derv, 22.19-4

desertion, 35.11-2

design, 20.36-5

designate, 34.15-2, 34.3-8

desirous, 38.18-1

desk, 19.4-19

desorption, 35.12-7

desperate, 34.15-1

destination, 35.6-10

deteriorate, 34.7a-1

detour, 21.15a-4

deuce, 21.8-2

devil, 28.16a-3

dew, 23.30-1

dey, 25.20-2

dhow, 23.33-12

Di, 9.1-2

diagnosis, 43.1-26

dialogue, 21.26-3

dib, 9.2-4

dibble, 28.3-1

dice, 9.3-3

dick, 11.3-2

dickey, 33.1-1

diction, 35.3-1

dictionary, 33.33-15

did, 9.2-8

diddle, 28.3-6

didn't, 27.5-46

die, 20.31-1

diet, 20.33a-2

dietician, 35.15-8

differential, 40.3-20

differentiate, 34.3-27

dig, 9.2-13

dight, 20.35-6

digue, 21.24-1

dike, 11.5-2

dilate, 34.1-4

dill, 12.5-8

dilly, 33.12-20

dilution, 35.10-7

dim, 13.5-2

dime, 13.6-1

dimension, 36.2-30

dimple, 28.3-40

din, 14.6-3

dine, 14.7-2

dinette, 44.1-17

ding, 14.6-24

dinger, 31.1-4

dingle, 28.3-50

dingo, 15.1-9

dingy, 33.12-39

dink, 14.6-31

dinky, 33.12-41

dinosaur, 21.12-34

dint, 20.7-43

diocese, 32.1-5

dip, 16.5-11

dire, 18.27-2

direction, 35.2-10

dirge, 18.19-6

dirk, 18.19-8

dirt, 20.21-3

dirty, 33.24-1

disc, 19.9-37

disclosure, 39.16-8

discover, 22.19-24

discretion, 35.7a-1

discussion, 36.4-7

disease, 19.15-14

disfigure, 39.12-2

dish, 19.9-56

disk, 19.9-38

diskette, 44.1-15

dispersion, 36.11-3

disquisition, 35.8-18

distortion, 35.12-8

distribution, 35.10-4

E

each, 12.9-5
eagle, 28.10-1
ear, 18.23-1
earl, 18.24-1
early, 33.29-2
earn, 18.24-3
earnest, 20.26-1
earnings, 19.25-1
earth, 20.26-2
earthen, 20.26-3
earthling, 20.26-4
earthly, 33.29-3
earthy, 33.29-1
ease, 19.15-12
east, 20.14-16
easy, 33.16-14
eat, 20.14-1
eaten, 27.5-24
ebb, 5.5-1
ebony, 33.36-1
ecology, 33.38-11
economics, 30.1-47
Ed, 5.5-2
edge, 21.30-1
edition, 35.8-1
educate, 34.3-1
eel, 12.7-1
eery, 33.28-6
effectual, 41.7-5
efficient, 35.18-3
egg, 7.3-1
egoism, 46.1-14
egotism, 46.1-15
Egyptian, 35.14-3
eight, 27.3-8
eighteen, 27.3-10
eighteenth, 27.3-11
eighth, 27.3-9
eighty, 27.3-12
either, 27.2-4
ejaculate, 34.2-17
el, 12.4-1
elaborate, 34.14-6, 34.2-18

elate, 34.1a-2
elbow, 23.32-2
electrician, 35.15-12
elementary, 33.34-5
elevate, 34.3-2
elf, 12.4-6
elitism, 46.1-16
ell, 12.4-7
elm, 13.4-5
elope, 16.8-8
em, 13.4-1
embassy, 33.36-2
embezzle, 28.2-22
embolism, 46.1-11
embrasure, 39.16-1
emergency, 33.44-2
emission, 36.3-3
emollient, 37.2-13
emotion, 35.9-4
empathy, 33.36-3
empire, 18.27-7
employ, 25.21-11
emu, 21.1-4
emulate, 34.3-3
emulous, 38.5-1
emulsify, 33.51-3
emulsion, 36.4-1
en, 14.4-1
encephalitis, 42.1-2
enclosure, 39.16-7
encourage, 29.15-2
end, 14.4-14
endanger, 31.3-2
endeavor, 27.1-59
endow, 23.33-17
endure, 39.3-1
energetic, 30.1-19
energy, 33.36-4
engineer, 18.25-9
engross, 19.11a-6
enlighten, 27.5-27
enormous, 38.18-2
enough, 21.17-5
enrapture, 39.18-4
ensure, 39.8-3

enteritis, 42.1-18
enthusiastic, 30.1-12
entourage, 29.20-9
enumerate, 34.10-2
enzyme, 26.5-3
epicure, 39.2-3
epilogue, 21.26-6
equal, 41.1-1
equate, 23.5-11
equinoctial, 40.6-1
equipage, 29.2-6
equivoque, 21.20a-1
er, 18.18-1
erase, 19.3-12
eraser, 19.3-13
erasion, 36.5-3
erg, 18.18-13
ergonomics, 30.1-52
erode, 18.9-3
err, 18.18-4
eruption, 35.5-12
escalate, 34.3-4
esophagitis, 42.1-11
especial, 40.3-2
espionage, 29.20a-1
essential, 40.3-25
estimate, 34.3-5
etch, 20.5-57
eternity, 33.44-1
ethnicity, 33.37-4
ethnogeny, 33.38-21
ethnography, 33.38-23
ethnology, 33.38-22
euphemism, 46.1-26
evaluate, 34.2-19
evasion, 36.5-4
eve, 22.4-1
eventual, 41.7-4
ever, 22.3-7
evoke, 22.8-3
exact, 24.14-1
exalt, 24.14-2
exceed, 24.8-1
excel, 24.8-2, 28.16c-2
except, 24.8-3

F

G

gab, 7.1-3
gabble, 28.1-3
gabby, 33.10-1
gable, 28.6-4
gad, 7.1-4
gadget, 21.29-6
gaff, 7.1-5
gag, 7.1-6
gage, 7.2-3
gaggle, 28.1-13
Gail, 12.8-7
gaily, 33.15-4
gain, 14.8-3
gait, 20.12-3
gal, 12.2-15
galaxy, 33.35-7
gale, 12.3-4
gall, 12.10-5
gam, 13.2-5
gamble, 28.1-33
game, 13.3-4
gang, 14.2-30
gap, 16.2-12
gape, 16.3-9
gar, 18.17-5
garage, 29.20-1
garb, 18.17-12
garbage, 29.12-2
garble, 28.14-1
garden, 27.5-36
gargle, 28.14-2
garth, 20.19-11
gas, 19.1-3
gash, 19.1-64
gastritis, 42.1-14
gastroenteritis, 42.1-19
gastronomy, 33.38-17
gat, 20.1-5
gate, 20.3-15
gaud, 21.12-12
gaudy, 33.19-2
gauge, 21.12b-1
gaunt, 21.12-27

gauss, 21.12c-1
gauze, 26.10-1
gauzy, 33.19-3
gave, 22.2-6
gawk, 23.29-27
gay, 25.19-6
gaze, 26.2-3
gazette, 44.1-2
gear, 18.23-4
gee, 7.4-1
geek, 11.6-2
geese, 19.14-9
gel, 12.4-2
geld, 12.4-4
gem, 13.4-3
gemel, 28.16a-4
gene, 14.5-2
generate, 34.3-12
gent, 20.5-25
gentle, 28.2-16
gentleman, 28.2-17
gentlemen, 28.2-18
geography, 33.38-19
geology, 33.38-18
geometrician, 35.15-13
geometry, 33.38-20
germ, 18.18-20
gestate, 34.1-16
gesture, 39.18-15
get, 20.5-2
geyser, 25.20a-2
ghost, 20.9b-3
gib, 9.2-6
gibe, 9.3-6
giddy, 33.12-16
gift, 20.7-26
gig, 9.2-15
giggle, 28.3-13
gigue, 21.24-2
gild, 12.5-2, 23.27a-2
gill, 12.5-10
gilt, 20.7-34
gin, 14.6-5
ginger, 31.3-4
gingivitis, 42.1-5

gink, 14.6-33
gird, 18.19-5
girl, 18.19-11
girt, 20.21-4
girth, 20.21-10
gist, 20.7-55
give, 22.6a-1
glacial, 40.1-7
glad, 12.2-11
glade, 12.3-10
glance, 14.2-23
gland, 14.2-15
glare, 18.22-12
glass, 19.1-31
glaze, 26.2-9
gleam, 13.8-5
glean, 14.10-7
glee, 12.7-7
gleet, 20.13-9
glen, 14.4-8
glib, 12.5-18
glide, 12.6-6
glint, 20.7-49
glisten, 20.7-106
gloat, 20.15-8
globalism, 46.1-23
globe, 15.3-2
gloom, 15.10-21
gloomy, 33.18-5
glory, 33.25-2
gloss, 19.11-5
glossary, 33.32-6
glove, 22.9-5
glow, 23.32-16
glue, 21.7-3
glum, 21.2-87
gnarl, 18.17-37
gnash, 19.1-70
gnat, 20.1-17
gnaw, 23.29-16
gnome, 15.3-23
gnu, 21.1-3
go, 15.1-4
goad, 15.5-2
goal, 15.5-10

hobby, 33.13-9
hobo, 15.2-2
hock, 15.8-20
hod, 15.8-14
hodge, 21.32-3
hodgepodge, 21.32-9
hoe, 15.6-3
hog, 15.8-33
hoist, 20.16-5
hold, 15.4-6
hole, 15.3-19
hollow, 23.32-37
holly, 33.13-20
holy, 33.6-9
homage, 29.5-1
home, 15.3-22
homey, 33.1-17
homologue, 21.26-5
hone, 15.3-26
honey, 33.1-7
honk, 15.8-50
honorary, 33.33-20
hooch, 15.10-9
hood, 15.11-2
hoodoo, 15.10-13
hoodwink, 23.17-1
hooey, 33.1-2
hoof, 15.10-15
hook, 15.11-5
hoop, 16.12-7
hoot, 20.17-12
hop, 16.7-8
hope, 16.8-6
horn, 18.20-19
horny, 33.25-6
horsey, 33.1-3
horticulture, 39.18-50
hose, 19.12-8
hospitality, 33.35-20
host, 20.9b-1
hostage, 29.5-10
hostess, 20.9b-2
hot, 20.9-5
hound, 21.13-18
hour, 21.13-29

house, 21.13-32
how, 23.33-3
howl, 23.33-24
hub, 21.2-4
huddle, 28.5-6
hue, 21.6-5
huff, 21.2-39
huffy, 33.14-28
hug, 21.2-50
huge, 21.4-6
hulk, 21.2-65
hull, 21.2-69
hum, 21.2-82
humble, 28.5-37
humiliate, 34.4-25
hunger, 31.4-7
hurl, 21.10-25
hurry, 33.26-7
hurt, 21.10-37
husky, 33.14-18
hussy, 33.14-49
hustle, 28.5-27
hydrometer, 45.1-7
hygrometer, 45.1-8
hymn, 25.15-2
hyperthyroidism, 46.1-31
hypnosis, 43.1-23

I

I, 9.1-1
ice, 9.3-1
id, 9.2-1
identify, 33.48-3
ideologue, 21.26-7
ideology, 33.38-36
idiom, 32.2-6
idiot, 32.2-7
idol, 28.16-14
if, 9.2-2
ignition, 35.8-4
ignominious, 38.6-6
ignore, 18.28-11
ilk, 12.5-3
ill, 12.5-5

illiterate, 34.16-4
illuminate, 34.10a-1
illusion, 36.10-1
illustrious, 38.8-4
image, 29.4-1
imaginary, 33.34-1
imitate, 34.4-2
immaculate, 34.14-7
immediate, 34.18-2
immersion, 36.11-1
immigrate, 34.4-1
immure, 39.5-2
imp, 16.5-19
impair, 18.21-9
impartial, 40.9-3
impatience, 35.19-6
impatient, 35.19-4
impeach, 16.11-8
impetuous, 38.5-6
implication, 35.6-15
implode, 15.3-9
important, 27.5-43
imposture, 39.18-35
impression, 36.2-20
improve, 22.10-5
impure, 39.7-2
in, 14.6-1
incaution, 35.13-3
incestuous, 38.5-7
inch, 14.6-11
incision, 36.7-2
inclusion, 36.10-5
incumbency, 33.39-1
incursion, 36.13-2
indenture, 39.18-11
indicate, 34.4-3
indigenous, 38.6-7
individual, 41.3-3
individuality, 33.35-27
induction, 35.5-7
inertial, 40.10-1
inertion, 35.11-4
infamous, 38.6-1
infectious, 38.1-6
inflate, 34.1a-8

influential, 40.3-5

information, 35.6-11

infusion, 36.9-2

ingenuous, 38.5-8

ingredient, 37.2-7

ingression, 36.2-15

initial, 40.4-9

initiate, 34.4-18

injure, 39.11-2

ink, 14.6-30

inn, 14.6-8

innate, 34.1a-7

innocuous, 38.7-4

innovate, 34.4-6

inquire, 23.25-3

inquisition, 35.8-17

insertion, 35.11-5

inspection, 35.2-15

inspire, 19.28-2

install, 20.2-3

instead, 27.1-6

instinctual, 41.7-11

institution, 35.10-1

insubstantial, 40.2-3

insure, 39.8-4

integrate, 34.4-5

intellectual, 41.7-8

intelligential, 40.3-13

intercession, 36.2-8

interfacial, 40.1-2

intermission, 36.3-11

international, 35.6a-5

interpretation, 35.6-23

interracial, 40.1-5

interrogate, 34.3-25

interstitial, 40.4-10

intimate, 34.16-1

intimidate, 34.4-19

intricate, 34.16-2

intrigue, 21.24-5

introversion, 36.11-10

introvert, 22.19-18

intrusion, 36.10-9

inundate, 34.4-4

inure, 39.6-2

invasion, 36.5-5

inversion, 36.11-5

invert, 22.19-12

investigate, 34.3-18

invoke, 22.8-5

involve, 22.7-3

ire, 18.27-1

irk, 18.19-7

ironic, 30.1-44

ironware, 23.20-8

irrational, 35.6a-3

is, 19.9-48

isle, 28.7-1

it, 20.7-1

itch, 20.7-68

ivy, 33.5-1

J

jab, 10.1-1

jack, 11.1-3

jade, 10.2-1

jag, 10.1-2

jail, 12.8-9

jake, 11.4-4

jam, 13.2-7

jamb, 13.2-11

Jane, 14.3-5

jangle, 28.1-47

January, 33.33-7

jar, 18.17-8

jaunt, 21.12-31

jaw, 23.29-4

jay, 25.19-8

jaywalk, 25.19-9

jealous, 27.1-23, 38.3-5

jean, 14.10-3

jeep, 16.10-9

jeer, 18.25-3

Jeff, 10.3-1

jell, 12.4-14

jelly, 33.11-7

jerk, 18.18-16

jerky, 33.23-2

jerry, 33.11-18

jest, 20.5-36

jet, 20.5-3

jetty, 33.11-14

Jew, 23.30-5

jib, 10.4-2

jibe, 10.5-1

jiff, 10.4-1

jiffy, 33.12-18

jig, 10.4-3

jiggle, 28.3-14

jigsaw, 23.29-11

Jill, 12.5-12

jilt, 20.7-36

Jim, 13.5-4

jimmy, 33.12-23

jingle, 28.3-51

jink, 14.6-34

jinx, 24.4-5

jive, 22.6-9

Joan, 15.5-13

job, 15.8-5

jock, 15.8-21

joe, 15.6-4

jog, 15.8-34

joggle, 28.4-10

join, 15.7-8

joint, 20.16-2

joist, 20.16-6

joke, 15.3-14

jolly, 33.13-21

josh, 19.11-24

jostle, 28.4-19

jot, 20.9-6

jowl, 23.33-25

joy, 25.21-5

jubilate, 34.10-3

judge, 21.33-3

judicial, 40.4-2

judicious, 38.1-11

jug, 21.2-51

juggle, 28.5-14

juju, 21.1-8

July, 25.16-19

jumble, 28.5-38

jumpy, 33.14-11

maw, 23.29-6
max, 24.2-5
maxi, 24.2-6
maxim, 24.2-7
maximum, 24.2-8
may, 25.19-10
maybe, 25.19-11
maze, 26.2-10
mazy, 33.2-16
mead, 13.8-1
meadow, 27.1-12
meal, 13.8-2
mealy, 33.16-8
mean, 14.10-5
meant, 27.1-52
measure, 27.1-34, 39.16-2
meat, 20.14-5
meaty, 33.16-16
medal, 28.16a-6
meddle, 28.2-2
meed, 13.7-2
meek, 13.7-3
meet, 20.13-7
meiosis, 43.1-20
melancholy, 33.35a-1
meld, 13.4-7
mellifluous, 38.6-17
mellow, 23.32-33
melt, 20.5-17
men, 14.4-7
mend, 14.4-19
meningitis, 42.1-1
menopause, 21.12-37
menstruate, 34.3-14
mention, 35.2-4
mephitis, 42.1-34
mercer, 18.18-8
mercy, 33.23-6
mere, 18.26-2
merge, 18.18-15
merry, 33.11-19
mesh, 19.4-29
mess, 19.4-13
message, 29.2-2
messy, 33.11-4

met, 20.5-5
metamorphosis, 43.1a-1
metempsychosis, 43.1-24
mettle, 28.2-6
mew, 23.30-6
mi, 19.8-3
mice, 13.6-4
mid, 13.5-7
middle, 28.3-8
middy, 33.12-17
midge, 21.31-2
midget, 21.31-9
miff, 13.5-8
might, 20.35-9
mike, 13.6-5
mil, 13.5-9
mild, 23.27-2
mile, 13.6-6
mileage, 29.3-3
military, 33.33-17
milk, 13.5-11
milky, 33.12-4
mill, 13.5-10
milt, 20.7-39
mime, 13.6-7
mimic, 30.1-23
mince, 14.6-10
mind, 23.27-10
mine, 14.7-5
Ming, 14.6-27
mingle, 28.3-52
miniature, 39.18-33
mink, 14.6-37
minority, 33.45-3
mint, 20.7-46
mintage, 29.4-14
minx, 24.4-6
miosis, 43.1-1
mirage, 29.20-2
mire, 18.27-5
mirth, 20.21-11
miry, 33.5-12
mischief, 20.33a-3
mischievous, 38.6-19
miser, 19.10-22

miss, 19.9-24
mission, 36.3-2
missionary, 33.33-18
mist, 20.7-57
misty, 33.12-13
mite, 20.8-4
mitosis, 43.1-21
mitt, 20.7-25
mitten, 27.5-13
mix, 24.4-2
mixture, 39.18-25
mneme, 27.7-1
mnemonic, 27.7-2
mnemonics, 27.7-3
moan, 15.5-15
moat, 20.15-5
mob, 15.8-7
mock, 15.8-23
mode, 15.3-10
moderate, 34.17-1, 34.5-9
modify, 33.50-1
moil, 15.7-6
moist, 20.16-7
moisten, 20.16-8
moisture, 39.18-38
mold, 15.4-7
mole, 15.3-20
moll, 20.30a-1
molt, 20.30-14
momentarily, 33.33a-6
momentary, 33.33-28
monastery, 33.33-22
money, 33.1-8
monger, 31.4-6
monk, 15.8a-5
monkey, 33.1-10
monogamy, 33.38-15
monolingual, 41.2-3
monologue, 21.26-4
monopoly, 33.38-14
montage, 29.20-6
month, 20.9c-3
moo, 15.10-6
mooch, 15.10-10
mood, 15.10-12

throttle, 28.4-15
through, 21.15-8
throve, 22.8-14
throw, 23.32-23
thrown, 23.32-51
thud, 21.2-36
thy, 25.16-4
thyme, 25.18-6
thyroiditis, 42.1-12
tic, 20.7-76
tick, 20.7-77
tickle, 28.3-34
tide, 20.8-11
tidy, 33.5-15
tie, 20.31-6
tier, 20.34-3
tiff, 20.7-78
tight, 20.35-14
tighten, 27.5-30
tile, 20.8-12
till, 20.7-79
tillage, 29.4-7
tilt, 20.7-41
tilth, 20.7-66
Tim, 20.7-80
time, 20.8-13
tin, 20.7-81
tincture, 39.18-28
tine, 20.8-14
tingle, 28.3-54
tinkle, 28.3-57
tinny, 33.12-26
tint, 20.7-47
tiny, 33.5-16
tip, 20.7-82
tipple, 28.3-20
tipsy, 33.12-43
tire, 20.28-1
tit, 20.7-10
titan, 27.5-31
tithe, 20.8-24
title, 28.7-9
tittle, 28.3-24
tizzy, 33.12-34
to, 23.15-6

toad, 20.15-17
toast, 20.15-16
toddle, 28.4-7
toddy, 33.13-11
toe, 20.11-18
tog, 20.9-30
toggle, 28.4-11
toil, 20.16-1
told, 20.30-11
tolerate, 34.5-10
toll, 20.30-5
tomb, 23.15-7
ton, 20.9c-1
tonal, 28.16-21
tone, 20.11-7
tongs, 20.10-1
tonnage, 29.8-1
tonsillitis, 42.1-8
tonsure, 39.17-4
Tony, 33.6-12
too, 20.17-1
took, 20.18-2
tool, 20.17-2
toot, 20.17-16
tooth, 20.17-24
tootle, 28.12-5
tootsie, 20.18-4
top, 20.9-31
topiary, 33.33-29
topology, 33.38-8
topple, 28.4-12
toque, 21.20-2
torch, 20.22-1
tore, 20.29-1
torn, 20.22-2
torque, 21.21-4
torrential, 40.3-18
torsion, 36.12-1
tort, 20.22-3
tortoise, 20.16a-1
tortuous, 38.16-1
torture, 39.18-56
toss, 20.9a-1
tot, 20.9-11
total, 28.16-23

tote, 20.11-8
touch, 21.17-1
tough, 21.17-2
tour, 21.15a-1
tourist, 21.15a-2
tournament, 21.15a-3
tow, 23.32-11
towage, 29.6-2
towel, 23.33-41
tower, 23.33-40
town, 23.33-31
toxic, 30.1-42
toy, 25.21-8
trace, 20.3-5
track, 20.1-63
tract, 20.1-68
traction, 35.1-4
trade, 20.3-6
tradition, 35.8-3
tragedy, 33.35-10
trail, 20.12-11
train, 20.12-12
trait, 20.12-13
trajectory, 33.36-15
tram, 20.1-65
tramp, 20.1-66
trample, 28.1-40
transfigure, 39.12-4
transfusion, 36.9-6
transgression, 36.2-18
transient, 36.14-6
transilient, 37.2-12
transition, 35.8-11
translate, 34.1-15
transmission, 36.3-10
trap, 20.1-64
trapeze, 26.3-1
trash, 20.1-67
travelogue, 21.26-8
trawl, 23.29-37
tray, 25.19-30
treacherous, 27.1-25
tread, 27.1-9
treasure, 27.1-36, 39.16-4
treasurer, 27.1-37

wax, 24.2-13

waxy, 33.10-21

way, 25.19-34

weak, 23.12-1

weal, 23.12-2

wealth, 27.1-21

wean, 23.12-3

weapon, 27.1-58

wear, 23.21-1, 27.1-29

weary, 33.28-5

weather, 27.1-46

weathercock, 27.1-47

weave, 23.12-4

web, 23.6-1

wed, 23.6-2

wee, 23.13-1

weed, 23.13-2

weedy, 33.17-5

week, 23.13-3

weep, 23.13-4

weepy, 33.17-15

weft, 23.6-3

weigh, 27.3-5

weight, 27.3-46

weir, 27.2a-1

weird, 27.2a-2

welcome, 23.6-7

weld, 23.6-4

welfare, 23.6-8

well, 23.6-5

welt, 23.6-6

wen, 23.6-9

wench, 23.6-10

wend, 23.6-11

went, 23.6-12

wept, 23.6-13

werewolf, 23.23-3

west, 23.6-14

wet, 23.6-15

whack, 23.2-9

whacked, 23.2-10

whale, 23.5-9

wham, 23.2b-2

wharf, 23.19-13

wharfage, 29.12a-1

what, 23.3-15

wheat, 23.12-6

wheel, 23.13-9

wheeze, 26.11-5

wheezy, 33.17-22

whelk, 23.6-22

whelp, 23.6-23

when, 23.6-24

whence, 23.6-25

where, 23.23-2

whet, 23.6-21

whether, 23.6-26

whey, 25.20-7

which, 23.7-31

whiff, 23.7-32

while, 23.8-13

whim, 23.7-33

whin, 23.7-34

whine, 23.8-14

whir, 23.24-3

whirl, 23.24-5

whirr, 23.24-4

whirry, 33.24-5

white, 23.8-15

whittle, 28.3-27

whiz, 26.4-10

who, 23.15-2

whole, 23.10-4

whom, 23.15-3

whoop, 23.16-4

whoopee, 23.17-8

whoopla, 23.16-5

whoosh, 23.16-7

whop, 23.9-3

whose, 23.15-4

why, 25.16-5

wick, 23.7-1

wide, 23.8-1

widen, 27.5-32

widow, 23.32-4

wife, 23.8-2

wig, 23.7-2

wiggle, 28.3-15

wild, 23.27-3

wile, 23.8-3

will, 23.7-3

willow, 23.32-35

wilt, 23.7-4

wily, 33.5-3

wimble, 28.3-39

wimple, 28.3-44

win, 23.7-5

wince, 23.7-6

winch, 23.7-7

wind, 23.27-14, 23.27a-4

windage, 29.4-12

window, 23.32-5

windy, 33.12-7

wine, 23.8-4

wing, 23.7-8

wink, 23.7-9

wipe, 23.8-5

wire, 23.8-6

wiry, 33.5-13

wise, 23.8-7

wish, 23.7-10

wisp, 23.7-11

wit, 23.7-12

witch, 23.7-13

with, 23.7-14

wither, 23.7-15

witty, 33.12-32

wobble, 28.4-5

woe, 23.10-1

woke, 23.10-2

womb, 23.15-5

woo, 23.16-1

wood, 23.17-2

woodblock, 23.17-4

woodcock, 23.17-3

woodpecker, 23.17-5

woody, 33.18-20

woof, 23.16-2, 23.17-6

wool, 23.17-7

wooly, 33.18-21

woozy, 33.18-16

word, 23.26-1

wordage, 29.14a-1

wordy, 33.25a-1

wore, 23.26a-1

國家圖書館出版品預行編目(CIP)資料

美語發音寶典　第二篇：多音節的字 / 陳淑貞著
--初版-- 臺北市：瑞蘭國際, 2018.12
336面；17×23公分 --（繽紛外語；82）
ISBN：978-957-8431-80-5（平裝附光碟片）
1.英語 2.發音

805.141　　　　　　　　　　107020020

http://bit.ly/2G2english

讀者服務網站
Facebook「美語發音寶典
讀者園地」社團專供本書
讀者交流學習心得，作者
陳淑貞也會參與線上互動。

繽紛外語 82

美語發音寶典　第二篇：多音節的字

作者｜陳淑貞
責任編輯｜林珊玉、葉仲芸、王愿琦
校對｜陳淑貞、林珊玉、葉仲芸、王愿琦

美語錄音｜陳淑貞
錄音室｜采漾錄音製作有限公司
封面設計｜余佳憓・版型設計｜劉麗雪・內文排版｜陳如琪

瑞蘭國際出版
董事長｜張暖彗・社長兼總編輯｜王愿琦
編輯部
副總編輯｜葉仲芸・副主編｜潘治婷・文字編輯｜鄧元婷
美術編輯｜陳如琪
業務部
副理｜楊米琪・組長｜林湲洵・專員｜張毓庭

出版社｜瑞蘭國際有限公司・地址｜台北市大安區安和路一段104號7樓之一
電話｜(02)2700-4625・傳真｜(02)2700-4622・訂購專線｜(02)2700-4625
劃撥帳號｜19914152 瑞蘭國際有限公司
瑞蘭國際網路書城｜www.genki-japan.com.tw

法律顧問｜海灣國際法律事務所　呂錦峯律師

總經銷｜聯合發行股份有限公司・電話｜(02)2917-8022、2917-8042
傳真｜(02)2915-6275、2915-7212・印刷｜科億印刷股份有限公司
出版日期｜2018年12月初版1刷・定價｜450元・ISBN｜978-957-8431-80-5
　　　　　2020年09月初版3刷

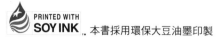